태종무열왕

하용준 장편역사 소설

태종무열왕 ①

태종무열왕은 신라의 제29대 왕이자 신라의 정치가였다. 성은 김 휘는 춘추이다. 김용수와 문정태후 김씨의 아들이며 진골귀족 세력으로 선덕여왕 진덕여왕 시기에 국가의 중역으로 활약하였으며 대당 외교를 주도하였다. 진덕여왕 사후 국인들의 추대로 진골 최초의 왕으로 즉위하였으며 백제를 멸망시키고 삼국통일의 기틀을 다졌다. 진평왕 사후 한때 유력 왕위계승자로 지목되어 사촌누이이자 이모인 선덕여왕의 견제를 받았으나 그의 재주를 알아보고 당나라와 고구려 일본 등에 외교관으로 파견했다. 고구려와 백제 등의 위험으로부터 벗어나기 위한 신라는 자구책으로 외교활동을 했고 그는 외교관으로서 중국의 통일왕조인 수나라 당나라와의 연합을 추진하여 성사시켰다.

신국의 풍경

평소 친근히 교류하고 지내던 영화 및 방송 시나리오 작가 유동윤 인형(仁兄)으로부터 2010년 봄에 한 가지 요청을 받았다.

당시 KBS에서 계획하고 있는 주말 대하사극이 백제의 <근초고왕>, 고구려의 <광개토대왕>, 그리고 신라의 <태종무열왕>으로, 삼국의 제왕들 중에서 가장 주목할 만한 왕들의 시대를 시리즈 형식으로 제작하여 방영할 예정이라는 것이었다.

그 중에서 맨 마지막으로 방영될 대하사극인 <태종무열왕>의 시나리오 집필을 유동윤 작가 자신이 하고, 연출은 신창석 PD가 맡게 될 예정이니, 그 대하사극 <태종무열왕>의 원작소설을 집필해 달라는 말이었다.

그즈음 미처 완결하지 못한 대하소설 <북비>까지 밀쳐 두고 새로운 소설을 짓는다는 것이 내키지 않아 몇 차례 사양하였다. 그러던 중에 유동윤 작가는 단 한 권이라도 좋으니 원작소설이 있으면 좋겠다며 간곡한 권유를 거듭하였고, 끝내 그의 요청을 못 이겨 80부작으로 10개월 동안 방영하는 대하사극의 원작소설을 단 한 권 분량으로 구성하기에는 마땅치 않다며 적어도 세 권 분량은 되어야 한다는 말과 함께 집필을 결심하였다.

유동윤 작가로부터 사전에 들은 바, <태종무열왕> 시나리오의 구성은 삼국이 치열한 전쟁의 소용돌이에 휘말렸던 신라의 삼국통일에 주안점을 두기보다는 삼국을 통일한 이후에 신라가 한반도의 모든 신민과 군사의 힘과 뜻을 모아 당나라를 물리치는 데 역점을 둘 것이라고 하였는데, 그러한 점 때문에 문무왕의 비중이 적지 않음을 짐작할 수 있었다. 이에 태종무열왕과 문무왕까지 이어지는 대하사극이기에 제목을 어느 한 왕에 국한하기가 마땅치 않은 점이 있다고 판단되었다.

그리하여 처음 기획 단계에서의 대하사극의 제목 <태종무열왕>이 <대왕의 꿈>으로 바뀌었으나, 원작소설의 제목은 처음과 마찬가지로 <태종무열왕>으로 하기로 하였다.

비록 원작소설 <태종무열왕>이 대하사극 <대왕의 꿈>의 시나리오와 형식, 구성, 내용에 있어 다소 간의 차이가 있을 수 있겠으나, 그것은 어디까지나 '읽혀지기'를 전제로 한 소설이라는 문학 장르와 '영상의 시청'을 전제로 한 시나리오라는 문학 장르의 특색에서 나타나는 불가피한 현상임을 너그러이 이해해 주시기를 바란다.

그간 여러 가지 우여곡절을 겪은 끝에 총 3권의 책은 10월 중부터 출판이 될 것이나, 출판사의 동의를 얻어 그에 조금 앞선 10월 1일부터 나의 인터넷 블로그에 일정 분량씩 연재를 시작하기로 하였다.

역사적 사실의 뼈대를 훼손하지 않은 정통 역사소설에 목말라하고 있을 독자 여러분께 삼가 고개 숙여 깊은 관심을 부탁드린다.

2012년 9월

星嵯 하용준

목차

첫
째
마
당

대의멸친 大義滅親

큰 뜻을 이루기 위하여 혈육의 정을 끊다

서방에 든 용춘은 가야금을 당겨 무릎 위에 올렸다. 열두 줄 위에 십지 손가락을 나란히 펴 올려놓고 낮은 소리로 뇌까렸다.

"혼륜하는 천하에는 반드시 일세 남아가 나타나는 법, 부디 신응이 있을지어다."

그리고는 가만히 줄을 퉁겼다.

"덩, 덩, 기덩, 더엉!"

"…달도 바삐 등불을 켜는데……."

서방 안 밀촉 불빛을 옆지고 문자새에 드리운 한 그림자가 느릿느릿한 노랫소리를 곁들여 파한히 줄북을 시루고 있는 동안, 신국 신라 서라벌의 섣달은 여느 해보다 깊어가고 있었다.

"길을 쓸어갈 별을 바라보며 혜성이여! 외친 사람아."

“덩, 더엉…….”

높지도 낮지도 않은 목소리를 이어가다가 간간히 길게 빼는 대목에 이르러서야 초조함과 간절함이 서린 듯하였고, 줄을 뜯어 천천히 울려 내는 가락은 이따금 웅웅 칼 우는 소리를 내면서 흐르는 겨울바람처럼 천화궁 넓은 뜰을 방호하듯 감싸고돌았다.

“아아, 아!”

그러한 음률 사이사이, 동방 산실에서는 사대육신이 다 부서지고 찢어질 듯한 산고를 견디느라 한 여인이 물것을 입에 물고 줄곧 몸 트는 신음을 흘려내곤 하였다. 왕궁에서 파송되어 온 공봉의사가 태아를 받아내고자 온몸에 땀고랑을 파고 있었다.

쪼개 놓은 듯한 반달이 금오산을 넘어갈 무렵, 노래와 줄북 소리가 끊기고 방문이 열렸다. 밖으로 나온 용춘은 축담에 서서 산실 쪽을 바라보았다. 애써 귀 기울여 듣지 않아도 해산에 고통스러워하는 소리와 무사 분만을 이끄느라 여념이 없는 소리들을 찬바람이 실어 와 귓등에 올려놓았다.

이내 사내아이의 우렁찬 고고성이 들려올 것만 같았다. 그러나 신명은 좀처럼 아이를 세상에 내보내주지 않았다. 인내심 깊은 용춘도 차츰 애가 타들어갔다.

고개를 들었다. 왕경의 밤하늘, 검은 것이 어찌 저리 청정할 수 있는가. 검다 못해 푸르기까지 한 하늘에 왕경을 북류하는 미역내처럼 굼실굼실 흰 은하수가 흐르고, 광활한 장천 까마득히 벌려 있는 별무리 사이사이로 태소의 원기가 우련하게 피어오르고 있었다. 용춘의 눈은 북두칠성 근처를 맴돌았다. 건듯 삼태성 밑에서 홀연히 한 사내가 나와 북신으로 들어가는 것만 같았다.

"전군마마."

한동안 밤하늘에서 눈을 떼지 못하고 있던 용춘은 설레고 벅찬 가슴을 가만히 감추고는 시선을 뜰로 돌렸다.

"천명궁에서 사람을 막 보내시었는데, 급히 아뢸 말씀이 있다고 하옵니다."

궁사지 대남보가 비켜서자 그의 뒤에 서 있던 사내가 얼른 한 걸음 앞으로 나왔다.

"마마! 소인, 천명궁 궁사지 온군해이옵니다."

합장을 한 채 선절을 한 뒤, 들뜬 목소리로 아뢰는 온군해의 입에서 허연 입김이 펄펄 날렸다.

"네가 이 한밤중에 어인 일이냐?"

"잠시 전에 천명공주마마께서 귀공자를 낳으셨사옵니다."

"그래? 네 방금 귀공자라고 하였느냐?"

"그러하옵니다. 아기를 받아낸 공봉의사가 틀림없이 귀공자가 탄신하였다고 말했사옵니다."

그때 천화궁의 동방 산실에서 갓난아기의 울음소리가 들려왔다. 용춘은 반사적으로 소리가 나는 쪽으로 고개를 돌렸다. 얼마 지나지 않아 공봉의사가 서방채로 들어와 아뢰었다.

"전군마마, 공하하옵니다. 천화공주마마께서 방금 용모 준수하신 귀공자를 출생하시었사옵니다."

"오? 허헛, 이런 경사가 있나? 천지신명의 감응이로고."

두 궁사지로부터 하례를 받은 용춘은 온군해에게 하령하였다.

"너는 촌각도 허비치 말고 바삐 천명궁으로 돌아가서 형님 내외 분께 내 집 소식도 아뢰거라."

"어찌 이렇게 기쁜 일도 다 있사옵니까. 분부 받잡겠사옵니다."

용춘은 동방 산실에 들었다. 기력이 다해 누워있는 천화공주를 위로한 뒤, 갓난아기를 보았다. 흡족한 얼굴로 안아들고는 붉은 몸뚱어리를 군데군데 살폈다. 천화공주는 산아의 몸에 탈이 난 곳은 없는지 살피는 것이라고만 여겼다. 용춘은 밤하늘에서 보았던 신이한 현상의 표징이 될 만한 것이 아기의 몸 어디에도 나타나 있지 않아서 의아스러웠다.

'어찌된 영문일꼬'

문득 뇌리를 치는 것이 있었다. 용춘은 아기를 고이 내려놓고 밖에 서 있는 궁사지 대남보에게 일렀다.

"곧 천명궁으로 갈 차비를 하거라."

"수레를 내오리이까?"

"가까운 거리이니 한밤에 굳이 수레 소리를 낼 것까지 있겠느냐."

천화공주가 베개에서 고개를 들었다.

"생남한 일은 명일 아뢰어도 되지 않사옵니까?"

"참, 내가 미처 말씀드리지 않았구려. 좀 전에 천명궁에서도 아들을 낳았다는 소식을 듣지 않았겠소? 날이 밝으면 여러 사람이 찾을 것이니 그 전에 내가 가장 먼저 하례를 드리고 싶으오. 얼른 다녀올 터이니 편히 누워 계시오."

두 궁졸이 길불을 하나씩 들고 앞장섰다. 용춘은 궁사지 대남보와 다른 졸개 여럿을 딸린 채 밤길을 더듬어 천명궁으로 걸음을 재촉하였다. 오래지 않아 낭산 황복사에 못 미쳐 있는 천명궁이 보였다. 온 궁 안에 불을 환히 밝혀 놓고 있는 까닭이었다.

문 앞에서 대남보가 소리쳤다.

"훠이, 훠! 전군마마 용춘공 듭시오!"

온군해가 얼른 문을 열고 나와 반겼다. 용춘은 그를 따라 서방채로 갔다. 용수는 들어서는 용춘을 일어서서 맞이하였다.

"제공, 어서 오시게."

용춘은 합장을 하며 허리를 굽혔다.

"형님, 득남을 근하하옵니다."

"나도 궁사지한테 들었다네. 제공도 생남하였다니 이런 겹경사가 또 어디 있겠는가. 허허. 자 앉으시게."

마주 앉자 용춘이 적잖이 긴장된 낯빛으로 입을 열었다.

"산아는 보셨사옵니까?"

"해산했다는 말을 듣고 들어가 잠시 안아보았다네."

"아기의 몸에 특이한 점은 없었습니까?"

"특이한 것이라니? 어인 연유로 그리 물으시는가?"

"제가 잠깐 아기를 살펴볼 수 있겠습니까?"

"그야 뭐 어려운 일이겠는가. 그렇게 하시게."

용수는 용춘을 데리고 산실로 갔다. 방으로 들어서자 누워 있던 산모가 몸을 일으키려고 하였다. 용춘은 얼른 허리를 굽히며 말렸다.

"공주마마, 소신의 무례를 용서하옵소서."

용수도 만류하였다.

"기력이 쇠잔할 터이니 그대로 편히 누워 계시오."

천명공주는 굳이 몸을 일으켜 앉았다. 찰나 간에 용춘과 묘한 눈 맞춤이 일었다. 용수는 젖을 빨고 난 뒤 잠들어 있는 아기를 안아 용춘의 품으로 건네었다. 고이 받아 안은 용춘은 아기의 용모를 살 피더니 가만히 강보를 젖혔다.

'아!'

아기의 가슴에 세 점이 또렷이 박혀 있는 것이었다. 두 번 다시 볼 것도 없이 삼태성이었다. 용춘의 안색이 상기되었다.

"제공, 어찌 그러시는가?"

"아, 아무 것도 아니옵니다. 조카님이 워낙 강건하고 준수하신지 라……."

아기를 내려놓은 용춘은 합장을 하며 산모에게 아뢰었다.

"공주마마, 부디 몸조리 잘하시옵소서. 소신은 이만 물러가겠사옵 니다."

천명공주는 아무 말 없이 목례만 하였다. 용춘은 용수와 함께 산실을 나와 다시 서방채에 들었다. 용수가 궁사지 온군해에게 하령하여 주안상을 들였다. 용수는 용춘에게 먼저 술을 받은 뒤, 그의 각배에도 가득 따라주었다. 그리고는 두 손으로 들어 말하였다.

"제공, 우리 두 사람의 아기를 위해서 드세."

"예, 형님."

각배를 입에 대다 말고 용춘이 멈칫 하며 용수를 바라보았다.

"혀, 형님?"

용수는 단숨에 다 비운 각배를 내려놓으며 빙그레 웃기만 하였다. 그제야 용수의 말뜻을 알아차린 용춘은 황급히 각배를 내려놓고 엎드리며 몸 둘 바를 몰라 하였다.

"그리 민망해 할 것 없네. 자, 술부터 드시게."

용수가 손수 각배를 들어 용춘의 손에 쥐어주었다. 용춘은 천천히 마신 뒤 각배를 내려놓았다. 줄곧 웃고 있는 용수의 낯을 똑바로 대할 수가 없었다.

"누구를 마음에 두고 있느냐?"

마야황후의 물음에 천명공주는 선뜻 대답을 하지 않았다. 마야황후가 거듭 묻자 천명공주는 마지못해 낮은 목소리를 내었다.

"남아는 용숙만한 사람이 없다고 여기고 있사옵니다."

마야황후는 빙그레 웃었다.

"잘 알았다. 내 힘써 보마."

밖에서 용수가 문안하러 왔다고 아뢰는 소리가 들렸다. 마야황후는 반갑게 맞이해 들였다. 천명공주와 나란히 앉혀 놓고 보니 썩 어울리는 모습이었다. 황후는 결심을 굳히며 자애로운 웃음을 띠었다.

그로부터 머지않아 황실과 조정에 용수와 천명공주가 혼인을 한다는 소문이 나돌았다. 대제의 윤허가 떨어졌으니 두 사람의 혼사는 정해진 일이나 다름없다는 말들이었다. 소문에 난감해하던 용수는 용춘을 찾았다.

"제공, 이 일을 어찌하면 좋겠는가?"

"성상께서 아직 한창이신 때에 형님이 부마가 되어 후사를 낳게 되면 황실에 말이 많아질 것이옵니다. 그로 인하여 자칫 형님이 불행한 처지에 놓이실까 심히 염려가 되옵니다."

"불행한 처지라니?"

"황실에 태자가 없고 어리신 공주마마들 뿐이지 않사옵니까? 성상께서 끝내 성골 후사를 얻지 못하신다면 장차 어떤 소용돌이가 일지 모를 일이옵니다."

"으음."

용수는 고민을 하던 끝에 마야황후를 찾아가 천명공주와의 혼사를 사양하였다.

"아둔하고 부족하다니? 용수공이 그렇다면 과연 신라의 남아 가운데 누가 우리 천명의 짝이 될 수 있다는 말이오?"

"주위를 돌아보시면 반드시 훌륭한 사람이 많을 것이옵니다. 부디 통촉하옵소서.”

“그런 말 다시는 마오. 내 공공복사에게 물어 점을 쳐보았더니 두 사람이 천생가연이라고 하더이다. 그만 물러가오.”

마야황후는 용수가 말없이 자취를 감추어버리기라도 할까봐 서둘러 두 사람의 혼사 채비를 하였다. 대제는 특별히 하명하여 대궁의 조원전 앞뜰에서 혼례를 올리게 하였다. 천명공주를 크게 귀애함을 온 나라에 드러내 보이는 일이었다. 혼삿날은 온 서라벌이 잔치판이었다. 황실과 조정은 물론이고, 십오만 가호 오십만 성민이 다 밖으로 나와 변무를 하고 잔 들어 마셔대었다.

“어마마마, 어찌 저를 용수공에게 하가시켰사옵니까?”

“그게 무슨 말이냐? 네가 원하지 않았더냐?”

“제가 마음에 두고 있었던 사람은 용춘공이었사옵니다.”

“뭐라고? 그렇다면 네 전에 용수만한 사람이 없다고 한 건 어인 뜻이었더냐?”

“용숙만한 사람이 없다고 했지 용수만한 사람이 없다고 한 게 아니었사옵니다.”

“아뿔사! 그때 내가 네 말을 잘못 들은 게로구나. 이 일을, 이 일을 대체 어찌하면 좋단 말이냐?”

“이미 늦은 일이옵니다. 돌이킬 수 없는 일이 되었으니……”

“그런데 너는 왜 혼사 전에 말하지 않았느냐?”

“저는 용춘공과 혼례를 치르는 줄로만 알고 있었사옵니다.”

"소문이 그렇게 나돌았는데도?"

"소문만 그런 줄 알았지 신국의 황후이신 어마마마께서 실수를 하실 줄은 생각지도 못했사옵니다."

"아, 다 내 잘못이로다. 내 잘못이야."

몹시 고민하던 마야황후는 잔치를 베풀었다. 그리고는 사람을 보내어 각별히 타일러 용춘을 참석하게 하였다. 아우가 온다는 말을 들은 용수는 감기몸살을 핑계대고 잔치에 나가지 않았다. 그 역시 천명공주의 마음을 모르는 바 아니었다.

마야황후는 용춘과 천명공주를 가까이 앉혀 술을 권하였다. 밤이 이슥할 무렵, 용춘에게 대궁에서 하룻밤 자고가기를 하명하였다. 그리고는 몸소 천명공주를 데리고 가 용춘의 방에 들게 하였다.

"내가 애초에 마음에 심고 있었던 사람은 바로 그대 용숙이었소."

"이제 와 소신이 어찌하겠사옵니까. 무릇 집안의 법도는 장자가 먼저 귀한 것이기에 소신은 형님에 미치지 못하옵니다."

"오늘 용수공께서 잔치에 나오지 않은 뜻을 아오?"

"편찮으신 줄 아옵니다."

"그게 아니라, 모든 일을 다 아시고 뒤늦게나마 그대와 나를 배려한 뜻이라오."

"공주마마!"

"오늘밤 그대 형공의 갸륵한 뜻을 저버리지 마오. 우리 신국 신라에서 이와 같은 일은 아무 허물도 아니니."

용수가 물었다.

"제공, 무얼 그리 골똘히 생각하시는가?"

"아, 아무 것도 아니옵니다."

용춘은 용수에게 술을 따랐다. 밖에서 온군해가 아뢰었다.

"전군마마, 세택전 종사지 거열공께서 황명을 받들고 왔다고 하옵니다."

용수는 거열을 안으로 들였다. 거열은 비단보를 내놓았다. 펼쳐본 용수는 용춘에게 보여주었다.

"성상께서 우리 아이의 이름을 내리셨다네."

용춘이 보았다. 춘 자와 추 자, 두 글자였다. 비단보를 들고 있던 용춘의 손이 파르르 떨렸다.

'춘추라……'

용수가 각배를 들며 웃는 얼굴로 말하였다.

"이래도 제공과 나의 아들이 아니라 하시겠는가. 허허."

"형님!"

"성상께서 제공의 이름에서 한 자 딴 것을 보니, 제공만큼 지혜로운 사람이 되라는 뜻인가 보이. 또한 제공도 저 아이를 조카가 아니라 제공의 친자처럼 여겨 잘 키우라는 성지가 아니겠는가."

용춘은 돌아오는 길에 착잡한 심경에 빠졌다. 한 여자를 두 사람이 가졌으니 그 여자의 아들은 두 사람의 아들이 아니겠느냐는 말, 그러면서도 용수는 내심 자신보다는 용춘의 피가 춘추의 몸에 흐르고 있음을 확신하는 듯하였다.

"하아!"

용춘은 밤하늘을 올려다보며 긴 한숨을 내쉬었다. 그 자신, 전에는 제왕의 아들이었다. 그러나 친부 진지대제가 어인 곡절로 폐위되었는지 알지 못하고 있었다. 폐위된 친부의 유폐, 유폐된 뒤의 죽음, 죽음 이후에 용수와 함께 대궁 밖으로 내쳐져 성골에서 진골로 적강되었다. 그 뒤 친모 지소태후가 금상의 후궁이 되는 바람에 다시 대궁으로 들어가게 되었지만 한번 적강된 진골의 골위는 성골로 다시 회복되지 않았다.

양부 금상이 용수의 아들에게 지어준 춘추라는 이름의 의미를 되새겼다. 역사의 주역이 되라는 바람을 넘어 역사 그 자체가 되라는 뜻이었다. 삼태성의 정기를 받고 태어난 아이, 북신으로 들어간다는 것은 두말할 것도 없이 제왕이 될 징조였다. 진골의 아들은 진골일 따름이었다. 제왕이 될 수 없는 신분이었다.

'그 아이가 어인 모진 운명을 헤치고 나아가야 한단 말인가.'

제왕이 될 수 없는 신분으로서 제왕이 된다는 것, 가당키나 한 일인가 떠올려보았다. 천만 불가능하지만 않을 것 같았다. 대제의 슬하에는 성골 남아가 없는 것이 가장 큰 이유였다. 태자가 없고 공주만 즐비할 뿐이었다. 천명공주는 그 중 장녀였다. 금상이 끝내 태자를 두지 못하고 붕어한다면 왕권은 누구에게 돌아갈 것인가. 가임태자 천명공주, 또 그녀가 낳은 춘추가 아니겠는가.

용춘은 마침내 형 용수의 아들 춘추를 장차 제위에 등극시키기로 결심하기에 이르렀다. 다시 한번 천문의 뜻을 헤아렸다. 춘추가 지존이 되기 위해서는 반드시 칠요의 도움이 따라야 한다고 믿었다. 칠요의 정기를 받고 태어난 남아를 찾아야 하였다. 용춘은 고개를 저었다. 한 아이가 그것을 다 받고 태어나기란 지극히 드문 일이거니와 고금에 찾아볼 수 없는 일이었다. 그렇다면 일곱 아이를 찾아야 한다고 여겼다.

'내 지금부터 너를 위해 못할 일이 무에 있으랴!'

천화공주와의 사이에 난 자신의 아들을 떠올렸다. 모르긴 해도 천화궁에도 금상이 사람을 보내어 아이의 이름을 내렸을 것이었다. 용춘의 심정은 참담한 지경에 이르렀다. 천문으로 나타내어 보인 신응은 자신의 아들에게 있는 것이 아니라 형 용수의 아들에게 있음을 부정할 수 없었다.

두 아들을 함께 극진히 키울 수 없는 당위성이 바로 거기에 있었다. 용수의 아들 춘추를 외면하고 자신의 자식에게만 저도 모르게 천륜의 정이 기울게 되면 낭패였다. 그건 천만지일로 받아든 신응을 저버리는 일일 것이었다. 자칫 사사로움으로 말미암아 천하대의를 망칠 수도 있는 바였다.

"천지신명과 열성조의 뜻이 그러하다면, 과연 그러하다면 나는 이제 가장 먼저 무엇을 해야 한단 말인가."

금상이 용춘의 아들에게 내린 이름은 춘우였다. 세택전 관원을 시켜서가 아니라 공봉복사를 통해서였다. 큰 뜻을 품기보다는 형제간의 우애를 대대세세 이어 가라는 뜻이 분명하였다. 춘추와 춘우라는 이름, 금상도 두 아이의 앞날을 내다보고 있다는 걸까? 대궁의 공봉복사에게 점을 치게 한 뒤에 가려낸 이름인가?

"춘우라, 춘우. 우리 아기에게 썩 어울리는 이름이 아닙니까?"

천화공주는 아기의 이름이 적힌 비단보를 들고 그지없이 기뻐하였다.

"천명궁에 내리신 이름은 뭐라고 합디까?"

"춘추, 춘추라고 들었소."

"사내다운 기상이 느껴지는군요."

"이만 쉬시구려. 날이 밝는 대로 형님과 입궁하여 성은에 감읍한 뜻을 아뢰어야겠소."

"그렇게 하십시오."

용춘은 방문을 나서려다 말고 강보에 싸여 누워 있는 아기를 한 차례 돌아본 뒤 무거운 걸음을 옮겼다. 서방채로 돌아와 넓은 뜰 한가운데에 선 그는 궁사지 대남보에게 일렀다.

"검을 가져오너라."

대남보는 서방에 들어가 두 손에 검을 들고 나왔다. 모후가 후궁이 되어 다시 대궁으로 들어갔을 때 금상이 용수와 용춘 두 형제를 양자로 삼으며 각각 한 자루씩 내린 보검 중 하나였다.

용춘은 검을 뽑아들었다. 그리고는 궁사지 대남보와 몇몇 궁졸들이 지켜보는 가운데 검무를 추기 시작하였다. 발자국 소리도 없이 검을 휘둘러 나가는 모습은 춤이 아니라 흡사 말하지 못할 통한이 서린 몸부림 같기만 하였다.

찌르는 사위는 찌르는 것이 아니었고 베는 사위도 베는 것이 아니었다. 뿌려 거두는 듯하더니 몸통에 휘감아 돌리며 다시 칼끝을 내밀어 겨누다가 거두기를 거듭하는 것이었다. 대남보는 평소에 보던 검무가 아닌지라 의아하게 여길 뿐이었다.

용춘은 두 발을 모으고 서서 하늘을 찌르듯이 천천히 검을 들어 올렸다. 칼끝은 먼 데 북신을 향하였다. 그의 시선은 칼끝에 놓인 한 점 불티같은 북신에 닿았다. 그러한 채 오랫동안 서 있었다.

'내 반드시 대의를 이루고 말리.'

이윽고 검을 거둔 용춘은 대남보에게 넘겨주고 다시 동방 산실로 향하였다. 대남보는 검을 가로로 안아들고 뒤따랐다.

산모도 아기도 잠들어 있었다. 머리맡에 앉은 용춘은 천화공주와 아기를 번갈아 바라보다가 속으로 한탄하였다.

'어찌 조금만 더 일찍 오지 못했단 말이냐. 가여운 것.'

어금니를 꽉 문 용춘의 얼굴이 굳어졌다. 웃는 듯이 잠들어 있는 아기의 얼굴을 자신의 큰 손바닥으로 덮었다. 그리고는 고개를 돌려 눈을 감았다. 손바닥에 힘을 주었다. 숨길이 막힌 아기가 파르르 떠는 느낌이 전해지는 듯 마는 듯 하더니 이내 미동도 하지 않았다.

용춘은 아기의 얼굴을 누르고 있던 손바닥을 들었다. 고개를 돌려

아기를 바라보았다. 눈시울이 붉어졌다.

'이 세상에 태어나 일평생 이루지 못할 한을 품은 채 범한으로서 생불여사의 목숨으로 살아가느니, 그만 길을 잃기 전에 다시 천상신계로 돌아가는 것만 같지 못하리라. 이 아비가 장차 해야 할 일을 마치고 나면 반드시 네가 있는 곳으로 가 영원히 속죄를 하마. 부디 왔던 길로 잘 돌아가거라.'

용춘은 뒤도 돌아보지 않고 밖으로 나왔다. 두 다리가 휘청거렸다. 마루 기둥에 기대어 선 용춘이 흐느끼는 듯한 소리를 내자 검을 안고 뜰에 서 있던 궁사지 대남보가 영문을 몰라 하며 얼른 다가섰다.

"전군마마?"

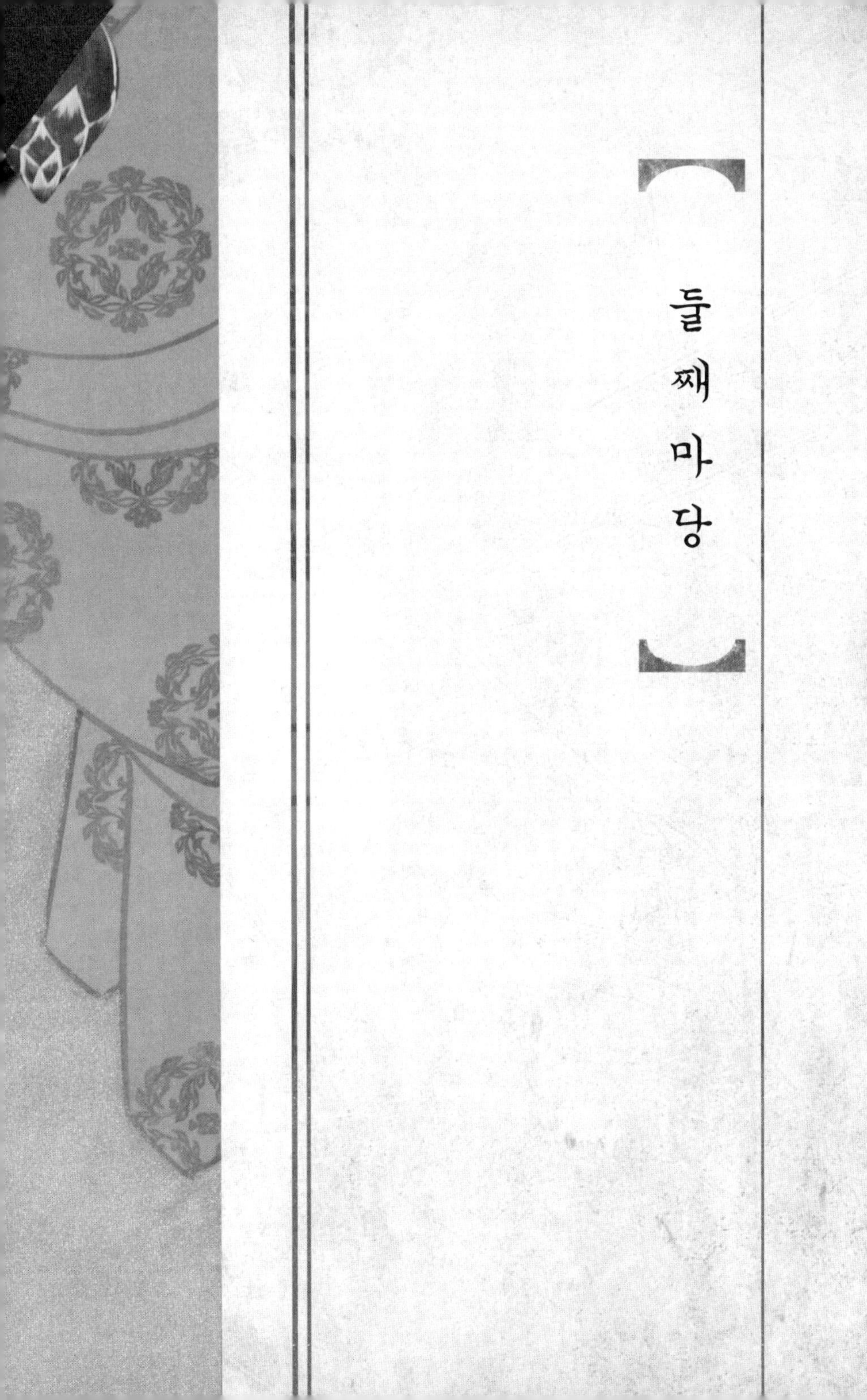
둘
째
마
당

화해병졸 和解竝卒

묵은 감정을 서로 풀고 함께 나란히 죽다

"전군마마, 비형랑께서 오셨사옵니다."

"모셔라."

기골이 장대하고 두 눈에 귀광이 서린 듯한 사내가 들어섰다. 그는 인사말도 건네지 않은 채 서안에 다가앉았다.

"네가 어인 일이냐?"

"형님도 참. 아우가 형님을 찾아뵙는데 뭐 잘못되기라도 했단 말이오?"

"언제까지 때를 가리지 않고 불쑥 나타났다가 대뜸 사라지곤 할 셈이냐?"

"심려 마오, 이젠 한 곳에 붙어 있을 터이니. 그건 그렇고, 아찬 문노공께서 위중한 지경에 이르렀더이다."

"뭐라고, 문노공께서?"

"그간 소제가 명산대천을 떠돌다가 서라벌로 돌아오는 길로 문안 드리러 갔다가 선걸음에 밀지를 받고 왔소이다."

"밀지라니?"

"솔하를 이끌고 속히 댁으로 듭시라 하더이다."

"그래?"

용춘은 문노의 집으로 갈 채비를 서둘렀다. 궁사지 대남보는 백인 결사를 소집하였다. 그가 사재를 털어 비밀리에 거느리고 있으면서 용춘을 호위하는 무리였다. 뜰로 나온 용춘은 검을 차고 있는 그들의 모습을 보고 놀랐다.

"어인 사람들이냐?"

"전군마마께 행여 큰일이 닥치면 쓰려고 소인이 모아둔 자들이옵니다."

비형이 껄껄 웃으며 대남보를 두둔하였다.

"우리 형님한테는 자네만한 사람도 없을 걸세."

"면구하옵니다."

"저들 중에서 자질이 뛰어난 십 인만 골라놓게. 따로 쓸 데가 있으니."

"예, 전군마마."

용춘은 큰 황소가 끄는 수레에 올랐다. 백인결사가 호위하며 이끄는 가운데 문노의 집에 다다랐다. 일찍이 화랑과 낭도 출신으로서 문노를 따르는 무리인 호국선이 병기를 들고 집 안팎을 물샐 틈 바람들 틈 없이 지키고 있었다.

"형님, 우리가 가장 먼저 당도했는가 보오이다."

"또 어인 사람들이 오기로 했다는 말이냐?"

"좀 기다려 보오."

오래지 않아 담 너머 길에서 수레 소리가 요란히 나더니 낯익은 사람들이 앞서거니 뒤서거니 하며 대문 안으로 들어서는 것이었다. 상선 비보에 이어 보리, 서현이 어울려 들어왔고, 풍월주 호림은 부제 보종과 전방대화랑 염장을 데리고 나타났다. 용춘은 그들과 일일이 인사를 나누었다.

문노는 의관을 차려입은 채 몸을 일으켜 앉아 있었다. 근엄한 모습이기는 하지만 낮달처럼 창백한 얼굴이었다. 사람들은 병환을 걱정하는 말 한마디도 떼지 못하였다. 문노가 힘겹게 입을 열었다.

"내 이제 곧 가야할 때를 앞두고 공들에게 전할 말이 있어서 다들 모이라 한 것일세."

상선 비보가 아뢰었다.

"사람을 시켜서 전하시면 될 것을 어찌 편치 않으신 몸을 더 가혹하게 다루시옵니까."

"누굴 시켜서 전할 말이면 이리 모이라 했겠는가?"

사람들은 문노의 입에서 어떤 말이 나올까 잔뜩 긴장하였다.

"선제이신 진지대제의 폐위에 얽힌 비밀을 알려주려 함일세."

용춘은 깜짝 놀라 고개를 들었다. 문노는 그런 용춘에게 눈길을 대었다가 다른 사람들에게 차례로 옮기더니 차분한 어조를 쏟아내기 시작하였다.

"진흥대제의 맏아들이신 동륜태자께서 보명궁주와 사통을 하여 남몰래 보명궁에 드나들다가 큰 개한테 물려 돌아가시는 바람에 제위를 잇지 못했다네. 동륜태자께서 승하하시자 태자의 아우님이셨던 금륜왕자께서 그 자리를 물려받으셨다네. 그 뒤 진흥대제께서 풍질을 앓으시다가 붕어하시고 말았는데 사단은 그로부터 비롯되었다네.

당시 대궁의 가장 큰 어른은 사도태후였는데, 태후는 당신의 잉첩 미실궁주와 미실궁주의 남편 세종공과 또 미실궁주의 아우 미생랑을 불러들여 진흥대제의 붕어를 황실과 정사당에 비밀에 부친 채 추악한 모의를 하였다네. 그것이 첫 번째 모의일세.

그 모의인 즉, 사도태후가 맨 먼저 미실궁주를 시켜 금륜태자와 사통하게 하였다네. 그런 뒤에 태자를 불러 제위에 오르면 미실궁주를 황후로 삼으라고 했다네. 태자께서 처음엔 머뭇거리다가 마침내 다른 방도가 없음을 알고 그러겠노라 약속을 하자 태후는 안심을 하고 태자를 제위에 등극시켰다네. 그분이 바로 선제이신 진지대제이시네."

문노의 눈길이 용춘에게 머물렀다. 용춘은 숨이 멎을 것만 같았다. 문노와 눈이 마주치자 어서 계속 들려달라는 간절한 애원성을 두 눈빛에 실어 보냈다.

"진지대제께서 등극한 뒤 태후는 마치 당신이 제위에 오른 것처럼 국정을 멋대로 휘둘렀고 미실궁주는 침전에서 진지대제를 마음대로 주무르며 황후가 될 날만 고대하였다네. 그런데 진지대제께서는 미실궁주를 황후로 삼겠다는 약속을 지키고 싶지 않으셨다네.

태후에 대한 조정과 백성의 물망이 나쁜데다가 미실궁주의 성품과 행실이 표독하고 간악함을 깊이 깨달으시고는 다른 여인을 가까이하게 된 까닭이라네. 진지대제의 의중을 간파하기에 이른 미실궁주는 화가 머리끝까지 뻗쳐 사도태후와 세종공과 미생랑과 더불어 진지대제를 폐위시키기로 모의를 하였다네. 그것이 두 번째 모의일세."

용춘의 얼굴이 점점 상기되어 갔다.

'두 번째 모의라……'

문노는 잠시 숨을 가다듬었다가 말을 이었다.

"그런데 그들이 진지대제의 폐위에 가장 걸림돌이 된다고 여겼던 건 화랑들이었다네. 화랑들 중에서도 골품이 없는 백성들이 많이 몸담고 있었던, 바로 내가 이끌고 있던 낭도의 무리인 호국선이었다네. 그들은 누구랄 것도 없이 격검을 잘했고 세속오계를 남달리 잘 지킨다는 평판을 듣고 있었다네. 세속오계 중에서도 으뜸 계목인 사군이충으로 똘똘 뭉쳐 있었으니 그들이 쉽사리 거사를 일으킬 생각을 못하였다네.

그래서 묘안을 내었다네. 내가 거느리고 있던 호국선을 당시 제 7

세 풍월주로 있던 설원랑의 무리인 운상인과 강제로 합쳐버리고는 설원랑의 휘하에 두기로 말일세. 그들이 겉으로 내건 명분은 이러했다네. 격검과 같은 무도를 잘하는 호국선과 향가를 잘하고 청유를 즐겨 선도에 힘쓰는 운상인이 하나로 어울려야 한다고 말일세.

그와 더불어 사도태후는 오래 전에 폐지된 원화의 편제를 부활시켜서 미실궁주를 원화로, 세종공을 상선으로, 나를 아선으로, 설원랑을 좌봉사화랑으로, 비보랑을 우봉사화랑으로 삼았다네. 또 신선골이라 하여 일만 명이나 되는 무리를 이끌고 있는 미생랑을 전방봉사화랑으로 삼아 나와 호국선의 힘을 크게 약화시켰지.

그렇게 화랑들을 모두 장악한 뒤 거사를 일으켜 하루아침에 진지대제를 폐위시켰다네. 진지대제의 뒤를 이어 제위에 오른 사람은 앞서 보명궁을 드나들다가 큰 개에게 물려 죽은 동륜태자의 아들 백정공인데, 그분이 바로 금상이라네.”

용춘은 몸을 부르르 떨었다. 그의 기억에 또렷이 새겨지는 이름들이 있었다. 궁금한 건 당시에 문노는 무얼 하고 있었는가 하는 의문이었다. 그들의 거사를 수수방관할 성품이 아니라는 걸 잘 알고 있어서였다. 문노는 용춘이 떠올린 의문에 대답을 하기라도 하듯이 이어나갔다.

“그 당시에 나와 호국선의 행적이 궁금하겠지. 나는 진지대제의 정비이신 지도태후로부터 비밀리에 후원을 받고 있었다네. 하지만 그전부터 세종공을 형이라 부르며 따랐던 탓에 어쩔 수 없이 사도

태후와 미실궁주가 일으킨 거사에 참여하였다네. 결과적으로 말하자면 진지대제를 지켜달라는 지도태후의 간절한 후원을 저버리고, 세종공에게 화랑으로서의 의리를 끝까지 다하기 위한 선택을 하고 말았다는 말일세.

그 보답으로 많은 것을 받았다네. 그때까지만 해도 출신이 미미해 골품이 없었던 나는 진지대제의 폐위에 가담한 공로로 뒷날 거칠부공의 딸과 혼인을 하였고, 또 그 덕에 8세 풍월주가 되었으며, 아찬의 벼슬에까지 올라 신하가 가질 수 있는 최고의 골위인 진골에 이르게 되었다네.”

“어찌, 어찌 그럴 수가!”

문노 뿐만 아니라 사람들은 모두 용춘의 절규를 묵묵히 듣고만 있었다. 용춘이 문노는 쳐다보지도 않고 이를 부수어 뱉어내는 듯한 소리를 내었다.

“폐위된 선제는 그 뒤에 어찌 되었소이까!”

문노의 음성은 처음과 그대로 변함없었다.

“유궁에서 삼년을 보내신 뒤에 붕어하셨다네. 그때 도화녀라는 여인과 색통을 하여 한 사내아이를 얻었지.”

사람들 속에서 큰 목소리 하나가 튀어나왔다.

“그게 바로 이 몸 아니겠소. 허허헛.”

바로 비형이었다. 그는 숨가빠하는 문노의 입을 쉬게 하고자 재빨리 말을 이었다.

"나의 생부이신 진지대제께서 유궁에서 붕어하시자 어머니께서는 장사를 치른 뒤에 나를 데리고 유궁을 떠나셨고, 대제의 정비이셨던 지도태후께서는 금상의 후궁이 되지 않았소이까? 그때부터 나의 두 이복형이신 용수 형님과 용춘 형님도 다시 왕궁으로 들어가 금상의 양자가 되었고, 또 금상의 슬하에 있는 여러 공주들 가운데 용수 형님은 장녀이신 천명공주마마를, 용춘 형님은 차녀이신 천화공주마마와 혼인을 하셨지요. 자, 이쯤 되면 얘기는 끝난 것 아니오이까?"

용춘이 비형을 돌아보며 나무랐다.

"네 이놈, 어른께서 말씀하시는데 불쑥 끼어드는 버릇은 어디서 배웠느냐!"

비형이 목을 움츠리면서도 입을 삐죽거렸다. 거친 숨결을 가라앉힌 문노가 입을 열었다.

"내 비록 선제께 사군이충하지 못하고 역모꾼이 된 부끄러운 처지로 누릴 것 다 누리고 살아오기는 했으나, 거사가 끝난 뒤부터 지금까지 미실궁주 일파와 사이가 좋지는 않았다네. 사도태후에 이어 미실궁주가 국정을 마음대로 휘저었기 때문일세. 아무리 타이뢰었지만 곧이듣지 않더구만.

그래서 나와 같은 입장에 있는 비보랑과 손을 잡고, 설원랑과 미생랑 무리의 전횡에 대립하여 왔지. 그로써 화랑은 두 파벌로 갈라지게 되었다네. 그건 여러 공들도 잘 알고 있겠지? 나를 중심으로 한 진골정통파와 설원랑이 주축이 된 대원신통파 말일세."

문노는 문득 서현을 바라보더니 덧붙였다.

"서현공이 이끄는 가야파를 빼놓을 뻔했군."

서현이 아뢰었다.

"저희 가야파는 진골정통에 의지하고 있는 바이니, 공께서는 괘념치 마소서."

고개 숙인 용춘의 눈에서 눈물이 흘러내렸다. 워낙 어렸을 때의 일이라 얼굴도 생각나지 않는 생부 진지대제, 얼마나 보고 싶어 하였고 얼마나 알고자 하였던 옛일인가. 사도태후, 미실궁주, 설원, 미생! 불구대천의 원수들이 떠올랐다. 하늘처럼 믿고 따랐던 문노도 비보도 예외는 아니었다. 용춘의 심경을 아는지 모르는지 문노는 짤막하게 말하였다.

"이만 상선각으로 가세."

비보가 물었다.

"거긴 어인 일로?"

"만나야 할 사람이 있다네."

문노가 상선 비보의 부축을 받아 수레에 올랐다. 호국선이 호위하여 앞서는 가운데 다른 사람들도 각자 수레를 탄 채 뒤따랐다. 용춘도 대남보가 이끄는 백인결사의 호위를 받으며 행차 속에 들었다. 장엄하고 긴 행렬이었다.

상선각에 가까이 이르자 반대편 길에서 또 한 무리의 수레 행차가 다가오고 있었다. 운상인의 호위 속에 미륵선화라 불리는 설원,

신선골의 호위를 받고 있는 미생, 그리고 그들의 일파인 하종, 칠숙, 석품과 같은 사람들이었다.

상선각에 든 문노와 설원 일행은 서로 마주 본 채 앉았다.

"문노공, 참으로 긴 세월이었소이다."

"그렇구려. 허나 지금에 와서 돌이켜보니 찰나에 다름 아니오이다."

"시각이 얼마 남지 않은 것 같소이다. 먼저 말씀을 하시구려."

문노는 자신을 따르는 진골정통파와 가야파를 돌아보며 말하였다.

"오늘 이후부터는 화랑들 사이에 파벌은 없어야 할 것이네. 앞으로 화랑과 낭도를 선임할 때에는 파를 가리지 않아야 한다는 말일세. 공들은 알아듣겠는가?"

뜻밖의 말에 아무도 대꾸를 못하고 있었다. 설원도 대원신통파를 향해 입을 열었다.

"공들도 그리 해야 하네. 그렇게 하지 않겠다면 장차 화랑의 파벌로써 우리 신국 신라에 망조가 들 것이니."

두 무리는 약속이나 한 것처럼 여전히 아무 말을 하지 않았다. 문노와 설원의 말을 따르지 않겠다는 항변과 다를 것이 없었다. 문노가 용춘에게 말하였다.

"옛일에 얽매이면 앞일을 헤아리지 못하게 되네."

용춘은 지그시 입술을 깨물었다. 문노의 뜻에 따라야 한다는 생각이 들었다. 대의를 이루려면 지난 일의 감정에 휘둘려서는 안 되었다. 대의는 대범에서 나오는 것이었다. 지난 일로써만 그릴 수 있는 그림을 먼 앞일로써 그려야 할 그림에 비하자면 그건 그림도 아닐 터였다.

"저는 두 분 공의 뜻을 따르겠사옵니다."

"다른 공들은 어떠한가? 장차 균등을 하겠는가?"

"균등을 하겠는가!"

진골정통파, 대원신통파, 가야파, 세 파의 사람들을 골고루 화랑과 낭도에 등용시키고 세력을 고르게 하되, 만약 공을 세운 자라고 하더라도 이 균등의 원칙에 걸린다면 등용을 하지 않겠다는 다짐을 강요하고 있는 것이었다. 문노와 설원이 거듭하여 재촉하자 마주 앉은 사람들이 마지못해 따르겠다는 대답을 하였다.

"균등을 하겠사옵니다!"

문노와 설원은 마주보고 있던 자리에서 일어나 상선각 신단 앞으로 가 무릎을 잇대어 나란히 앉았다.

"공들은 이만 돌아갔다가 내일 아침에 오시게나."

사람들은 문노와 설원이 따로 나눌 말이 있거니 생각하여 다 밖으로 나왔다. 두 무리는 상선각 안에서의 대답과는 달리 서로 인사도 나누지 않은 채 서둘러 수레를 돌리고는 왔던 길로 되돌아가버렸다.

용춘은 망설였다. 그 자리에서 아침까지 기다려야 할지 말아야 할지 판단을 할 수 없었다. 서제 비형이 다가왔다.

"형님은 뭘 그리 고민하우? 두 분이 오늘밤 자시에 함께 신선으로 우화할 것이니 집으로 돌아갔다가 내일 일찍 장사지낼 채비나 해서 다시 옵시다."

"너 예사 버릇되이 함부로 입을 놀릴 테냐?"

"이렇게 사람 말을 믿지 못해서야, 참, 딱하오, 딱해."

"네놈이 저 열선각에 들어계신 두 분 공의 내일 일을 어떻게 안단 말이냐?"

비형이 웃으며 말하였다.

"귀신도 부리는 이 아우가 아니옵니까?"

앙양청원 昂揚淸元
근본적으로 맑은 천지신명의 기운을 기르다

　금오산 북녘 기슭에 있는 나을신궁에는 선대 제왕들의 석신상이 모셔져 있었다. 나을은 날이라는 뜻이요, 또 해라는 뜻임에 소지대제 때 해와 같은 선제들을 기리기 위해 국조 박혁거세께서 탄신하신 나정에 선혜황후의 주청으로 신궁을 세운 것이었다. 그로 말미암아 선혜황후가 신궁의 황신이 되었다.

　신궁에 모신 여러 석신상 중에서 특히 눈길을 끄는 것은 법흥대제의 신상이었는데 총애하였던 옥진궁주와 사통하는 모습 그대로의 교신상으로 만들어져 있었다. 그런데 그것을 보고 얼굴을 붉히는 사람은 아무도 없었다. 황실에서건 민항에서건 방사와 사통은 대수롭지 않은 일인 까닭이었다.

　신궁봉사가 여러 천녀들의 도움을 받아 선대 제왕들의 석신상 앞

신단의 여러 촛대에 촛불을 밝힌 뒤, 향로에는 향을 태웠다. 향 타는 연기가 그윽하게 퍼져 올랐다. 신궁봉사는 천녀들과 함께 물러났다.

국통 원광법사가 수제자 원안대사를 비롯하여 안함화상, 밀본최사와 같은 고승을 데리고 신단 앞으로 나아가 차를 올린 뒤 선제들의 극락왕생을 빌었고, 뒤이어 화랑의 스승인 융천 일행이 등잔을 바쳤다.

다음으로는 상선이 나왔다. 비보, 미생, 하종, 보리, 그리고 용춘이었다. 그들은 연꽃을 한 송이씩 놓았다. 용춘은 버릇처럼 선고 진지대제의 석신상을 바라보았다. 볼 때마다 목젖을 타오르게 하고 가슴을 울컥하게 하는 신상이었다.

'생전에도 과연 그러한 생김새이셨사옵니까?'

상선의 뒤에는 거열, 실처, 보동, 서현, 비형, 칠숙, 석품 등 상랑들이 줄을 이었는데, 그들은 목에 두르고 있던 희고 얇은 비단 청령사를 벗어 올린 뒤 물러났다. 마지막으로 화랑들의 우두머리인 풍월주 호림, 그를 보좌하는 부제 보종, 전방대화랑 염장 등이 신전으로 나아 꿩깃을 바쳤다.

신궁의 정면 축담과 계단에 마련되어 있는 자리에 위품대로 앉은 사람들은 뜰을 내려다보았다. 화랑이 될 소년들과 낭도가 될 소년들이 늠름하고도 정연하게 서 있었다. 맨 앞줄에 서 있는 소년들은 알천의 아들 죽지, 상선 비보의 아들 진주, 아찬 문노의 아들 금강, 상랑 서현의 아들 유신을 비롯하여 흠운, 진춘, 천존, 문충, 비담, 염종이었다. 하나같이 얼굴을 흰 분을 발라 화장을 하였고, 눈썹을 그리고 입술에는 붉은 칠을 한 모습이었다.

전방대화랑 염장이 큰 소리로 화랑의 취위례를 거행하겠다고 하자 천녀들이 신들께 봉고하는 북을 울렸다. 북소리는 장엄하게도 모든 사람들의 심장에 스며들어 재차 울리는 것만 같았다. 북소리가 멎자 여러 상선 중에서도 최상선의 지위에 있는 비보랑이 자리에서 나와 화랑과 낭도들을 향하여 입을 열었다.

"우리 신라는 신국이며 신도와 선도의 도리가 있다. 신도의 도리로는 신궁을 받들고 하늘에 대제를 지냈으며, 선도의 도리로는 화랑을 두어 우주의 청원한 진기를 기르게 하였다. 옛적 법흥대제께서 위화랑을 귀애하셨는데 화랑이라는 이름은 그로부터 말미암은 바이다. 나라의 젊은 인재가 선문과 낭문에 들어가 선도의 도리에 힘썼으니, 지혜롭고 어진 재상과 충성스러운 신하와 지략이 뛰어난 장수와 용맹한 군병이 모두 이로부터 나왔다.

오늘 그대들은 새로 화랑과 낭도가 되어 신국의 훌륭한 신민이 될 자질을 배양함에 진심갈력하라. 그리하여 장차 우리 신국 신라를 만천하가 우러러보는 나라가 되게 하고, 만백성이 살고 싶은 나라가 되게 하라. 당부는 오직 이것이다, 부디 명심하겠는가!"

화랑과 낭도가 될 소년들은 한 목소리를 내어 우렁차게 환호하였다.

"예에!"

다시 전방대화랑 염장이 나왔다.

"화랑이 될 그대들은 지난 이틀 동안 향가 짓기와 말 달리기 재주를 잘 보였다. 이제 마지막 날인 오늘은 격검으로써 그대들의 호기로움을 보여야 할 것이다. 다들 격검 채비를 하라!"

화랑들은 윗도리를 벗었다. 격검에 나서기에 앞서 신궁 바로 앞에 있는 나정으로 가 신궁천녀들이 떠주는 우물물을 한 표주박씩 마셨다. 그리고는 다시 돌아와 두 사람씩 마주 섰다. 전방대화랑 염장의 호령에 따라 격검이 개시되었다. 목검이 부딪히는 소리가 신궁 뜰을 가득 울렸다.

"하아, 딱, 따악!"

"따다다딱, 이야압, 딱, 딱!"

용춘은 그들 가운데 어느 누가 가장 출중한 검술을 보이고 있는지 유심히 관찰해 나갔다. 예사롭지 않은 검술을 선보이고 있는 소년은 단연 두 사람이었다. 알천의 아들 죽지와 서현의 아들 유신이었다.

"아니?"

용춘은 눈을 크게 떴다. 유신은 몸, 그 몸에 일곱 별 무늬가 아로새겨져 있는 것이었다. 칠요! 그 정기를 한 몸에 받고 태어났단 말인가. 그리고 그 아이가 바로 서현의 아들이란 말인가.

용춘의 눈길에 다른 소년들은 들어오지 않았다. 오직 죽지과 격검을 벌이고 있는 유신에게 못 박혀 있었다.

“하앗, 따딱!”

유신은 뒤로 물러서며 죽지의 공세를 받아내더니 몸을 빙그르르 돌려 그의 등을 겨누었다. 죽지는 허리를 앞으로 숙이며 칼을 등 뒤로 돌려 막아낸 다음, 땅으로 몸을 굴려 일어섰다. 그 순간 전방대 화랑 염장이 소리쳤다.

“그만!”

그로써 격검까지 다 마친 화랑들은 자리로 돌아가 의관을 바르게 갖추었다. 국통 원광법사가 원안대사의 시중을 받으며 화랑이 될 소년들을 한 사람씩 접견하였다. 맨 먼저 문노의 아들 금강이 나왔다.

“그대는 세속오계의 계율을 받겠는가?”

“받겠사옵니다.”

“사군이충 하겠는가?”

“예, 성상폐하를 섬김에 있어 충성을 다하겠사옵니다.”

“사친이효 하겠는가?”

“예, 부모님을 섬김에 있어 효도를 다하겠사옵니다.”

“붕우유신 하겠는가?”

“예, 벗을 사귐에 있어 신의를 다하겠사옵니다.”

“임전무퇴 하겠는가?”

“예. 전장에 나아가서는 물러서지 않겠사옵니다.”

“살생유택 하겠는가?”

“예, 산 것을 죽임에 있어 가려서 하겠사옵니다.”

오계를 받은 화랑들에게 상선들이 나와 화랑의 표상인 꿩깃을 머리띠에 꽂아주었다. 마지막으로 검을 내려줄 차례가 되었다. 국통 원광법사가 말했다.

"새로 화랑이 되는 아이들에게 검을 내릴 때에는 나라 안에서 검술이 가장 뛰어난 사람이 해 온 것이 관례가 아니오?"

"그러하옵니다."

"그럼 지금 우리 신국 신라에서 최고의 검술을 지닌 사람이 누구요?"

"단연 용춘공이옵니다."

"오? 그렇다면 용춘공께서 검을 내리도록 하오."

용춘은 일어나 앞으로 나왔다. 소년들이 한 사람씩 다가왔다. 전방대화랑 염장이 전해주는 검을 받아 그들에게 일일이 전해주었다. 유신의 차례가 되었다. 그때까지 말없이 검을 내리던 용춘은 뜻밖에 입을 열었다.

"그대의 등을 좀 보여 줄 수 있겠는가?"

유신은 잠시 머뭇거리더니 윗도리를 내려 돌아섰다. 용춘은 벌린 입을 다물지 못했다. 칠성문이 또렷하였다. 원광법사가 물었다.

"용춘공, 어찌 그러시오?"

"아무 것도 아니옵니다. 아까 격검에서 다치지나 않았나 해서."

원광법사의 곁에 있던 원안대사가 고개를 갸우뚱하였다.

'등을 공격당한 건 죽지인데? 이상하군.'

용춘은 유신에게 검을 내렸다. 잠깐 유신과 눈이 마주쳤다. 눈매에 깊이 모를 서기가 서려 있는 것을 본 용춘은 마침내 확신을 하기에 이르렀다.

'내 너를 지켜보리.'

소년들이 검을 받고 다 돌아가자 국통 원광법사는 그들이 화랑에 취우하였음을 선언하였다. 또 다시 신궁천녀들이 북을 크게 울렸다.

이어 풍월주 호림이 낭도에 지원한 소년들인 동도를 한 사람씩 불러내어 각각의 화랑에 배속시켰다. 호림이 최상선 비보에게 말하였다.

"화랑의 낭도 무리에게 이름을 내리소서."

비보는 화랑 죽지와 그에 딸린 낭도들에게 이름을 내렸다.

"균등하겠는가?"

"예, 균등하겠사옵니다!"

"너희를 천무단이라 이름 하노라."

유신이 낭도를 거느리고 나왔다.

"균등하겠는가?"

"예, 균등하겠사옵니다."

"너희를 용화향도라 이름 하노라."

낭도에게 이름을 다 내리자 융천이 신궁봉사에게 일렀다.

"이보오, 천관. 이제 저 아이들이 화랑이 되었음을 신들과 하늘에 아뢰는 대제를 지내야 하지 않겠소?"

"예, 국선사님. 대신대천무를 올릴 채비를 하겠사옵니다."

신궁봉사가 수십 명의 천녀들을 데리고 나와 춤을 추기 시작하였다. 비록 신궁봉사가 가장 잘 차려입기는 하였으나 모든 사람의 시선은 나이 든 그녀보다는 천녀들에게 머물렀다. 마치 하나같이 천상 천녀인 듯 눈앞에서 사라져버릴 것만 같은 눈부심과 빼어난 아리따움으로 사람들을 황홀경에 빠지게 하였다.

군무가 끝나자 천녀 두 사람만 남아 짝을 지어 춤을 추었다. 신궁봉사의 딸 금지와 천녀 소영이었다. 다른 사람들도 그러하였지만 유독 유신의 눈길이 오랫동안 금지의 춤사위에서 떠나지 않았다.

'······'

신궁에서의 화랑 취위례를 모두 마친 뒤 포석사로 향하였다. 돌을 다듬어 전복 모양으로 만든 사당이었다. 포석사는 제 1세 위화랑을 비롯하여 역대 풍월주들의 신상을 받들고 있는 곳이었다, 불과 보름 전에 같은 날 같은 시각에 상선각에서 나란히 앉은 채로 우화한 제 7세 설원과 제 8세 문노의 신상도 안치되어 있었다. 사람들은 차례로 들어가 예를 올렸다.

용춘은 아직도 설원과 문노, 그 두 사람이 마치 산 사람처럼 여겨졌다. 문노가 죽기 전에 들려준 선고 진지대제에 관한 얘기가 눈앞에 그림처럼 펼쳐진 듯 떠올랐다.

자신의 친아들인지 조카인지는 중요하지 않았다. 장차 춘추가 제위에 등극해야 할 이유가 자명해졌다. 더구나 칠요의 정기를 받고

태어난 아이까지 발견한 터였다. 용춘은 천우신조라 여기며 속으로
다짐하였다.

'그날 밤에 문노공께서 들려준 말씀을 죽을 때까지 잊지 않겠사
옵니다. 비록 우리 삼형제는 아무도 지존이 되지 못할지언정 선대왕
마마의 황손만큼은 반드시 신국의 대좌에 앉히고 말 것이옵니다. 부
디 천상천계의 가피를 앙원하옵니다.'

포석사에서부터 월성 대궁까지 시가행렬이 시작되었다. 화랑들이
대제를 알현하러 가는 여정이었다. 국통 원광법사에서부터 상선과
상랑들은 수레를 탔고, 풍월주 이하는 말을 타고 행렬을 이었다. 길
가에는 성민들이 나와서 화랑과 낭도들에게 환호를 보내고 있었다.
삼 년마다 벌어지는 오직 신국 신라 서라벌의 풍경이었다.

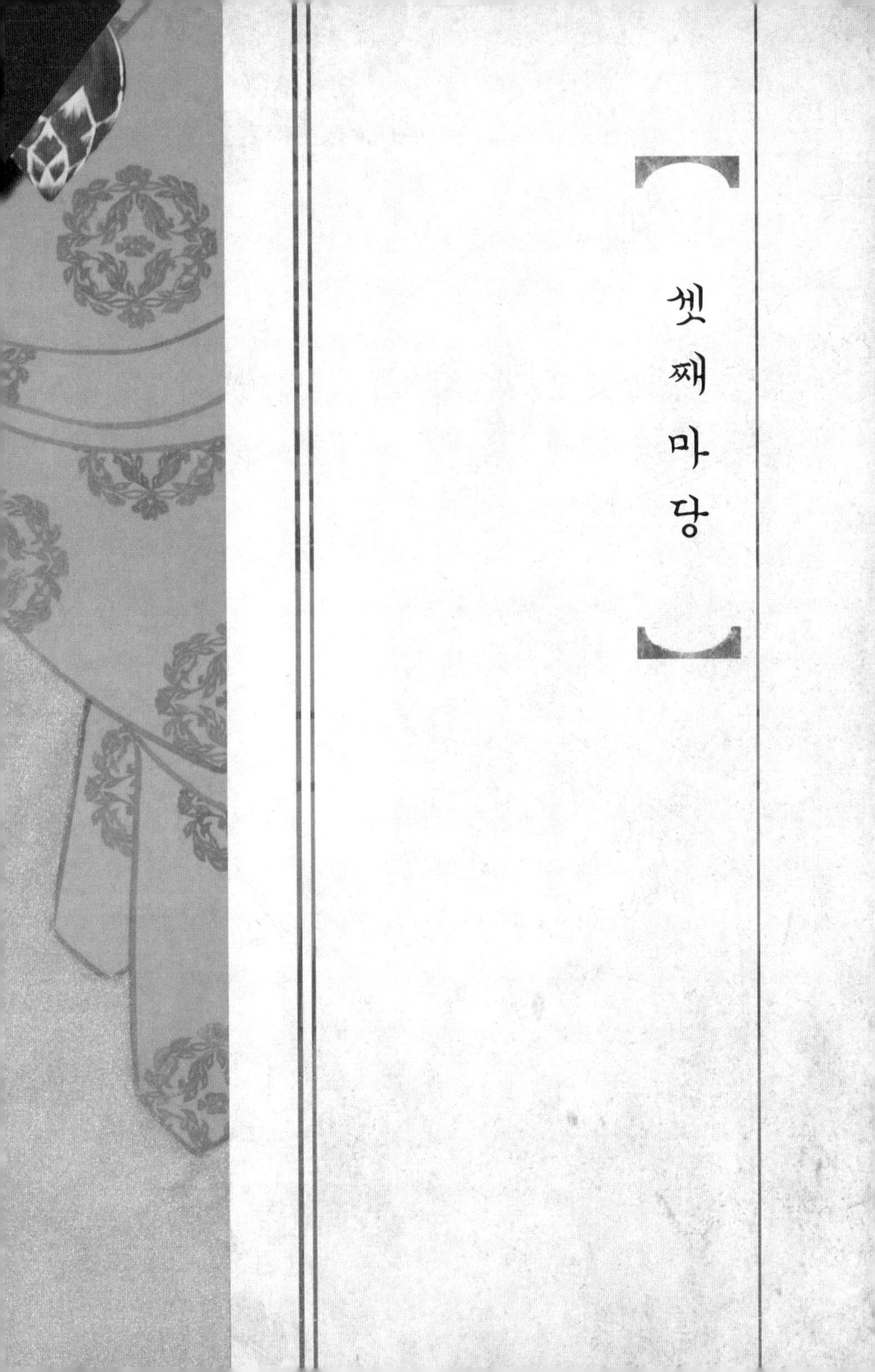
셋째 마당

흥륜복회 興輪福會

낭도 양부가 할 말을 속에 넣어둔 채 함부로 꺼내지 못하고 유신의 눈치만 살폈다. 유신은 뒤늦게 알아차리고 물었다.

"왜 그러느냐?"

"그것이 저어……."

"할 말이 있거든 당당히 해야지. 뭘 그리 우물쭈물하느냐? 어서 말해 보거라."

"다름이 아니옵고, 오늘이 이월 보름인지라……."

"이월 보름? 무슨 날이라도 되느냐?"

"흥륜사에서 복회가 열리는 날이옵니다. 그래서 낭도들이 다들 가고 싶어 하옵니다."

"그래? 그러면 다녀오너라."

“어찌 저희끼리만 가겠사옵니까. 선군께서 인행해 주옵소서.”

“알았다. 나와 함께 그렇게들 가고 싶어 한다면 박절하게 뿌리칠
수 없지.”

유신은 말에 올랐다. 양부가 앞장서고 용화향도는 뒤따른 채 흥륜
사로 향하였다. 길에는 수많은 사람들이 다 한 방향으로 가고 있었다.

“웬 사람들이 이렇게 많으냐?”

“다 복회에 가는 사람들이옵니다.”

절에 도착한 유신은 말에서 내렸다. 먼저 법당에 들어가 미륵 본
존불에 예배를 올렸다. 하루 종일 목탁을 치며 염불을 외고 있던 경
승에게 목례를 한 뒤 밖으로 나왔다. 주지승 진자가 수제자 법척을
데리고 다가왔다.

“좌방대화랑 유신랑 아니오?”

유신은 마주 합장을 한 뒤에 입을 열었다.

“낭도들이 복회에 참여하고 싶어 하기에 데리고 왔사옵니다.”

“잘하셨소 부처님의 가호가 있을 것이오.”

법당 큰 뜰에서는 왕성의 남녀노소가 여러 겹으로 뒤섞여 큰 원
을 그리며 커다란 전탑을 돌고 있었다. 전탑 위 하늘에는 커다란 보
름달이 해처럼 떠올라 있었다. 유신은 낭도들과 함께 그들 사이에
끼었다.

“탑돌이를 하면서 소원을 빌면 이루어진다고 하옵니다.”

“이 많은 사람들 소원을 다 들어주려면 부처님 귀가 도대체 몇

개나 되어야 하겠느냐?”

두어 바퀴 돌지 않아 다투는 소리가 들려왔다. 탑에 가려 보이지는 않았다. 사람들의 걸음이 워낙 느린 탓에 유신은 탑돌이 무리에서 빠져나와 반대쪽으로 갔다. 뒤따르던 양부가 말하였다.

“저 분은 우방화랑이신 비담랑이 아니옵니까?”

“그렇구나.”

유신이 다가갔다. 비담이 그의 낭도들과 함께 어떤 소녀와 입씨름을 벌이고 있었다.

“술 한잔 하러 가자는데 도대체 뭐가 문제냐?”

“가지 않겠다는데 왜 그러시어요?”

“왜 가지 않겠다고 하느냔 말이다! 네가 지금 화랑을 무시하는 게냐?”

“화랑이면 유화나 데리고 놀 것이지 이게 무슨 짓이옵니까.”

“이년이 곱게 말하니까 아주 훈계까지 하려 드는구나.”

유신이 가만히 살펴보니 소녀의 용모가 낯익은 감이 있었다. 신궁 봉사 휘하에 있는 천녀였다. 그녀 뒤에는 신궁에서 화랑 취위례을 할 때 춤을 가장 잘 추었던 천녀가 서 있었다. 두 소녀가 그때 짝을 지어 춤을 춘 천녀들임을 깨달았다.

“비담랑, 그만 하지.”

유신이 나서며 말하자 비담은 돌아보았다.

“유신랑이 나설 일이 아니니 못 본 척하고 그만 가게.”

"싫다는 사람들에게 자꾸 치근덕거리는 건 옳지 못할 일일세."

"치근덕? 말이면 다인 줄 아나 보지?"

비담은 허리에 차고 있던 검에 손을 대었다. 그러자 그의 낭도들도 일제히 맞설 태세를 보였다. 용화향도도 마찬가지였다. 저마다 차고 있던 박달곤봉을 빼어들기 직전이었다. 바로 옆에서 탑돌이를 하던 성민들이 놀라 행렬을 흩뜨리며 물러섰다.

"비담랑, 지금 예서 나랑 한판 붙자는 말인가?"

유신의 말에 비담은 바로 검을 빼어들지 못한 채 머뭇거렸다. 비담의 낭도 승행이 귀엣말을 하였다.

"선군, 자리와 때가 좋지 않사옵니다. 더욱이 상대는 격검에 뛰어난 유신랑이고, 또 곤봉술이 으뜸인 용화향도가 아니옵니까."

비담은 이내 굳은 얼굴을 풀고 허리를 바로 펴며 웃는 낯으로 바꾸었다.

"부처님 뜰에서 함부로 칼질을 할 수는 없지. 오늘은 이만 돌아가니 훗날 제대로 한판 겨루어 보세나."

비담이 낭도들을 이끌고 사라졌다. 사람들은 다시 행렬을 지어 탑돌이를 시작하였다.

"고맙습니다, 유신랑."

"인사까지 들을 일을 한 건 아니오."

그녀의 뒤에 있던 금지가 나지막이 말하였다.

"소영아, 그만 돌아가자."

"예, 아가씨."

그 말에 유신은 두 소녀가 신분이 같은 천녀가 아님을 알았다.

"내가 데려다 주리다."

"아니옵니다. 번거롭게 그러실 것까지는 없사옵니다."

"아니오. 저 무리들이 이 밤에 어디에서 잠복하고 있을지 모르오. 그래 돌아갈 곳이 어디오?"

소영이 대답하였다.

"신궁 쪽이옵니다."

유신은 양부에게 소리쳤다.

"두 천녀를 모시거라."

"예, 선군."

양부는 용화향도로 호위하게 하였고, 유신은 앞장서서 걸었다. 절 밖으로 나오자 낭도 하나가 말고삐를 잡고 있다가 끌고 왔다. 유신은 그녀들을 돌아보았다.

"두 사람 다 타시오."

"아니옵니다. 걸어가겠사옵니다."

"그대들이 걷고 나만 말을 타고 가면 왕경인들이 나를 욕할 것이고, 그대들도 타지 않고 나도 타지 않은 채 빈 안장으로 가면 어리석다고 비웃을 것이니, 말은 그대들이 타고 가는 것이 맞소."

유신은 양부에게 눈짓을 하였다. 양부가 말안장 밑에 무릎을 꿇고 엎드렸다. 유신은 금지와 소영의 손을 잡아 차례로 안장에 태워 주었다. 가는 길에 두 사람이 낙상하지 않도록 낭도 넷을 가려 안장 좌우에 둘씩 바짝 붙여 걷게 하였다.

시가를 벗어나 도당산에 올랐다. 산성 안으로 들어서자 소영이 서쪽을 가리켰다. 나을신궁이 있는 방향이었다. 이윽고 신궁 건물이 나타났고 돌아들자 신궁 앞 뜰이 환하였다. 나정에 촛불을 둘러놓은 까닭이었다. 신궁의 뜰을 가로질러 솔숲으로 들어가자 얼마 지나지 않아 아담한 집 한 채가 나타났다.

"다 왔사옵니다."

유신은 제 집에서 숲 속 지름길을 택한다면 불과 사오 리 거리일 것으로 여겼다. 그만큼 두 천녀가 가깝게 느껴졌다. 유신은 금지와 소영을 말에서 내려주었다.

"이만 돌아가 보겠소."

"은혜를 입었사옵니다. 편히 가시어요."

유신이 훌쩍 뛰어 말에 오르려는 때에 집 안에서 한 여인의 쉰 목소리가 들려왔다.

"손님이 집 앞까지 왔으면 모시고 들어오는 것이 도리이거늘, 더구나 은덕을 입고도 그냥 돌려보내려 하다니 너희가 대체 정신이 있는 년들이냐."

대문이 열렸다. 신궁봉사가 나와 유신에게 선절을 하였다.

"아이들이 아직 어려 사람의 도리를 미처 깨우치지 못하였으니 유신랑께서 너그러이 이해해 주소서."

"보잘 것 없는 일을 한 것을 두고 은덕이라니 당치 않소"

"그렇지 않사옵니다. 어서 안으로 드소서."

"밤이 너무 깊었소 다음에 한번 들리리다."

신궁봉사는 밤하늘 높이 떠 있는 보름달을 올려다보며 말하였다.

"오늘따라 달님이 유난히도 밝게 비추시지 않사옵니까? 사양치 마소서."

유신은 낭도들에게 하령하였다.

"양부 너는 낭도를 모두 데리고 돌아가거라. 예서 내 집이 멀지 않으니 잠깐 들렀다가 일어나마."

"예, 선군. 하오면, 말은 문 앞에 매어놓고 돌아가겠사옵니다."

용화향도가 돌아가는 것을 본 유신은 신궁봉사를 따라 집 안으로 들어갔다. 금지와 소영이 그 뒤를 따랐다.

밖에서 보는 것과는 달리 집 안은 별천지였다. 본당 앞에는 커다란 가루라 석상이 놓여 있었고, 석상 앞은 연못이었다. 못 가에는 기괴한 수석과 이름 모를 화초들이 둘러져 있었다. 뜰에서 본당으로 들어가는 땅바닥에는 조개껍질을 촘촘히 박아놓았는데 길가 좌우에 켜 놓은 석등의 불빛을 받아 오색으로 빛나고 있었다.

유신이 잠시 멈추어 천상의 화원 같기만 한 뜰의 풍경을 바라보는 겨를에 신궁봉사는 뒤돌아서더니 금지에게 일렀다.

"네 처소로 모시거라. 곧 주안상을 내어갈 터이니."

금지는 대답 없이 몸으로 유신을 이끌었다. 연못에 놓인 홍예교를 지나 큰 소나무를 돌아들자 숨겨놓은 듯한 작은 집 한 채가 있었다. 소영이 먼저 들어가 불을 켜고는 다시 나왔다.

"드소서."

금지와 유신이 안으로 들자 소영은 주안상을 받아 오겠노라며 문을 닫아주었다. 유신은 금지와 마주앉았다. 무슨 말을 해야 할지 몰랐다. 고요히 타오르고 있는 촛불만 바라볼 뿐이었다.

"소녀 금지라고 하옵니다."

"어, 어여쁜 이름이구려. 나는 유신이라고 하오. 김유신."

"유신랑에 대해서는 잘 알고 있사옵니다."

"어떻게 나를 잘 알고 있다는 말이오?"

"유신랑께서 화랑 중의 화랑이라는 소문이 성중에 자자하옵니다."

"다 헛소문인게요."

"그렇지 않사옵니다. 오늘 일만 해도 증명이 되었사옵니다."

"뭐 그런 일을 가지고."

밖에서 인기척이 났다. 신궁봉사가 소영에게 주안상을 들려 들어왔다. 그녀는 금지 옆에 앉았고 소영은 그녀들 뒤에 자리를 잡았다. 주안상에는 갖가지 부침개와 송편, 수수부꾸미, 삶은 꿩고기, 갓 지은 조밥이 놓여 있었다. 은수저 한 벌 옆에는 각배가 놓여 있었는데, 굽이 크고 넓은 잔 받침에 황소의 뿔끝을 거꾸로 세워 박아놓은 모양이었다. 반 되는 들어감직한 것이었다. 신궁봉사가 술병을 들었다.

"한잔 받으소서."

유신은 얼떨결에 각배를 들어 내밀었다. 신궁봉사는 가득 따랐다. 유신은 단숨에 들이켰다. 술 트림이 절로 나왔다.

"안주를 집어보소서."

유신은 젓가락을 들고 살피다가 돌연 내려놓고 통째 삶은 꿩고기를 두 다리를 잡고 찢은 뒤 양손에 하나씩 들고 번갈아 살점을 물어뜯어 씹기 시작하였다. 그 행동을 본 신궁봉사가 빙그레 웃었다.

"과연 유신랑이시옵니다."

유신은 고기를 씹다가 말고 물었다.

"내가 뭐 잘못하기라도 했소?"

"아니옵니다. 장차 삼한을 통합하실 분이 어디 꿩고기 한 마리가 대수이겠사옵니까."

"삼한 통합?"

"그러하옵니다. 하오나, 그 큰일을 성취하시려면 열여덟 살이 되는 해를 잘 넘기셔야 하옵니다. 이제 유신랑께서는 열다섯이시니 앞으로 꼭 삼년 남았사옵니다."

"천관은 복술도 하오?"

"신궁지기를 오래 하다보면 이것저것 보이는 것들이 좀 있습지요."

유신은 신궁봉사가 자신에게 입치레를 하는 것으로 여겼다. 신궁봉사는 고개를 돌려 금지에게 명령을 하듯 말하였다.

"마음을 다해 잘 모시거라."

신궁봉사가 나갔다. 금지는 잠시 뜸을 두었다가 일어났다. 그리고는 꿇어 앉아 두 손을 방바닥에 짚고 유신에게 공손히 절을 올렸다.

"어인 절이오?"

"……."

술 한 각배를 들고 꿩고기 한 마리를 먹어치운 유신은 머리가 핑 돌고 배도 부른 것이 기분이 아늑해지기만 하였다. 그런 한편, 술을 거듭 하고 밤이 이슥할수록 눈앞에 앉아 있는 금지가 천상에서 내려온 천녀가 틀림없다고 여겨지는 것이었다.

"술도 훌륭하고, 안주도 훌륭하고, 눈앞에 있는 천녀도 아리땁기 그지없는데, 단 한 가지 이 주객만이 형편없구려."

"이제 그만 드소서. 취하시겠사옵니다."

"내 이미 취할 만큼 취했소."

금지가 소영이를 불러 주안상을 밖으로 내었다. 그 겨를에 유신은 눈꺼풀 무게를 이기지 못하고 앉은 채로 스르르 옆으로 쓰러지고 말았다. 금지는 유신을 바로 눕게 한 채 허리띠를 풀어 숨을 쉬기에 답답하지 않도록 해주었다. 그리고는 두 손가락으로 촛불 심지를 아래에서 위로 쓸어 올리며 불을 껐다.

"소영아, 너는 이만 물러가거라."

"예, 아가씨."

여교사칠 如膠似漆

사랑이 너무 깊어서 뗄 수 없을 지경이 되다

"죽지랑, 오늘은 서악으로 가보자."

"좋지. 이랴!"

두 무리의 화랑이 서녘 들판을 가로질러 선도산으로 말을 달렸다. 유신을 따르는 용화향도와 죽지 휘하에 있는 천무단 낭도들은 동도에서 평도로 승격이 되어 그들도 화랑들처럼 말을 타고 칼을 찰 수 있게 되었다. 다만 대도가 되기 전까지 활은 쏘지 못하는 신분이었다.

산기슭에 다다른 유신은 가파른 산길을 오르기 시작하였다. 말머리와 잔등이 높이 들려져 자칫하면 뒤로 낙상할 뻔한 것이 여러 번이었다. 유신과 죽지가 솜씨 좋게 말을 부려 산정까지 올라갔지만, 용화향도와 천무단 낭도들 중에는 말위에서 떨어지는 이들이 속출하였다. 그들은 말고삐를 잡고 가쁜 숨을 몰아쉬며 걸어서 올라왔다.

산정에는 마애삼존불이 높이 서 있었다. 예불을 올린 뒤 사방 풍경을 바라보았다. 왕경이 한 눈에 들어왔다. 기와집 지붕이 기운 듯이 촘촘히 이어져 있었고, 장터마다 사람들이 많이 몰려 있었다. 가까이 보이기로 왕경을 남북으로 흐르는 북천의 푸른 물줄기가 마치 천상의 은하수처럼 여겨졌다. 멀리로는 남천이 반월성 앞으로 흐르고 있었고, 서천 큰 물줄기가 북천과 남천의 물길을 받아들여 끝 간데 없이 북으로 뻗어있었다.

"유신랑, 자네의 꿈은 뭐지?"

"꿈? 글쎄."

"나는 우리 신국 신라를 침범하는 백제 놈들, 고구려 놈들, 왜놈들을 다 쳐부수는 게 소원이야."

"거 소원 한번 거창하네."

유신은 자신이 삼한을 통합할 것이라는 신궁봉사의 말을 떠올렸다.

"다 쳐부순다는 말은 삼한통일을 말하는 거야?"

"그럴 수도 있지. 나라의 힘이 강해지고 성상께서 성지만 세우신다면."

"그것만 가지고는 어림도 없지. 원대한 지략과 세밀한 지모가 있어야 해."

"그렇기도 하겠군."

"우리가 어릴 때부터 나라 안 산천을 두루 돌아보아 지리를 속속

들이 익히고 있으니 장차 전장에 나아가면 큰 도움이 되겠지?”

“그렇고말고 이제 땀을 식혔으니 그만 내려가자.”

왕성으로 돌아와 동시를 지날 무렵이었다. 풍월주 호림이 길에서 헐벗은 거지에게 옷을 벗어주고 있었다. 유신과 죽지는 멀리서 말을 멈추고는 가만히 지켜보았다. 지나가던 사람들이 다 걸음을 멈추고는 앞다투어 호림을 칭찬하는 것이었다.

“또 탈의지장께서 납시었군.”

“어디 옷만 벗어주시는 분이신가? 집안의 재물은 있는 대로 다 내어다가 가난한 이들을 구휼하시니, 참으로 생불과 다름없는 분일세.”

유신과 죽지가 말에서 내려 다가갔다. 호림이 그들을 보고는 빙긋 웃었다.

“좌방대화랑과 우방대화랑이 나란히 어딜 다녀오시는고?”

“낭도들을 이끌고 서악에 잠시 올랐다가 돌아오는 길이옵니다.”

“그래? 그러면 같이 선문으로 돌아가세.”

유신이 겉옷을 벗어주려고 하자 호림은 크게 말렸다.

“내가 입고 있던 낡은 옷은 딴 사람에게 줘버리고, 유신랑의 새 옷을 받아 입는다면 그게 어디 사람이 할 짓인가.”

선문으로 돌아온 풍월주 호림은 북을 쳐 모든 화랑들을 불러 모았다.

“요사이 화랑들이 산천을 청유함에 그 산에 있는 절은 찾지 않는 일이 잦다고 한다. 선도와 불도는 하나의 도이다. 화랑들이라고 해서 선도만 알고 불도를 알지 않으면 안 된다는 말이다. 그 때문에 미륵선화와 보리사문 같은 분들이 다 우리 화랑에게 있어서 큰 스승인 것이다. 모두 알겠는가?"

"예, 주군."

물러나온 화랑들이 뿔뿔이 흩어져 가려는 겨를에 유신이 다들 불러 세웠다.

"이보시게들, 우리 오늘 격검대회를 열지 않겠는가?"

우방대화랑 죽지와 귀방화랑 금강, 별방화랑 진주는 그러자고 하였지만, 우방화랑 비담과 전방화랑 염종은 들은 척도 않고 자리를 떠버렸다.

"우방랑과 전방랑은 어찌 매번 저리 싸늘히 구는지 모르겠군."

"다 그만한 까닭이 있지."

"뭔가? 그 까닭이라는 것이?"

"유신랑이 천관의 딸과 사통했다는 소문을 듣고부터 저러는 게지. 하하."

"에잇, 이 사람. 고약한 농담도 다 하는구먼."

"자, 그러면 오늘 격검에서 꼴찌를 한 쪽에서 한잔 내기로 하는 걸세?"

"두 번 이르면 잔소리지."

풍월주 호림은 부제 보종, 전방대화랑 염장, 별문화랑 흠순을 데리고 국선각에서 나왔다. 용춘의 집으로 오라는 전갈을 받아서였다.

선문 뜰에서는 한창 격검이 벌어지고 있었다. 잠시 서서 바라보던 호림은 별문화랑 흠순에게 일렀다.

"필시 술내기를 하였을 것이네. 저 많은 낭도들이 다 먹고 마시자면 부담이 클 것이니 은전 몇 냥을 내리도록 하게."

"그리하겠사옵니다."

천화궁의 서방채에 든 호림은 보종과 염장과 함께 예를 올렸다. 용춘의 곁에 어린 귀공자가 앉아 있었다. 호림은 용춘의 아들이 태어나자마자 세상을 뜬 옛일을 떠올렸다. 잘못 점지된 아이가 태어나면 곧바로 숨을 고며 죽어버리고 만다는 소민가의 믿음이 있는 터였다.

그런 안타까운 일을 당한 뒤로 용춘이 조카인 춘추공자를 몹시 귀애하여 왔는데 항간에는 용수의 아들 춘추가 어쩌면 용춘의 아들일지도 모른다는 소문이 나돌아 왔다. 마야황후가 한때 용수와 용춘에게 번갈아 천명공주를 받들게 하였다는 밑받침말이 힘을 얻었다가 잃었다가 반복하는 바람에 그건 이미 김빠진 풍문이 된 지 오래였다. 춘추를 본 호림은 몸은 어린아이에 불과하지만 눈매에는 어른이 들어있음을 느꼈다.

"어인 일로 찾으셨사옵니까?"

"자네의 부제를 유신랑으로 바꾸게."

"예에?"

호림은 다짜고짜 하령하듯이 말하는 용춘을 바라보았다. 하지만

용춘은 아랑곳하지 않고 호림의 뒷자리에 앉아있는 부제 보종에게
물었다.

"그리 할 수 있겠는가?"

보종이 망설이지 않고 담담히 입을 열었다.

"그러잖아도 제가 역량이 모자라 부제로 있음에 부끄러움이 많았
사옵니다. 좌방대화랑 유신랑은 호림 국선님의 부제가 되기에 부족
함이 없으니, 공께서 말씀하시는 바로 이참에 그 자리를 넘긴다면
저로서도 흔쾌한 일이옵니다."

"그건 옳지 못한 일이옵니다!"

보종과 뒷자리에 나란히 앉아 있던 전방대화랑 염장의 외침이었
다. 풍채가 우람하고 윗사람을 섬기는 데에 신의를 목숨보다 소중하
게 여기는 성품다웠다.

"무릇 화랑에는 위품과 균등이 있는 줄 아옵니다. 보종 형이 부제
가 된 지 얼마 지나지 않았는데 그 자리를 다른 사람도 아니고 차례
가 한참이나 남은 유신랑에게 넘기라고 하심은 크게 부당한 처사이
옵니다."

용춘이 서릿발 같은 눈길을 염장에게 보냈다.

"네가 말을 할 자리이냐?"

"……."

용춘은 호림과 보종에게 재차 확답을 받은 뒤에 그들을 돌려보냈
다. 천화궁을 나온 염장이 용춘의 전횡에 화가 치밀 대로 치밀어 곧

큰일이라도 벌일 것만 같은 태도를 보였다. 호림은 겨우 그를 말려
두고 미실궁을 찾았다.

"용춘공과 염장랑은 비록 그 아비는 다르나, 어미가 같은 형제지
간인데 품성이 그렇게 서로 다르다니."

"저 혼자서는 염장랑의 고집을 꺾을 수 없사오니, 궁주님께서 좀
달래어 주십사 하고 찾아뵈었사옵니다. 염장랑이 보종랑을 형이라
부르면서 궁주님까지 양어머니로 여기고 있지 않사옵니까?"

"알겠네. 내 힘써 주겠네."

미실은 염장을 궁으로 불러들여 직접 타일러서 달랬다. 자신의 막
내아들 보종이 부제에서 밀려나는 것을 눈뜨고 보면서도 미실이 아
무런 노여움도 보이지 않는 것을 본 염장은 이제는 미실궁주도 늙
었구나 하는 생각에 힘없는 걸음으로 궁을 나섰다.

"게 있느냐?"

한 사내가 기둥 뒤에서 나타났다.

"유신이라는 아이에 대해서 알아오너라. 어인 까닭으로 용춘이 내
아들 보종을 내치고 그 아이를 부제 자리에 앉히려는지 몹시 궁금
하구나."

"예, 궁주님."

유신은 격검대회를 마친 뒤 우방대화랑 죽지랑, 귀방화랑 금강랑,
별방화랑 진주랑, 그리고 여러 낭도들과 함께 동시에서 단골로 드나
드는 주점에 들어 있었다.

“주형께서 은전을 내리셨으니 오늘은 허리띠를 풀고 마음껏 마셔
보자.”

“언제는 마음껏 안 마신 적이 있었나?”

“그런가? 하하.”

선문의 격검대회에서 전승한 것은 유신의 용화향도였고, 꼴지를
한 낭도는 죽지의 천무단이었다. 득오가 금강의 낭도 수월에게 아깝
게 패한 탓이었다. 유신이 수월에게 술을 내렸다.

“근래에 자네의 검술이 날로 높아지는군.”

금강은 죽지의 낭도 득오의 잔에 따라주었다.

“자네는 오늘의 패배를 너무 아쉬워 말게. 격검이 어디 하루 이틀
만 하고 말 일인가.”

죽지가 입을 열었다.

“혹시 본국검법이라는 말 들어보았나?”

“이른바 신검이라고 불리는데 우리 신국 신라에 전해 내려오는
절세의 검술이라더군.”

“그런데 그 검술을 지닌 사람은 아직 나타나지 않았다지?”

“예전에 문노공께서 국선으로 계실 때 선보인 적이 있었다는 말
이 있지 않는가?”

“그렇긴 하지만 그것이 본국검법의 진수인지는 아무도 모른다고
하지, 아마.”

“그렇다면 본국검법은 사라지고 말아서 영영 익힐 길이 없다는

말인가?”

“역대 화랑들 중에서 격검의 제일인자로는 문노공을 꼽지 않는가? 그 다음은 용춘공을 버금으로 치고 그런데 문노공께서 용춘공을 가장 신임하셨으니 어쩌면 용춘공께 그 실마리가 있을지도 모를 일이네.”

“본국검법도 그렇거니와 문노공께서는 병법에도 밝았다면서?”

“비단 열다섯 폭에 오묘한 병법의 요결을 적었다는 말이 있는데 그 비단 필이 어디로 사라졌는지 그에 관해서도 아는 사람이 아무도 없다는 말을 아버지께 들은 적이 있네.”

“혹시 용춘공께서 비밀리에 물려받지는 않았을까?”

“그럴지도 모르지.”

화랑들의 대화를 듣고 있던 유신은 용춘을 만나고 싶은 마음이 간절하였다. 더욱이 신궁에서의 화랑 취위례 때 검을 내려주면서 자신의 등에 난 일곱 개의 점을 보고 크게 놀란 표정을 지었던 까닭도 물어보고 싶었다.

달이 중천에 오도록 마신 낭도들은 하나같이 대취하여 비틀거리며 주점을 나섰다. 유신의 낭도 양부와 죽지의 낭도 득오, 그리고 금강의 낭도 수월만 가지 않고 있었다.

“오늘도 자네 셋이 남았군 그래. 우리는 다른 곳에 가서 한잔 더할 터이니 걱정 말고 이만 돌아가 보게.”

유신은 화랑들만 데리고 신궁봉사의 집으로 향하였다. 솔숲에서 사람들이 오는 기척을 느낀 금지가 대문을 열고 나와 있었다. 유신이 일행을 이끌고 다가서자 금지는 선절을 하며 반겼다.

"단랑님, 어서 오시어요."

"허헛, 단랑님이라고 부르는 걸 보니 유신랑을 두고 떠도는 소문이 거짓이 아니라 참말이었군 그래?"

"자자, 밖에서 이러지 말고 들어들 가세. 장모의 귀가 시끄럽겠네."

"장모? 천관님이 장모? 허헛."

소영이 다른 천녀들과 큰 술상을 차려 내어왔다. 화랑들은 또 주거니 받거니 하며 유쾌해 하였다. 한바탕 호탕하게 마신 뒤 돌아가는 화랑들을 배웅하는 동안 소영이 큰 상을 치우고 작은 상을 들여 놓았다.

방으로 돌아온 유신에게 금지가 흙꼭두를 하나 보여주었다. 말을 타고 있는 화랑의 모습이었다. 안장 뒤쪽에는 술잔을 만들어 놓았다.

"이걸 보고 날마다 단랑님을 마주하듯이 하고 있사옵니다."

"그래? 그럼 여기에다가 한잔 부어 마셔야겠군?"

"이 흙꼭두에 이름부터 지어주시어요."

"어디보자, 유신의 신 자, 금지의 금 자를 따서 신금장군이라고 할까?"

"좋아요. 썩 마음에 들어요."

금지는 흙꼭두의 안장에 놓인 잔에 술을 따랐다. 유신은 신금장군

을 두 손으로 들고 술을 입에 부어 머금더니, 금지를 와락 끌어안고
는 입맞춤을 하며 천천히 흘려 넣었다. 눈을 감은 금지는 술맛이 그
렇게 달콤할 수가 없었다. 술을 나누어 삼킨 뒤, 금지가 유신의 품
에 안긴 채 눈을 떴다.

"단랑님, 부디 이 꿈을 깨지 마시어요."

"화랑 유신은 금지의 사람, 천녀 금지는 유신의 사람. 그 증표가
바로 저 신금장군이야. 알겠지?"

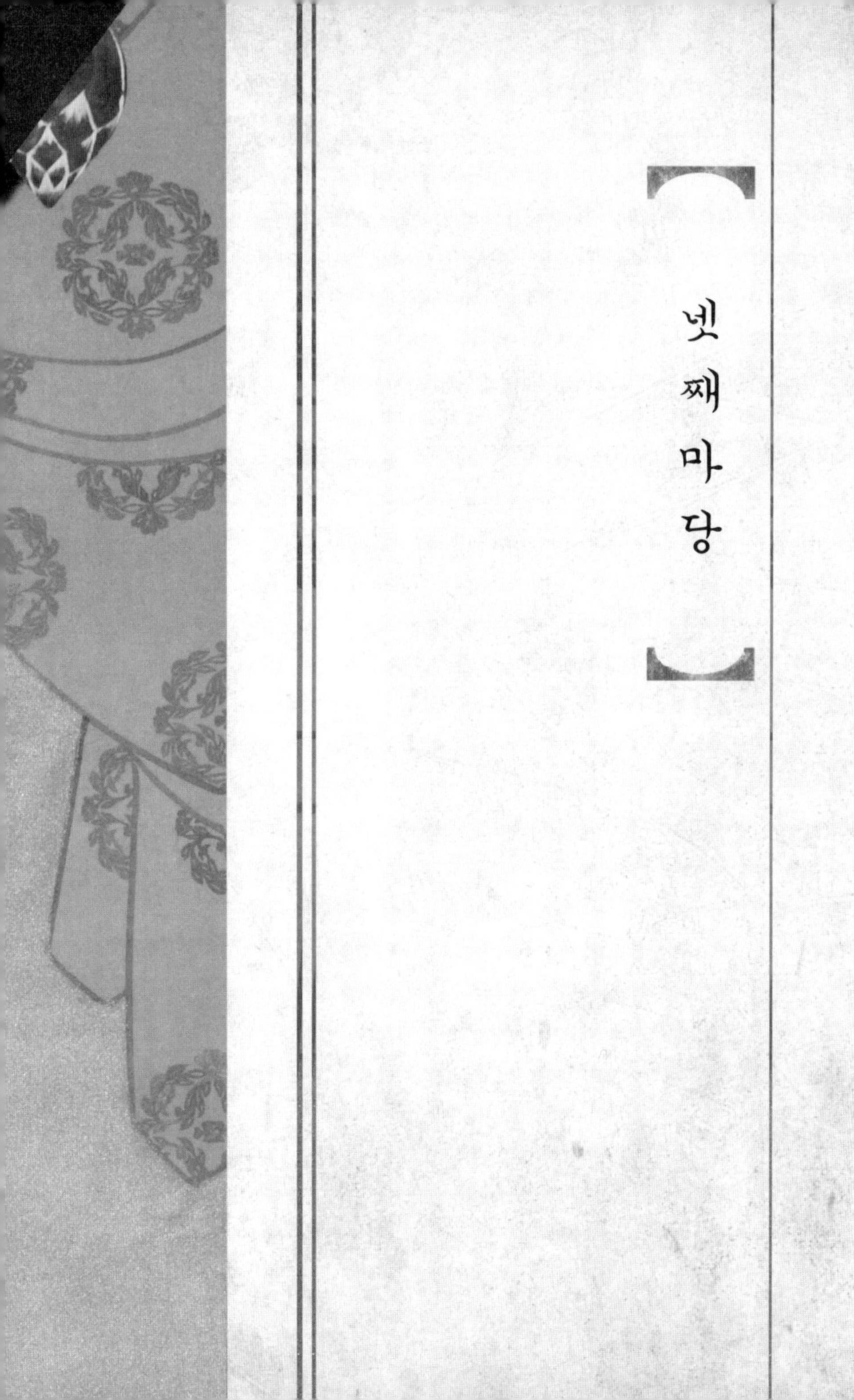
넷
째
마
당

독행석굴 獨行石窟

홀로 중악석굴에 가서 기도를 올리다

"지금 적국 백제에서 크게 군사를 일으켜 우리 신국 신라로 쳐들어와서 가잠성을 공격하고 있다는 건 너도 잘 알고 있을 터이지? 나라의 변방을 지키는 현령이 성민들과 더불어 목숨을 내놓고 고군분투하고 있는 이때에 너는 국선의 부제가 된 몸으로 날이면 날마다 동무들과 어울려 질탕하게 술판을 벌이니, 이 어찌 부끄러운 일이 아니냐?

남아가 되어 벗들과 신의로써 사귀며 술을 한잔씩 하는 것은 불가한 일이 아니나, 요즘과 같이 나라가 위급한 때에 하루가 멀다 하고 정신을 풀어놓고 만취하여 밖에서 자고 들어오는 것은 바람직한 일이 아니다."

만명부인의 꾸중에 유신은 깊이 고개를 떨어뜨렸다.

“어머니, 다시는 그러지 않겠사옵니다.”

“그러면 되었다. 이만 선문으로 나아가 보거라.”

유신은 여제 아해와 아지의 배웅을 받으며 집을 나섰다. 집안에만 있는 어머니가 보는 눈이 그러할진대 다른 사람들은 오죽하려 싶었다. 말을 타고 가는 길에 지나치는 사람들이 다 저를 보고 비웃는 것 같았다. 고개를 들 수 없었다.

선문의 국선각에 딸린 부제방에 들어 하루를 멍한 얼굴로 보낸 유신에게 죽지가 금강과 진주와 함께 찾아왔다.

“어디 아프신가?”

“아닐세. 그저 마음이 좀 무거워서.”

“가세. 어인 일이 있었는지 몰라도 심기가 울적할 적에는 술이 약일세.”

유신은 그들의 호의를 일언지하에 뿌리칠 수도 없었고, 또 무거운 마음을 달래고자 몇 잔만 마시리라 다짐하며 나섰다. 하지만 주점에 들어 한 잔 두 잔 비우기 시작하자 처음 마음먹었던 몇 잔으로 그칠 수 없었다.

“유신랑은 오늘도 도당산에 들르겠지?”

“도당산이라니?”

“단랑님이라고 불러주는 어여쁜 천녀가 살고 있지 않는가?”

“하하, 그렇군. 내가 깜박했어.”

대화를 들은 유신의 손이 절로 술잔에 갔다. 평소에는 농담으로 들리던 말들도 오늘은 마치 빈정대고 조롱하는 것만 같았다.

"유신랑, 천천히 들게."

"무슨 언짢은 일로 그러는지 어디 좀 들어나 보세."

"별일 아닐세."

언제 주점을 나왔는지 어떻게 말 등에 올랐는지도 기억나지 않았다. 깜박 졸다가 말울음 소리를 듣고 눈을 떠보니 신궁봉사의 집 앞이었다. 금지가 반가운 얼굴로 달려 나왔다. 유신의 눈에는 웃는 금지의 얼굴 위에 어머니 만명부인의 노기어린 표정이 겹쳐 보였다. 유신은 깜짝 놀라 말에서 떨어질 뻔하였다.

말에서 내린 그는 품에 안기려는 금지는 본체만체하고 말에게 호통을 쳤다.

"이놈, 갈 데와 아니 갈 데가 그렇게 분간이 안 되더냐!"

그리고는 허리춤에 차고 있던 칼을 뽑아 말의 턱밑 목을 쳐 베어버렸다. 말은 피를 내뿜으며 쓰러졌다. 순식간의 일이었다. 금지는 놀라 물러서며 입을 손으로 가린 채 어찌할 바를 몰라 하였다. 유신은 뒤돌아보지도 않고 고개를 숙인 채 말없이 숲속으로 향하였다.

"단랑님, 단랑님!"

"……."

금지는 울먹이는 소리를 내었다.

"흙꼭두 신금장군을 두고 하신 언약을 이렇게 가혹하게 저버리시나요!"

땅바닥에 엎드려 흐느끼는 금지를 내버려 둔 채 집으로 돌아온 유신은 아무 것도 생각하고 싶지 않았다. 방에 들자마자 그대로 쓰러져 잠이 들었다.

서악 산정에 있는 마애불이 스르르 변신하더니 선도산 성모의 자태를 드러내었다. 유신은 놀라 숨이 막혔다. 성모의 음성이 천지를 울리는 듯하였다.

"삼한 통합을 하려느냐? 그렇다면 중악석굴을 찾아 간절히 기도를 올리거라."

눈을 뜨니 아침이었다. 간밤에 꾸었던 꿈이 꿈만 같지 않았다. 목이 말라 물을 찾고 있는데 아지가 물 잔을 들고 들어왔다.

"오라버니, 술은 이제 좀 그만 드시어요."

"알았다."

유신은 목욕재계를 하였다. 그러는 동안 양부가 새 말을 마련해 왔다. 의관을 단정히 차려 입고 말에 오른 유신은 양부에게 당부하였다.

"혼자 어디 좀 다녀올 데가 있으니 선문에 가서 잘 아뢰거라."

"오늘 돌아오시옵니까?"

"그건 알 수 없다. 죽지 않으면 다시 돌아올 터이지."

"부제님?"

유신은 의아해하는 양부를 뒤로 하고 말허리를 찼다. 왕성을 벗어나자 채찍을 쳐 쉼 없이 말을 달렸다. 중악, 봉황이 날개를 크게 펼치고 있는 산세라고 이름난 곳이었다. 산기슭에 도착한 유신은 밭을 갈고 있는 농부에게 물었다.

"저 산에 석굴이 있다던데 어디에 있소?"

"굴이 어디 하나둘이라야 말이지요."

유신은 난감하였다. 농부가 건성으로 덧붙였다.

"저 산중턱에 올라가면 관음보살님 석상이 하나 서 있는데 바로 그 옆에 굴이 하나 있기는 하옵니다."

"고맙소."

얼마 오르지 않아 길은 끊어지고 말은 갈 수 없는 깊은 숲이 가로막았다. 언뜻 올려다보니 숲이 끝나는 높은 곳에 커다란 바위가 서 있었다. 유신은 그것이 관음보살상일 것으로 짐작하였다. 말을 매어놓고 숲을 헤치고 들어갔다.

온몸에 땀이 나고 숨이 찼다. 잠시 쉴 곳을 찾아 주위를 두리번거렸다. 그때 뒤에서 사람 소리가 났다.

"금갑동자가 이제야 왔구나."

유신은 얼른 돌아보았다. 소소백발을 정수리에 올려 묶은 노파가 약초를 캐는 호미를 들고 망태기를 옆구리에 낀 채 이도 없는 입을 벌리고 웃는 것이었다. 유신은 노파가 범상치 않아 보여 허리를 굽혀 절을 하였다.

"쯧쯧. 어른한테 그걸 절이라고 하느냐, 이놈아!"

노파는 호미를 들어 나무랐다. 유신은 땅바닥에 엎드려 큰절을 하고 나서 물었다.

"이곳에 석굴이 있다고 들었사옵니다. 어디에 있는지 가르쳐 주소서."

"그래? 저 산 아래까지 나를 업어다 주면 가르쳐 주지."

유신은 잠깐 고민하다가 그렇게 하기로 하였다. 노파를 업고 길 없는 숲을 헤치고 내려가자니 여간 힘든 게 아니었다. 이상한 것은 업고 있는 노파가 물에 젖어가는 듯이 점점 무거워지는 것이었다. 설상가상으로 노파가 유신의 등에 업힌 채 줄곧 이리가라 저리가라 길을 가리키는데 아무리 가도 산기슭은 나타나지 않았다. 백 걸음을 가면 땅이 마치 천 걸음만큼 멀어지는 느낌이었다.

기진맥진한 유신은 노파를 업은 채 저도 모르게 정신을 잃고 쓰러지고 말았다.

"가악, 가아악!"

유신은 멀리서 까마귀 울음소리를 듣고 눈을 떴다. 노파는 온데간데없고 바로 눈앞에 커다란 관세음보살 석상이 서 있었다. 유신은 홀연히 깨달은 바가 있어 얼른 무릎을 꿇고 절을 올렸다.

그리고는 관음보살상 옆에 굴이 있다는 농부의 말을 떠올렸다. 과연 그의 말대로 왼쪽에 굴이 있는 듯하였다. 그런데 커다란 바위가 입구를 막고 있었다. 사람의 힘으로 밀치거나 끌어낼 수 있는 바위가 아니었다. 바위의 맨 밑에는 작은 돌들이 촘촘히 박혀 있었고, 바로 그 위 바위 겉면에 글이 새겨져 있었다.

"열두 신을 편안케 하라? 무슨 뜻이지?"

유신은 우선 지친 몸부터 추스르려고 개울을 찾았다. 멀지 않은 곳에서 물소리가 났다. 내려가 얼굴을 씻고 찬 개울물을 손으로 떠 달게 목을 축였다.

개울 건너편에 수달 한 마리가 있었다. 사람 구경을 해보지 못한 놈인지 유신을 보고도 아랑곳하지 않았다. 수달은 제 몸집보다 큰 바위 밑을 파내더니 바위를 굴려내는 것이었다. 그리고는 그 안에 주둥이를 넣어 무언가를 잡아먹었다.

유신은 얼른 몸을 일으켜 석굴로 올라갔다. 굴 입구를 막고 있는 바위 밑을 살펴보았다. 땅 속에 촘촘히 박힌 작은 돌들이 바위를 괴고 있는 것이 아닌가 하는 생각이 들었다.

"한갓 미물에게 가르침을 얻다니."

유신은 중얼거리며 허리에 차고 있던 패도를 빼어 작은 돌 사이사이의 땅을 팠다. 다 파놓고 보니 큰 바위가 작은 돌 열두 개 위에 얹혀 있는 꼴이었다. 가운데쯤에 있는 작은 돌부터 하나씩 파내었다.

처음 파낸 것은 흡사 말 모양을 한 돌이었다. 두 번째로 파낸 것은 뱀이 똬리를 틀고 있는 것만 같았다. 맨 마지막으로 가장자리에 박힌 돌을 파내었다. 모두 열두 개였다.

그때까지 꿈쩍도 하지 않던 바위가 소리를 내었다. 유신은 얼른 관음상 쪽으로 몸을 피하였다. 굴 입구를 막고 있던 바위가 갑자기 그르르 소리를 내며 앞으로 굴렀다. 바위는 나무를 쓰러뜨리며 내려가 개울가에 멈추었다.

굴 입구가 열렸다. 유신은 앞서 파낸 돌 열두 개를 팔아름으로 안아 들고 굴 안으로 들어갔다. 점점 넓어졌다. 여남은 사람은 넉넉히 둘러앉을 만큼 넓은 공간이 나타났다. 굴은 거기서 끝이었다. 바깥에서 들어오는 빛이 겨우 미치는 곳이었다.

'열두 신을 편안케 하라는 말은 아마도 이 돌들을 잘 모셔두라는 말일 게야.'

유신은 막다른 굴의 둥근 벽 아래에 파낸 돌들을 빙 둘러놓았다. 그리고는 한가운데에 단정히 앉았다. 산을 헤매느라 돌을 파내느라 가빠진 숨을 고른 뒤, 명상에 들어갔다. 숨길이 온전히 돌아오자 노곤함도 씻은 듯이 사라졌다. 유신은 일념으로 기도를 올렸다.

"천지신명이시여, 신국 신라의 제신이시여! 우리나라의 북에는 고구려와 말갈이, 남에는 왜가, 서에는 백제가 있어 이들에게는 인의의 도가 없는지라 승냥이와 이리처럼 동방 신국 신라를 침략하여 어지럽히고 헤치므로 편안한 해가 없사옵니다.

비록 미미하나마 신국의 화랑선도 김유신이 나라의 재앙과 난리와 근심을 없애고자 마음먹었사오니, 부디 굽어 살피시어 지혜와 용력을 내려주옵소서."

낮에는 새가 지저귀고 딱따구리가 나무를 쪼았으며, 밤에는 늑대가 울부짖고 부엉이가 울었다. 몇 날 며칠이나 지났는지 알 수 없었다. 빗소리가 그친 지 얼마 지나지 않아 홀연히 한 노인이 마의를 입고 나타났다.

"이 굴에는 독이 있는 벌레가 많고 맹수가 깃드는 소굴이라 사람이면 누구나 두려워하는 곳이라서 내가 큰 돌로써 입구를 막아 놓았거늘, 연약한 동자가 어인 까닭으로 홀로 와서 기약 없이 머물고 있는고?"

유신은 고개를 들었다. 놀라는 표정도 없이 말하였다.

"공께서는 어디서 오신 뉘신지 존함을 듣고자 하옵니다."

"삼천대천세계에 얽히고설킨 인연 따라 떠도는 난승이라고 하느니라."

유신은 일어나 두 번 절을 하고 말하였다.

"제가 신국 신라 사람으로 태어나 자라며 이웃 나라로부터 해악을 입는 것을 보니 마음이 몹시 아프고 근심이 깊어졌사옵니다. 그런 까닭에 선몽을 얻어 이 석굴에 와서 기연이 있기를 오직 바라고 바랐사옵니다.

빌고 또 비옵건대, 공께서는 이러한 저의 간절한 염원을 어여삐 여기시어 혜략과 용담을 기를 방도를 가르쳐 주소서."

난승은 말이 없었다. 유신이 꿇어 엎드려 눈물을 흘리며 쉬지 않고 간청하였다. 어느 때에 이르자 노인이 입을 열었다.

"허허허. 비록 그 동자가 어리기는 하지만 삼한을 병합할 큰마음을 깊이 지니고 있으니 어찌 장하다 아니할 수 있겠는가."

난승은 등에 지고 있던 것을 벗어 유신에게 던졌다.

"네 원대한 꿈을 이룰 비법과 방술이 다 거기 들어있느니라. 비법이라 함은 본국병법 열다섯 폭이요, 방술이라 함은 본국검법을 일컫는 바이니, 나라의 근본을 지키는 병법과 검법이라는 뜻이니라. 본국검법은 또한 신검이라고도 하느니 이는 천하를 새롭게 하는 검이라는 말이다.

비법과 방술 외에 보검 한 자루가 들어있느니, 오직 익힘에 힘써 네 스스로 그 묘리를 통달하도록 하되, 다른 이에게는 함부로 전하지 말지어다. 그 비법과 방술을 만약 의롭지 못한 데 쓴다면 신벌을 면치 못할 것이니라."

"각골명심하겠사옵니다."

"그 검이 비록 보검이기는 하나 청원지기를 받지 못하면 여느 보검과 다를 바 없으니 부디 정진하여 보검을 신검으로 변모시키도록 하거라."

난승은 말을 마치자마자 몸을 굴 밖으로 날려 눈 깜박할 새도 없이 사라져버렸다. 유신은 얼른 뒤따라 나갔지만 어디로 갔는지 자취조차 찾을 길이 없었다. 다만 기이하게도 중악 산봉우리 위에 무지개가 선연히 비껴 있는 것이 보일 뿐이었다.

성광수검 星光垂劒

용춘이 뜰에 서 있는 궁사지 대남보에게 당부하였다.

"오늘 삼기산에서 내려온 기객이 들 것이니 집 안팎을 각별히 청결히 해 놓고 궁문 밖 아이들에게도 단단히 일러두거라."

"예, 전군마마."

오정이 지날 무렵, 용춘의 말대로 탁발승이 하나 찾아들었다. 대남보가 물었다.

"대사께서는 어느 절에 계시는 뉘시옵니까?"

"삼기산 금곡사 땡추 밀본이라고 하네."

"어서 드소서. 전군마마께서 아침부터 기다리고 계시옵니다."

밀본최사는 용춘과 마주 앉았다.

"최사, 가잠성 애기는 들으셨소?"

"오는 길에 저잣거리에서 몇 마디 들었습지요. 나무관세음보살."

지난해 시월에 백제 군사들이 쳐들어와 시작된 전투가 석 달이 넘도록 이어지자 대제는 장수를 보내어 상주, 하주, 신주에 주둔하고 있는 군사를 내어 가잠성을 구하게 하였다. 이에 사기를 얻은 가잠성 군사들은 힘껏 싸워 일진일퇴를 거듭하였는데, 새해 정월로 접어들자 화살과 같은 병기가 다하고 군량이 바닥나기에 이르렀다. 절망한 가잠성 현령 찬덕은 하늘을 우러러 원망하였다.

"우리 신국 신라의 폐하께서 보잘 것 없는 이 찬덕에게 관성을 맡기셨으나, 죽을힘을 다 해도 온전하게 방수하지 못하고 가증스러운 적군에게 패하고 말 지경에 이르렀으니, 신명이시여! 원컨대 이 찬덕이 죽어서 대귀가 되게 하옵소서. 귀신이 되어서라도 백제 놈들을 한 놈 한 놈 다 물어뜯고 갈가리 찢어 나의 성을 되찾겠나이다!"

찬덕은 백제 군사들이 물밀듯이 성 안으로 쏟아져 들어오자 팔뚝을 걷어 부치고 눈을 부릅뜬 채 달려가 느티나무에 머리를 세차게 들이받고는 죽고 말았다. 그로써 가잠성은 함락되었고, 신라의 군사들이 모두 병기를 내려놓고 항복하였다.

"최사, 이 나라를 편안케 하려면 대체 어찌해야 하겠소?"

밀본최사는 염주를 굴리며 말하였다.

"용춘공께서 모르시는 바 아닐 터이나, 소승을 시험하시기에 한 말씀 올립지요. 첫째는 대범한 임금이 있어야 하고, 둘째는 지략이 뛰어난 장수가 있어야 하며, 셋째는 백성을 뜨겁게 한마음으로 뭉치게 할 사안이 있어야 될 것입니다."

"임금과 장수는 그렇다 치고 신하들에 있어서는 어떻소?"

"임금이 할 탓이지요."

"백성이 한마음이 될 만한 사안이라……. 그건 어떤 것이어야 하겠소?"

"심금을 울리는 것이라면 그 무엇인들 어떠하리까."

"그보다 먼저 나라와 백성이 부강해야 하지는 않겠소?"

"부강하면 게으르고 자만하기 쉬우니 꼭 그렇지만은 않습니다."

"일리가 있는 말씀이외다."

밀본최사는 화제를 돌렸다.

"요즈음 유신랑은 어찌 지냅니까?"

"병법을 읽고, 검법을 익히기에 여념이 없다고 들었소. 집 마당에 조약돌을 수북이 놓고 흩어놓았다가 쓸어 담았다가 하는 희한한 짓도 곧잘 하고 있다고 합디다. 허허."

"다행한 일이군요."

"얼마 전부터는 날이면 날마다 홀로 열박산으로 들어간다고 들었는데 게서 뭘 하는지 모르겠소. 최사께서 지난번 중악에서 본국병법과 본국검법 그리고 보검을 전해준 것과 같이 열박산으로 가시어 한 번 더 수고해 주어야겠소."

"장차 나라를 평안케 하고자 일에 불도와 선도가 따로 있겠습니까. 그리합지요."

용춘은 대남보를 시켜 밀본최사에게 두둑이 적선을 하여 돌려보냈다. 그리고는 홀로 서방에 앉아 유신을 떠올리며 중얼거렸다.

"칠요의 정기를 한 몸에 받고 태어나다니. 일곱 사람이 태어나도 이룰까 말까한 일을 그 아이가 장차 자라서 과연 홀몸으로 우리 춘추를 도와 대업을 성취할 수 있을까."

열박산 중턱 동쪽과 남쪽과 북쪽 세 면이 바위로 둘러싸여 있는 석실과 같은 곳에서 유신은 홀로 보검을 들고 본국검법을 수련하고 있었다. 땀에 흠뻑 젖은 몸을 바로 아래에 흐르는 개울의 소에 들어가 식힌 뒤 다시 올라와 자리를 잡고 앉았다. 그리고는 향을 피우고 하늘에 아뢰며 간절히 빌었다.

"신명과 제신이시여! 아둔한 제가 비록 보검은 얻었으나 아무리 휘둘러 베고 찌르고 해도 지극한 묘리는 아직 요원하기만 하니, 바라옵건대 보검에는 천신의 정기를 어리게 하시옵고, 어리석은 저에게는 혜안을 뜨게 하여 주소서."

밤이 이슥하였다. 하늘 아득히 높은 곳에서 빛나는 각성과 허성, 두 별에서 갑자기 별빛이 곧게 내리뻗어 석실을 대낮처럼 밝혔다. 각성은 형벌을 다스리고 군사를 통솔하여 임금의 위엄을 천하에 퍼지게 하는 정기가 서린 별이요, 허성은 천상천계의 신주를 받드는 별이었다.

바위 위에 가로로 올려놓았던 보검이 울며 진동하였다. 유신이 보검을 내려 보는 순간, 별안간 장님이 눈을 번쩍 뜬 것과 같은 눈부심이 느껴졌다. 순간적으로 눈을 감았다가 천천히 실눈을 뜨며 눈꺼풀을 활짝 열었다.

"아!"

보검의 검신이 달라져 있었다. 오묘하고 영롱한 빛이 감돌았다. 유신은 각성과 허성의 상광이 서린 것을 직감하고는 칼을 시험하고자 열박산 꼭대기로 내달렸다. 산정에는 황소만한 바위가 놓여 있었다. 유신은 검을 들어 내리쳤다.

"쩌엉!"

바위가 두 쪽으로 벌어졌다. 그것만으로 안 되겠다 싶어 다시 석실로 돌아왔다. 훌쩍 뛰어 동쪽 바위를 갈라 내렸다. 바위는 칼이 가는 길을 내어주며 두 덩이가 나고 말았다. 남쪽 바위도, 북쪽 바위도 다르지 않았다.

유신은 밤새 온 산을 돌아다니며 바위 베기를 거듭하였다. 바위가 하나씩 갈라지고 쪼개질 때마다 초목이 울었고 개울물이 널뛰었다. 해가 뜨는 새벽녘, 한 곳에 이르러서는 큰 바위를 자르고 베기를 계속하였다. 마침내 바위는 돌무더기로 탈바꿈하고 말았다.

"허허허."

난승의 웃음소리였다. 유신은 칼을 거두었다.

"난승대사님 아니시옵니까?"

난승은 유신이 내리고 있는 보검의 검신을 보더니 한마디 하였다.

"부젓가락 같은 것이 이제야 주인다운 주인을 만나 신검이 되었구나.”

“다 대사님의 가르침 덕분이옵니다.”

“전에 중악에서 파낸 돌들은 어찌 하였느냐?”

“잘 씻고 닦고 말려서 왕성 집 제 방 안에 두었사옵니다.”

“잘하였다. 앞으로 너는 그 열두 신상이 수호할 것이며, 하늘에 이십팔수가 있는 것처럼 휘하에 스물여덟 장수를 거느리며 대업을 이루게 될 것이다.”

유신은 꿈만 같은 말이 믿기지 않았다.

“검을 들어 보거라.”

칼 몸에 열두 신상이 번갈아 번뜩이며 나타났다가 사라지곤 하는 것만 같았다.

“이제 네가 산을 내려가 왕성에 이르면, 외적을 물리치고 삼한통합의 위업을 성취하는 데 없어서는 아니 될 지극귀인을 만나게 될 것이니라.”

“그가 뉘옵니까?”

“만나보면 알 것인 즉, 모름지기 큰 뜻을 이루는 데 한시도 심신을 소홀히 하지 말거라.”

“깊이 새기겠사옵니다.”

유신이 깊이 허리를 굽혔다가 몸을 바로 세우자 난승은 이미 그 자리에 없었다. 사방을 둘러 찾아보아도 헛일이었다.

“또 바람처럼 사라지셨구나.”

유신의 눈길을 벗어난 난승은 변장과 변복을 벗고 밀본최사의 모습으로 나는 듯이 산을 내려갔다. 왕성에 이른 밀본최사는 용춘을 찾았다.

"이제 곧 산에서 내려올 것입니다."

"고생 많았소."

용춘은 그 즉시 대남보를 천명궁으로 보내었다. 대남보로부터 용춘의 전갈을 들은 용수는 의아하게 여겼지만 워낙 생각이 깊은 아우의 말인지라 따르지 않을 수 없었다. 춘추를 불렀다.

"오늘은 축국을 하러 나가지 않느냐?"

"막 나갈 참이옵니다."

"매양 집 앞에서만 놀기에 시들할 터이니 오늘은 좀 멀리 가서 놀다 오지 않겠느냐?"

춘추는 말없이 고개를 들었다.

"월성 앞을 흐르는 남천 가에서 놀다가 오너라."

"어인 까닭으로 그리 하라고 하시옵니까?"

"남아란 무릇 자라며 집 주위를 벗어나 차츰 세상의 지리를 익혀야 하느니라. 그래야 기국이 커지고 도량이 는단다."

"잘 알겠사옵니다."

유신이 왕성으로 돌아와 남천을 거슬러 집으로 향하고 있는데 월성 대궁 근처에서 아이들이 축국을 하고 있었다. 집까지는 불과 사오 리 남았음에도 열박산에서 만났던 난승이 말한 지극귀인은 만나지 못한 터였다. 유신은 호기심이 일어 말머리를 돌려 다가갔다.

아이들을 하나하나 뜯어보고 있자니 유난히 범상치 않은 용모를 한 아이가 눈에 띄었다. 아이들이 축국을 하다가 유신을 보고 외쳤다.

"유신랑이다!"

호들갑을 떠는 다른 아이들과는 달리 그 아이는 뒷짐을 진 채 그 자리에 가만히 서 있는 것이었다.

"애들아, 저 공자는 뉘 댁 자제냐?"

"천명궁에 계시는 춘추공자이시옵니다."

유신은 얼른 말에서 내려 춘추에게 다가가 허리를 굽혔다.

"춘추공자님, 소신이 미처 몰라뵈었사옵니다."

"지금이라도 알았으면 되었소."

유신은 짐짓 근엄한 춘추의 음성에서 묘한 느낌을 받았다.

'바로 이 공자가 지극귀인이라는 말인가? 그렇다면 장차 제위에 등극하게 될……."

유신은 말을 끌어다 놓으며 말하였다.

"오르소서. 소신이 천명궁까지 모셔다 드리겠사옵니다."

"되었소. 나는 좀 더 놀다가 갈 터이니 그만 갈 길 가보시오."

"그럼, 이만 물러가옵니다. 존체 보전하옵소서."

유신은 말을 몇 걸음 끌고 간 뒤에 올라탔다. 올라타고서도 춘추가 있는 쪽으로 몸을 돌려 인사를 하였다. 서쪽으로 말을 걷게 하였다. 말 걸음으로 몇 백 보 걷지 않아 남천 바로 앞에 집이 있었다.

"네 눈매가 여느 때보다 더 깊어진 것을 보니, 이제 더는 경솔한 언행을 하지 않겠구나."

"삼가고 또 삼가겠사옵니다."

"암 그래야지."

"그런데 저어……."

유신은 아버지 서현에게 열박산에서 난승을 만난 것과 돌아오는 길에 오직 한 사람 천명궁의 춘추공자를 만났는데 그 공자가 바로 지극귀인이 아닐까 생각된다고 하였다. 서현은 아무래도 미심쩍어 유신에게 단단히 일렀다.

"앞으로 어느 누구에게도 그런 이야기는 입 밖에 내지 말거라. 알겠느냐?"

"예, 아버지."

서현은 생각에 잠겼다. 길한 징조인지 흉한 조짐인지 판단할 수 없었다. 의아스러움이 엄습하였다. 아무리 생각해도 그곳은 어린 춘추가 축국을 하며 놀고 있을 곳이 아니라 여겨서였다.

"천명궁에서 남천까지 거리가 얼마인가?"

누군가 일부러 거기서 놀게 하였다는 느낌을 지울 수 없었다.

"누가 어인 연유로 그렇게 하였을꼬"

문득 용수를 떠올렸다. 고개를 저었다. 이어 용춘이 떠올랐다. 왕성 안에서 지모로 말하자면 미실궁주와 쌍벽을 이루는 사람으로 여기고 있었다. 미실궁주는 한세상을 풍미한 뒤 물러난 처지이지만 용춘은 이제 막 드러나고 있는 사람이었다. 용춘과 인연을 맺게 된 옛일이 떠올랐다.

제 11세 풍월주 하종은 미실궁주의 아들로 그 출신이 대원신통이었고, 그의 부제 보리는 진골정통이었으며, 우방대화랑 서현은 가야정통이었다. 이에 불화가 생겨 제 9세 풍월주를 지낸 상선 비보가 용춘을 천거하여 보리가 맡고 있던 부제를 대신하려고 하였다.

그러나 진흥대제의 정비로서 진골정통의 우두머리로 있던 만호태후가 비보의 뜻을 일축하였다. 하종에 이어 제 12세 풍월주가 된 보리는 서현을 부제로 삼고 용춘은 우방대화랑으로 삼았다.

당시 가야정통은 세력이 미미하였는데, 대원신통 무리가 용춘을 많이 따르자 부제 서현이 자신에게는 운이 없음을 깨달았다. 그리하여 여러 사람이 듣도록 크게 말하였다.

"용춘랑은 선황의 자제인데 한미한 내가 어찌 감히 더 높은 자리에 있으리오."

서현은 자신이 데리고 있던 낭도들을 아낌없이 용춘에게 넘겨주었다. 그로써 가야정통의 무리가 다 용춘에게 돌아갔던 것이다. 사태가 이에 이르자 풍월주 보리도 용춘을 귀애하기에 이르러 서현 대신에 부제로 삼았다. 그리하여 보리에 이어 용춘이 제 13세 풍월주에 올랐던 것이다.

그때부터 용춘은 서현에게 미안한 마음을 가졌다. 큰 빚을 지고 있다는 생각을 하여 최소한 적대시하지는 않으면서 지금에 이르렀다.

"그때 그 빚을 갚으려고 지난번에는 유신을 보종을 대신해 부제
에 올려놓았고, 머잖아 풍월주에까지 이르게 할 작정인가? 보종은
미실궁주의 아들인데 비록 같은 대원신통이긴 하지만 과연 미실궁
주가 그러한 용춘공의 처사를 곱게 보고만 있을 것인가? 더욱이 우
리 유신이 부제에 이어 풍월주에 오른다면 미실궁주가 과연 우리
가야파를 가만히 두고만 볼 것인가?

모르긴 해도 용춘공이 보종을 밀어내고 우리 유신에게 부제를 대
신하게 한 것은 미실궁주에 대한 일종의 선전포고였던 셈인데…….
그렇게 해놓고 유신이 다니는 길목에 춘추공자를 놀게 하여 서로
만나게 하였다? 그건 용춘공이 나와 긴밀히 연대를 하자는 뜻이 아
니고 달리 무슨 의도이겠는가?"

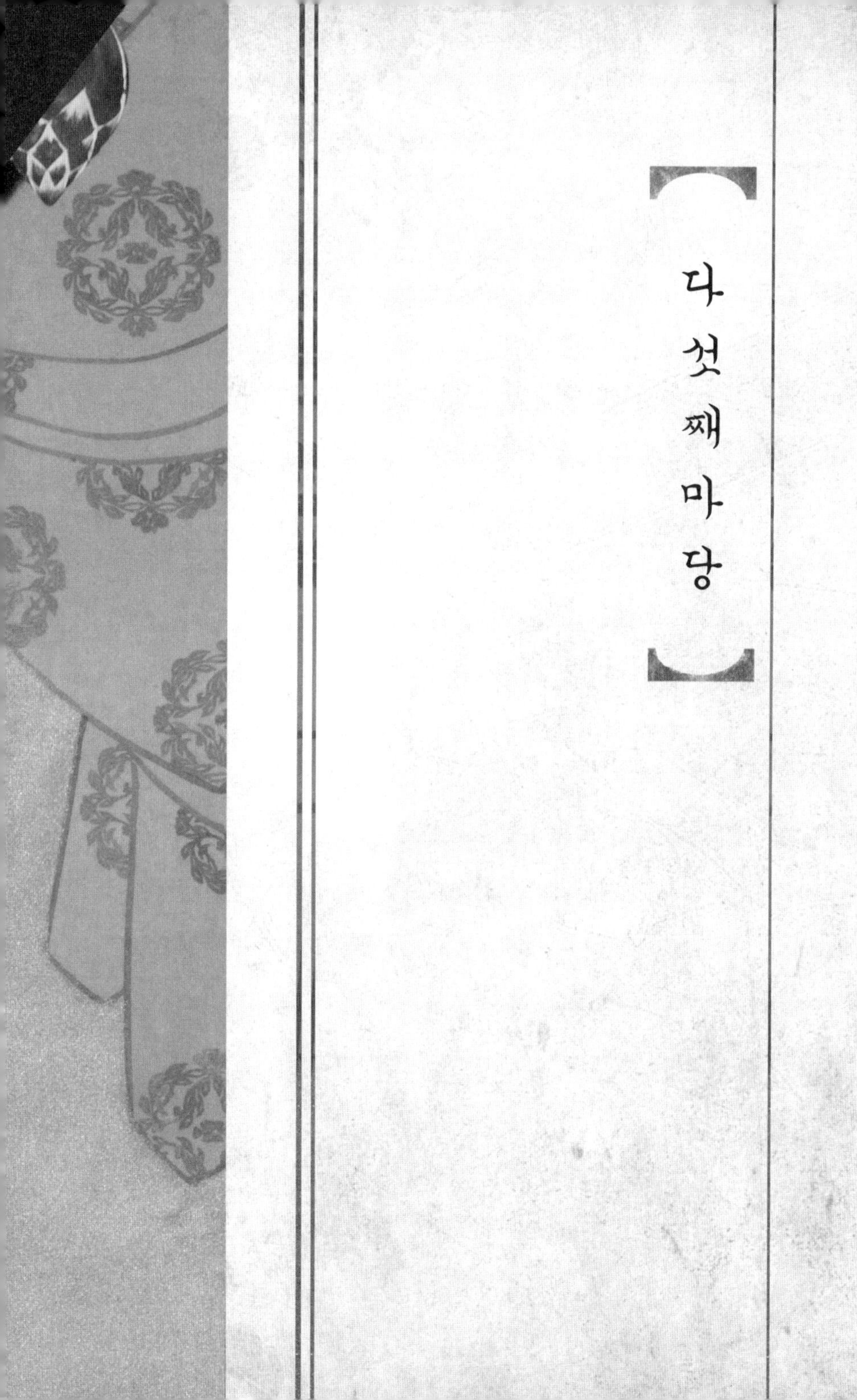

다섯째 마당

등위낭주 登位郎主
화랑 최고의 지위인 풍월주에 오르다

부제 유신이 호림으로부터 풍월주를 물려받는다는 소문이 선문과 낭문에 파다하게 나돌았다. 비담과 염종이 국선각으로 호림을 찾아갔다.

"세도를 업은 유신랑이 보종랑을 제치고 부제가 된 것만도 부끄러워해야 할 일인데, 언감생심 국선의 자리라니 당치도 않사옵니다."

"그러하옵니다. 유신랑은 부제에서도 물러나 자중해야 마땅하옵니다."

호림은 한심하다는 듯이 두 사람을 바라보았다.

"지금 선문에 유신랑보다 물망이 좋은 화랑이 있는가? 유신랑보다 향가를 잘하는 화랑이 있는가? 유신랑보다 말을 잘 달리는 화랑이 있는가? 유신랑보다 검술이 뛰어난 화랑이 있는가? 유신랑보다 활을 잘 쏘는 화랑이 있는가? 유신랑보다 여러 상선의 신망이 두터운 화랑이 있는가!"

그들은 입을 떼지 못하였다.

"그만 돌아들 가보게."

부아가 끓은 비담과 염종은 국선각을 나와 상선각에 딸린 상랑방으로 갔다. 상랑 칠숙과 석품에게도 호림에게 말한 바와 똑같이 아뢰자 그들은 고개를 저었다.

"자네들이 아무리 불만을 가져도 이제는 도리 없는 일일세."

"지금 상선각에 용춘공이 들어 계시니 가서 직접 따져 보게나."

두 사람은 내친김에 용춘을 찾았다.

"유신랑은 가야파로서 선문은 물론이거니와 낭문에서도 그 세력이 미미하여 국선이 될 인물이 못 되옵니다."

"부디 멀리 보시어 잘 헤아려주소서."

용춘의 입가에 웃음이 번졌다.

"유신랑이 가야파라서 화랑들 사이에 세력이 미미하다?"

"그러하옵니다."

"유신랑은 부친 서현공의 피를 물려받았으니 가야정통인 것이 맞네."

비담과 염종은 서로 마주보며 자신의 뜻이 통한 줄 알고 반색하였다.

"허나!"

용춘은 외쳐 끊었다가 부드러운 말로 이었다.

"서현공이 누구인가? 외가로는 사도태후의 따님이신 아양공주의 아드님이기도 하기에 대원신통에서도 백안시하지 않지. 또 유신랑의 모주 만명부인은 진골정통이지 않는가? 자, 이렇게 보면 유신랑은 가야정통, 대원신통, 진골정통 세 파에 골고루 관계를 맺고 있는 인물이 아닌가? 낭정을 행함에 있어 균등이 그 어느 때보다 절실한 때에 풍월주가 되기에 유신랑만큼 절묘하고도 적절한 화랑이 또 누가 있는가? 어디 한번 천거해 보게."

두 사람은 맥이 풀린 얼굴로 상선각을 나왔다. 미실궁주를 찾아가 볼까 하다가 그만두었다. 아들인 보종랑이 부제에서 밀려날 때에도 아무 힘을 쓰지 못한, 나앉은 노파에 불과하다는 생각이었다.

"머잖아 낭정이고 조정이고 모두 다 저 용춘공의 손아귀에 들어가겠군."

"그렇게 되는 걸 멍청하게 두고 보아야 하겠는가? 방법을 찾아보면 없지만은 않을 걸세."

나을신궁에 마련된 금좌에 대제가 앉아 있었다. 바로 옆에는 호림의 여형인 정비 마야황후가 자리 잡고 있었고, 그 왼쪽에는 보명궁주가 좌후의 신분으로, 오른쪽에는 미실궁주가 우후의 자격으로 자리하였다.

대제가 머리에 쓰고 있는 금관은 햇빛을 받아 번쩍번쩍 빛났고, 허리에는 큰 띠를 차고 있었다. 금을 새기고 옥을 박아 두른 신물,

천사대였다. 천사대에서 늘어뜨린 금환과 은환, 갖가지 보환이 바라
보기에 찬란하기 그지없었다. 대제는 거구장신답게 가만히 앉아 있
는 것만으로도 함부로 범접할 수 없는 위용을 뿜어내고 있었다.

"둥, 둥, 둥, 둥……."

풍월주의 이취례가 시작되었다. 유신은 옷을 갖추어 입고 기다렸
다. 풍월주 호림이 소가 끄는 수레를 타고 들어왔다. 그는 수레에서
내려 대제에게 절을 한 뒤, 자리에 앉았다. 기다리고 있던 유신이
호림이 앉아 있는 자리로 나아가 절을 하고 술을 올렸다.

"신 유신이 주군을 뵈옵니다."

그리고는 부제의 인장과 부절 그리고 검장을 받들어 바쳤다. 풍월
주 호림이 물었다.

"그대는 국선이 될 자질과 인품을 갖추었는가?"

"신은 국선이 될 자질과 인품을 갖추지 못하였사옵니다."

"그 겸양으로서 다 넉넉히 갖추었음을 알 수 있느니, 성상께서 어
여삐 지켜보시는 가운데 내 그대에게 낭권을 내리노라."

호림은 풍월주의 인장과 부절, 검장, 선문의 장책, 낭정의 도기와
여러 서권, 그리고 마지막으로 화랑들의 명단인 풍류황권과 낭도들
의 명단인 낭적을 내려주었다.

"그대는 이제 새로 국선이 되었으니 부디 낭정을 잘 다스리고 이
끌어 나를 욕되게 하지 말라."

"신 유신이 삼가 목숨 바쳐 말씀을 받들겠사옵니다."

이윽고 새 풍월주를 맞이하는 도령가가 울려 퍼졌다. 천녀들이 나와 춤을 추었다. 대제는 그 모든 것을 그윽한 눈길로 바라보았다. 미실궁주는 도령무에는 관심을 두지 않고 무심한 얼굴로 제 15세 풍월주가 된 유신을 쳐다볼 뿐이었다.

'…….'

유신이 풍월주가 되자마자 태후로부터 명령이 떨어졌다. 제 11세 풍월주를 지낸 하종의 두 딸 영모와 유모를 차례로 아내로 맞이하라는 것이었다. 서현은 단박에 그 뜻을 알아차렸다. 하종은 미실궁주의 아들이요, 영모와 유모는 그녀의 손녀이기에 막내아들 보종이 밀려나고 유신이 풍월주가 된 데 대하여 미실궁주를 달래려는 일환이라는 것을.

거절할 수 없는 일이었다. 유신은 본의 아니게 이틀 사이에 두 아내를 얻게 되었다. 금지가 눈앞에 어른거렸지만 내색을 하거나 입 밖에 낼 수 없었다. 유신은 졸지에 받아들인 두 아내에게 정을 붙일 수 없었다. 그녀들과 색사를 한 것도 길례를 올린 첫날밤뿐이었다.

양부가 아뢰었다.

"미실궁에서 사람이 와 주군을 모셔오라 하셨다고 하옵니다."

유신은 미실궁으로 갔다. 미실궁주는 유신을 바라보지도 않고 냉기도 온기도 없는 목소리를 내었다.

"내 두 손녀에게 장가를 들게 한 태후마마의 처사를 부당하다고 여기는가?"

"아니옵니다, 궁주마마."

"그렇다면 다행이군. 내 막내아들 보종은 어리석고 약하니 그대가 도와주었으면 하네."

"보종 형공은 비록 몸은 약하나 마음속에 품은 도량은 바다처럼 크니 심려치 마옵소서."

미실궁주는 표정에 아무런 변화를 보이지 않고 고개만 끄덕였다.

"내 아들 보종이 그대의 바로 뒤를 이어 국선이 되지 않으면, 우리 신라에 그대의 공족 가야파라는 이름은 영원히 없어질 거야."

유신은 돌아 나오는 길에 뒤에서 들린 미실궁주의 목소리가 흡사 귀신의 음성처럼 섬뜩하게 느껴졌다.

낭정에 처음 나아간 유신은 염장을 부제로 삼고 보종을 좌대방화랑으로 삼는다는 선령을 내렸다. 미실궁주의 협박과 같은 부탁에 상반되는 결정이었다. 염장이 앞으로 나와 아뢰었다.

"주군, 선령을 거두어주소서. 보종 형을 부제로 삼으시고 저에게 좌대방화랑을 내리소서. 아우가 형보다 높은 자리에 있는 것은 불가한 일이옵니다."

보종이 나섰다.

"아니옵니다. 저는 몸이 병약하여 부제의 직임이 적절치 않으니 염장랑이 부제가 되는 것이 옳사옵니다."

염장이 보종을 돌아보며 큰 소리로 말하였다.

"형이 부제가 되어야 하오. 이 아우가 목숨을 바쳐 보필하면 될 것 아니오!"

두 사람이 옥신각신하자 유신은 웃으며 선령을 거두어 염장이 원하는 대로 고쳐 내렸다. 그리고는 당부하였다.

"염장랑의 말씀을 믿어보겠소"

유신은 화랑도의 남계에 들어있는 다른 모든 화랑들의 직임도 새롭게 고쳐 맡겼다. 그리고 노두에서 망두에 이르는 낭두들도 나이에 따라 승격을 시켰고, 대도에서 동도에 이르는 낭도들의 격위도 나이에 맞게 고쳐주었다.

화주로서 유신의 곁에 앉아 있던 정부인 영모는 화랑도의 여계에 속하는 봉옥화, 봉로화, 봉화, 그리고 유화로 있는 여인들을 일일이 살펴 지위를 합당하게 고쳐주었다.

유신이 국선각 밖으로 나와 선문의 뜰에 모여 있는 화랑과 낭도들을 향하여 말하였다.

"적국 고구려의 장수 을지문덕이 살수에서 수나라 군사 삼십만을 크게 격파하였다고 하오. 그 기세로 보아 머잖아 우리 신국 신라에도 화가 미칠지 모를 일이오. 더구나 서로는 적국 백제가 남으로는 왜가 호시탐탐 우리 신국 신라의 강토를 넘보고 백성을 유린하려고 하니, 화랑과 낭두와 낭도들은 마땅히 창검과 궁마를 힘써 수련해야 할 것이오. 더불어 시서에도 힘을 써야 할 것이오. 다들 알겠소?"

"예, 주군!"

유신이 국선각에 들자 금강과 진주가 찾아왔다.

"국선이 되신 것을 공하하옵니다."

"하례드리옵니다."

"어허, 왜들 이러는가?"

"낭령이 준엄하니 이젠 벗으로 지내서는 아니 되옵니다."

"그런 소리 마시게. 자, 앉지."

두 사람은 그대로 선 채로 말하였다.

"잠시 유람을 다녀오고자 주군께 허락을 얻으러 왔사옵니다."

"내 허락을 받아야 될 것까지는 없는 일이 아닌가?"

"허면 다녀오겠사옵니다."

금강과 진주는 말에 올라 선문을 나왔다. 둘은 누가 먼저랄 것도 없이 채쳐 달리기 시작하였다. 남천을 건너고 서악을 지나 서천을 따라 달렸다. 가슴 후련히 달리고 나서 말을 멈추고 보니 너무 멀리 온 것만 같았다.

"유신랑이 국선에 오른 건 참 잘된 일이겠지?"

"그럼. 잘된 일이고말고."

"우리는 장차 뭐가 될까?"

"뭐가 되든 벗으로서 신의를 저버리는 일은 없으면 좋겠네."

"그러면 이참에 서약할까?"

금강은 주위를 살피다가 판판한 돌을 주워들었다. 기왓장만한 것이었다.

"서약할 문장은 진주랑이 지어보게나."

"그럴까."

진주가 글월을 짓고 새기는 건 금강이 맡았다. 다 새긴 돌판을 들고 두 사람은 소리 내어 읽었다.

"임신년 유월 열엿샛날, 우리 두 사람이 함께 맹세하며 새긴다……. 나라가 편안하지 않고 세상이 크게 어지러워지면 모름지기 충의의 도리를 행할 것을 맹세한다……."

금강과 진주가 선문으로 돌아와 국선각으로 향하는데 안에서 시끄러운 소리가 났다. 낭도 하나가 유신에게 언성을 높이고 있는 것이었다. 유신이 풍월주가 되어 처음으로 재편한 낭계에 불만을 품은 것이 분명하였다.

"주군께서는 가야파인 저를 어찌 승격시키지 않으셨사옵니까?"

"가야파라는 까닭으로 승격을 시켰어야 하는가? 대인무사라 하였느니, 큰사람은 공적인 일에 사사로움이 없다는 말이네. 훈공이 있으면 비록 미천해도 승격이 될 것인데 어찌 훈공은 세우지 않고 파벌을 내세워 이리 무례히 구는가?"

낭도는 더 따지지 못하고 물러났다. 금강이 말하였다.

"저 자는 필시 주군을 배반할 것이옵니다."

"그렇지 않을 것이네. 승격을 탐하는 기색이 완연하니 오히려 반드시 훈공을 세운 뒤 다시 찾아올 걸세."

진주가 웃었다.

"하하, 우리 주군께서 사람 보는 눈도 갖추셨군."

그때 서현이 국선각으로 들어섰다. 금강과 진주는 배례를 하였다.

"어인 일이시옵니까?"

"용춘공께서 천화궁으로 부르시는구나. 너와 같이 오라고 하여 데리러 왔다."

유신은 한번 만났으면 하는 사람이 먼저 만나기를 청해 왔다는 말에 가슴이 설렜다. 하지만 서현은 마음이 놓이지 않았다. 과연 그가 미실궁주와 대립하려는 일에 동조하는 것이 잘하는 일인지 잘못하는 일인지 한 치 앞도 내다보이지 않았다.

곁에 춘추를 앉혀 놓은 용춘은 스스럼없이 말하였다.

"서현공, 국선 유신랑을 나의 사신으로 주시오."

"예에?"

사신, 용춘이 유신을 사사로이 부리는 신하로 삼겠다는 말이었다. 그것은 곧 그의 후견인을 자처하는 말이었고, 그의 앞길에 큰 힘이 되어주겠다는 뜻이었다. 서현의 입에서 대답이 금방 나오지 않자 용춘은 웃으며 말하였다.

"그리고 나의 조카인 춘추는 유신랑에게 맡겨 보살피도록 하겠소."

"그, 그렇게 하시지요."

용춘이 춘추에게 말하였다.

"이제부터 유신랑이 너의 의형이다."

유신은 속으로 몹시 기뻐하였다. 춘추가 형이라고 부르며 목례를 하자 유신은 얼른 허리를 굽혀 받으며 말했다.

"춘추 제공께서는 장차 삼한의 주인이 될 것이옵니다."

서현은 그로써 용수와 용춘 두 형제와 순치의 관계를 맺었음을, 이제는 돌이킬 수 없는 길에 들어섰음을 깨달았다. 용춘이 굳은 얼굴을 풀지 않는 서현에게 말하였다.

"거슬러 올라가면 우리는 다 진흥대제의 후손이 아니겠소? 허허."

춘추도 장차 제위를 이을 자격이 없지 않다는 말로 들렸다.

"다만 골위가 진골인 것이 문제가 되긴 하지만 말이오."

서현은 용춘에게서 심상치 않은 기운을 느꼈다. 국법에 진골이 왕이 될 수는 없거니와 만약 왕이 되려고 한다면 모반을 일으켜 성공하는 길 뿐이기에 사지가 떨리는 두려움이 엄습하였다.

유신은 용춘에게 문노의 병법과 본국검법에 대해서 물어보고 싶었지만, 다른 사람에게 전하거나 하지 말라는 난승의 당부 때문에 그만두었다.

서현과 유신이 돌아가고 난 뒤, 용춘은 사자장을 불러들였다. 지난날 백인결사 중에서 자질이 뛰어난 자들을 가려 뽑아 남몰래 왕성 곳곳에 심어둔 밀정의 무리였다. 그들이 수집하고 캐낸 첩보들을 전해들은 용춘은 신궁봉사의 집에서 일어난 일들에 주목하였다.

"유신랑의 마음을 사로잡은 낭주가 천관의 딸이라고?"

"그러하옵니다."

"요즘도 자주 드나드느냐?"

"지난해에 말의 목을 벤 뒤로 지금까지는 걸음을 끊고 있사옵니다."

"으음. 그렇다면 억지혼인을 한 미실궁주의 손녀들에게는 마음을 붙이지 못할 터. 또 한 가지 예민하게 고려할 일이 생겼군."

"또한 미실궁주가 부액지신 한 놈을 시켜 유신랑의 일거수일투족을 감시하고 있사옵니다."

"그러면 그놈도 유신이 천관의 집을 드나드는 사실을 알고 있느냐?"

"그런 눈치였사옵니다. 도당산 숲에서 그놈과 서로 맞붙은 적이 있었사온데, 무력이 여간 아니었사옵니다."

"알았다. 너희들은 이름 그대로 사사장이다. 함부로 몸을 드러내는 일은 없도록 하거라."

"예, 전군마마."

경거추정 輕擧墜穽

경솔하게 행동하여 함정에 빠지다

밤하늘을 살펴보고 있던 신궁봉사는 갑자기 입을 쩍 벌렸다.

"아!"

천상의 일곱별과 삼태성과 북신이 다 차츰 빛을 잃고 있는 것이었다. 신궁봉사는 중얼거렸다.

"그토록 열여덟 살이 되는 임신년까지 잘 넘기라고 일렀거늘."

방으로 들어온 신궁봉사는 소영을 불렀다.

"금지는 뭘 하고 있느냐?"

"기도에 들어갔사옵니다."

"하는 수 없군. 지금 너는 무력이 뛰어난 천녀 둘을 골라 선문의 국선각으로 가거라. 게서 유신랑이 춘추공자와 더불어 악인의 꾐에 넘어가 길을 나설 것이니 두 사람의 목숨을 구해야 한다. 자세한 것은 적어줄 것이니 어서 채비를 갖추어 오너라."

"예, 천관님."

신궁봉사가 글을 다 적고 붓을 들 무렵, 소영과 두 천녀가 보따리를 하나씩 들고 들어왔다. 신궁봉사는 목간에 적은 것을 말아서 주며 말하였다.

"여기 쓴 대로 하되, 사세부득이거든 유신랑에게 색공을 해도 좋다."

"저희 같은 것들이 어찌 감히 그렇게 하겠사옵니까?"

"네 이년, 대인을 구해야 장차 나라가 온전해지느니라. 유신랑과 춘추공자를 살릴 수만 있다면 너희 몸이 백 개라고 해도 다 바쳐 모셔야 할 것이다. 어서 국선각으로 가거라."

소영은 두 천녀를 데리고 선문의 낭정에 잠입하였다. 그리고는 커다란 소나무 위에 올라가 국선각을 주시하였다.

국선각 안에서는 유신이 춘추를 데려다가 선문과 낭문 곳곳을 구경시켜 준 뒤에 마주 앉아 얘기를 나누고 있었다.

"그러니까 유신 형의 말씀은 삼한을 통합하지 않고는 우리 신라가 한 해도 편안할 날이 없는 말씀이 아니오?"

"그렇사옵니다, 제공."

"적국 고구려나 백제는 우리 신국 신라보다 큰 나라인데 어찌 도모할 수 있단 말씀이오?"

"나라가 크고 작은 건 하등 비교할 바가 못 되옵니다. 오직 백성의 결속에 달려 있는 일이옵지요."

그때 밖에서 인기척이 났다.

"주군, 안에 계시옵니까?"

"들어오게."

"저는 대두별장 백석이라고 하옵니다."

"이 밤에 어인 일인가?"

백석은 품에서 지도를 꺼내 서탁에 펴 놓았다.

"이건 고구려의 지도이옵니다. 평소에 주군께서 적국의 사정을 잘 알고 싶어 하시는 것을 알고 제가 고구려 땅을 남몰래 수없이 드나들며 발걸음으로 실측을 하여 만든 것이옵니다."

"오, 그랬는가? 참으로 장하이."

"그래서 드리는 말씀이옵니다만, 제가 주군을 모시겠사오니 몸소 은밀히 적국에 들어가시어 그들의 형편을 정탐을 한 연후에 큰일을 도모하실 원대한 계책을 마련하시는 것이 어떠하겠사옵니까?"

"거 좋은 말일세. 때를 봐서 그렇게 하도록 하세."

듣고 있던 춘추가 난데없는 소리를 하였다.

"유신 형, 때를 기약할 것이 뭐 있겠소? 당장 다녀옵시다."

"예에? 그게 어인 말씀이옵니까?"

"이 자가 그동안 남이 알아주지 않았어도 홀로 수많은 위험을 무릅쓰고 나라에 지극한 충성을 다해 왔는데, 오직 충절에서 나온 간곡한 제의를 듣고 미루는 건 남아의 도리가 아니오. 그러니 당장 다녀옵시다. 어서 일어나시오.”

유신은 철없이 닦달하는 춘추의 말에 어이가 없었다.

“아무리 그렇기로 당장 떠날 수는 없사옵니다.”

“유신 형의 담력이 고작 그 정도이오?”

들을수록 기가 찰 노릇이었다.

“유신 형이 아니 가겠다면 나 혼자서라도 다녀오겠소. 고구려에도 필경 나와 같은 아이들이 있을 터이지. 그놈들은 어떤 생각을 하고 사는지 구경이나 해야겠소. 백석이라고 했는가? 나와 둘이 가세.”

유신은 국선각을 나서려는 춘추의 소매를 잡았다.

“알겠사옵니다. 제가 제공을 모시겠사옵니다.”

유신이 보검을 챙겨들자 백석이 난감한 기색을 지었다.

“병기를 차고 다니면 아무래도 의심을 받지 않겠사옵니까?”

결국 유신은 칼 한 자루 없는 빈손으로 춘추를 데리고 백석과 길을 나섰다. 유신은 나름대로 생각이 있었다. 춘추가 아직 어린 만큼 밤길을 가봐야 얼마나 가랴 싶었다. 가다가 지치면 돌아오면 그만이라고 판단한 것이었다.

그런데 유신의 판단은 오산이었다. 춘추는 쉬지 않고 잘도 걷는 것이었다. 십리나 걸었을까 유신은 아무래도 안 되겠다 싶어 춘추에게 말하였다.

“제공, 가파른 길을 올라왔으니 예서 좀 쉬었다 가시지요.”

고개 위에서 다리쉼을 하고 있자니 웬 두 여인이 멀리서 같은 길을 따라 오는 것이 보였다. 유신은 괴이쩍다고 생각했지만 대수롭지 않게 넘겼다.

골화천에 이르자 밤이 꽤 깊어졌다. 어디에서라도 유숙을 해야 할 판이었다. 뒤따라오던 두 여인이 가까워질 무렵 또 한 여인이 광주리를 이고 나타났다. 세 여인이 다가와 말을 걸었다.

"밤길이 무서웠는데 귀공들을 뵈오니 안심이 되옵니다."

"어디로 가는 길이오?"

"압량주까지 간답니다."

광주리를 이고 온 낭주가 그 안에 든 과일을 건네주었다. 유신은 먼저 춘추에게 먹이고 자신도 한 입 베어 먹으면서 낭주들과 애기를 이어갔다. 한 낭주가 물었다.

"한데 귀공들은 어딜 가시는 길이옵니까?"

유신이 잘되었다 싶어 목소리를 높였다. 그녀들이 말리면 못 이기는 척 춘추를 설득할 생각이었다.

"우리는 고구려 땅으로 정탐을 하러 가는 길이오."

"그러신가요?"

이어 낭주는 목소리를 낮추어 유신에게 말하였다.

"원컨대 공이 저 자를 떼어놓고 우리와 함께 숲속으로 들어가시면 그때 놀라실 말씀을 드리겠사옵니다."

백석이 용변을 보고 오겠노라며 사라지는 때를 보아 유신이 세 낭주와 함께 숲으로 들어갔다. 앞서 가던 낭주들이 몸을 와락 돌리며 말하였다.

"유신랑은 잘 들으시오. 우리는 신국 신라의 호국신령인데, 지금 적국 고구려의 첩자가 그대를 유인하여 데리고 가는 데도 그대가 아직까지 깨닫지 못한 채 무작정 따라가고 있기에 그것을 알려주러 몸을 나투어 온 것이오."

유신의 머리가 아찔해지는 순간, 말을 마친 신령들은 온데간데없이 사라졌다. 정신을 차린 유신이 그 자리에서 엎드려 절을 하고는 춘추가 있는 곳으로 돌아왔다. 백석은 배탈이 났는지 아직 모습이 보이지 않았다. 유신이 호국신령이 들려준 애기를 전하자 춘추는 파랗게 질려버렸다.

"제공께서는 너무 근심하지 마소서. 이제라도 제가 알았으니 아무 일도 없을 것이옵니다."

"유신 형만 믿겠소"

다시 길을 걸어 얼마간 가니 골화관이 나타났다. 유신은 잠잘 방을 잡아놓고는 천연덕스럽게 백석에게 말하였다.

"이보게, 도두별장. 내 지금 생각하니 노자를 넉넉히 가져오지 못하였네. 적국까지 가자면 노자가 적잖이 들 터이고 더구나 적국에 들어가서는 더 많이 소용될 터이니, 춘추공자는 예 주무시도록 하고 자네와 나는 얼른 말을 빌려 타고 집으로 돌아가서 노자를 넉넉히 가져오도록 하세."

백석은 노자도 충분치 않은데다가 고구려 땅이 아직 멀고, 게다가 춘추를 골화관에 두고 갔다 오자는 말에 거절할 명분이 없었다. 거절한다면 오히려 의심을 살 판이었다.

"그렇게 하시지요."

두 사람은 말을 빌려 타고 함께 왕성으로 돌아왔다. 유신은 집에 이르자마자 양부에게 소리쳐 백석을 붙잡아 결박하고 꿇렸다. 그리고는 춘추가 돌아오기를 초조하게 기다렸다. 돌아오기 전에 백석 몰래 골화관 관장에게 은밀히 당부해 두었던 것이다.

이윽고 관장이 말안장 앞쪽에 춘추를 앉힌 채 달려 들어왔다. 유신은 비로소 안도를 하였다. 백석을 가두게 한 유신은 춘추를 말에서 안아 내렸다.

"제공, 얼마나 고초가 크셨사옵니까?"

"다 내 잘못이었소."

날이 밝자 유신은 포박한 백석을 끌고 가 선문의 국선각 앞뜰에 꿇어앉혀 놓고 모든 화랑과 낭도들을 집결시켰다. 그리고는 직접 문초를 하였다. 백석은 버티려는 기색 없이 순순히 털어놓았다.

"저는 원래 고구려 사람이옵니다. 예전에 우리 고구려에 추남이라는 이름난 점쟁이가 있었는데 그가 하루는 왕에게 불온한 언사를 올린 탓으로 왕이 시험한 끝에 잘못 판단하여 목을 베려고 하자 '내가 죽은 뒤 반드시 다른 나라의 장수가 되어 고구려를 멸망시키고 말리라.' 하고 억울한 한을 품고 죽었사옵니다.

그 후 왕의 꿈에 추남이 신라 서현공 부인의 품 안으로 들어갔기에 왕과 신하가 다 근심을 하고 있었는데, 과연 서현공의 부인은 아들을 낳았고 그 아들이 자라면서 우리 고구려에까지 비범하다는 소문이 들려오기에 이르렀사옵니다.

소문을 들은 여러 신하들이 '지금 신라의 유신은 바로 우리 고구려의 이름난 점쟁이 추남이 환생한 것이다.'라고 말하곤 하여 조정과 민가에 머잖아 나라가 망할지도 모른다는 흉흉한 소문이 돌았사옵니다. 시일이 지나도 그 소문이 수그러들지 않고 온 나라 안으로 퍼져 나가자 급기야 저를 보내어 유신랑을 꾀어 데려오게 하였던 것이옵니다."

소름끼치는 백석의 진술을 다 듣고 난 화랑과 낭도들은 하나같이 할 말을 잃고 서 있기만 할 뿐이었다. 유신이 큰 목소리로 선령을 내렸다.

"좌방대화랑은 저 요망한 놈을 끌어내다가 입을 찢고 혀를 뽑아 낸 뒤 목을 쳐 죽이되, 장대에 대가리를 꿰어 선문 입구에 백일 동안 달아놓도록 하라!"

"분부 거행하겠사옵니다."

백석을 끌어내자 유신은 또 영을 내렸다.

"위급한 지경을 벗어나는 데에는 세 호국신령의 감응이 컸다. 크게 상을 차려 삼신께 제사지낼 채비를 하라!"

서둘러 상이 차려졌다. 화랑과 낭도들이 둘러선 가운데 유신과 춘추는 향을 피우며 축문을 읽었다. 검은 옷에 검은 복면을 한 채 큰 소나무 위에 몸을 숨기고 지켜보던 소영이 두 천녀를 보며 싱긋 웃었다.

"흠향을 하라니 해야겠지?"

"소영님?"

"나를 따르거라."

소영은 훌쩍 몸을 날려 떡 한 조각을 집고는 제사상을 스치듯 다시 솟구쳐 올랐다. 두 천녀도 그대로 따라 하였다. 마치 난데없이 나타난 제비 세 마리가 떡을 물고 사라지는 것만 같았다. 그 자리에 있던 사람들은 모두 세 호국신령이 몸을 나툰 것으로 믿어 의심치 않았다.

"아, 정녕 우리 신라는 신국임에 틀림없어."

"그러니 외적에게 지금껏 핍박을 받아 왔어도 나라가 온전한 게지."

"호국제신의 신통함을 빌어 고구려나 백제나 왜를 모조리 멸망시킬 수는 없을까."

"아직 때가 아니라서 그럴 거야."

"그래, 언젠가는 결국 우리 신국 신라가 삼한을 통합할 것이고, 그런 뒤에는 천만년 길이 이어질 거야."

호국신령이라며 나타났던 세 낭자, 유신은 그녀들의 정체가 궁금하였다. 다만 한 가지, 어린 소녀티를 갓 벗은 여인의 몸으로, 그것도 불과 열대여섯이나 되어 보이는 나이에 무력이 상당한 경지에 이르렀음은 의심할 바가 없었다.

유신은 문득 예전에 신궁봉사가 열여덟 살까지를 잘 넘기라고 했던 말이 떠올랐다. 도당산에 발길을 끊은 지도 일 년이 넘었다. 금지가 어떻게 지내고 있을지, 찾아가면 과연 그녀를 똑바로 대할 수 있을지 자신이 없었다.

정처 없이 성중을 떠돌다가 어느새 말머리를 신궁 쪽으로 잡아갔다. 신궁봉사의 집 앞에 도착하자 말발굽 소리를 듣고 소영이 문을 열고 나왔다.

"어서 오소서."

뜰 한 쪽에 백마 한 필이 매어 있었다. 유신은 한 눈에도 보기 드문 명마임을 알아보고는 속으로 감탄하였다. 유신이 말 구경에 정신이 팔려 있자 소영이 앞서가던 걸음을 멈추었다. 유신은 이내 고개를 돌리고는 그녀를 따라붙었다.

금지의 방에 들어 잠시 기다리자니 신궁봉사가 들어왔다. 유신은 그동안 찾아오지 못한 지난날의 일을 진정어린 목소리로 사죄하였다. 그리고 자신의 뜻과는 무관하게 미실궁주의 두 손녀와 길례를 올린 사실까지 털어놓으며 무릎을 꿇었다. 신궁봉사는 바로 앉게 하고 오히려 유신을 위로하였다.

"대인이 원대한 꿈을 성취하려면 자잘한 것들은 대수롭지 않게 넘기셔야 하옵니다. 고작 그런 일들 따위로 이렇게 민망해 하시니, 장차 수만 수십만 외적의 목숨을 초개를 치듯 빼앗을 수 있겠사옵니까?”

“······.”

유신은 뜸을 들였다가 구사일생으로 살아 돌아온 애기를 들려주었다.

“내 천관의 말씀을 가슴 속에 넣어두지 않은 허물이 컸다오.”

“그만하기를 다행이옵니다. 이번 일을 도국으로 삼아 앞으로도 매사에 유의하옵소서.”

“그리 하겠소.”

“금지는 국선님을 위하여 기도 중이니 오늘밤에는 저 아이가 색공을 할 것이옵니다. 소영이는 어서 유신랑을 뵙거라.”

뒤에 앉아 있던 소영이 앞으로 나와 절을 하자 유신은 당황하였다. 신궁봉사가 나가고 주안상이 들여졌다. 유신은 각배 술잔은 안중에도 없는 듯 소영의 얼굴을 유심히 쳐다보았다. 근래에 어디서 본 것만 같다는 생각이 드는 순간 퍼뜩 한 장면이 떠올랐다.

“골화천! 그대는 골화천에서 호국신령 운운하였던 낭주가 아니오? 광주리를 이고 뒤늦게 나타났던 바로 그 낭주 말이오.”

소영은 차분한 음성을 내었다.

“소녀는 천기를 읽으신 천관님의 지시를 따랐을 뿐이옵니다.”

“그랬었군. 이렇게 마주하니 더욱 부끄럽소.”

“그 일은 그만 잊으시고 한잔 받으소서.”

“그리리다. 내 한잔 받으리다.”

유신은 자신의 목숨을 구해준 은인이라는 생각에 소영과 보내는 하룻밤이 각별하였다. 금지와 보냈던 밤보다 더 격렬하고 찰진 또 다른 운우의 맛을 만끽하였다.

새가 지저귀는 소리에 눈을 떴다. 소영은 벌써 일어나 맵시롭게 머리맡에 앉아 있었다. 유신은 누운 채 손을 뻗어 그녀를 끌어당겼다. 소영은 유신의 품에 쓰러진 채 꽃잎이 비에 젖는 듯한 목소리로 속삭였다.

"날이 밝았으니 그만 일어나시어요."

유신은 꼭 안았다가 놓아주었다. 말울음 소리가 났다. 간밤에 타고 온 말이 우는 소리가 아니었다. 소영이 말하였다.

"금지 아가씨가 낭군님께서 오시면 국선에 오른 것을 공하하는 뜻으로 드리고자 일찍이 마련해 놓은 것이옵니다."

"금지가? 어디서 저렇게 훌륭한 말을 구했단 말이오?"

"동시 큰 장터에 드나드는 대식상단의 두상에게 부탁해서 많은 금을 주고 매득하였사옵니다."

"그렇다면 저 백마가 대식국에서 온 말이라는 말이오?"

"그러하옵니다."

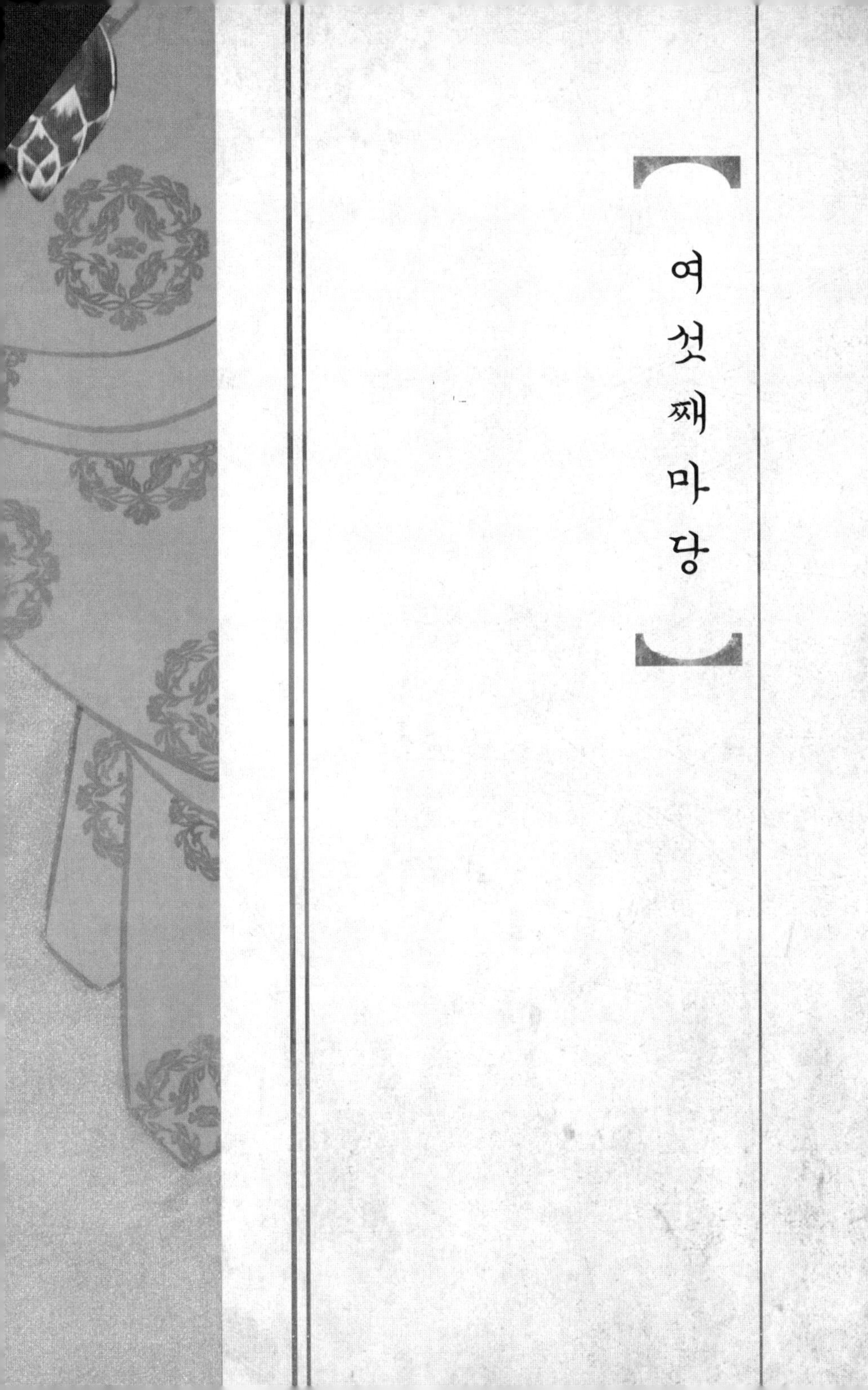

여섯째 마당

은일무림 隱逸茂林

세속을 벗어나 은거하다

"유신 국선이 요즈음 들어 그간 발길을 끊었던 천관의 집에 드나들며 그녀의 딸 금지와 시녀 소영을 번갈아 사통하고 있사옵니다."

"괘씸한 놈. 내 아들 보종이 그놈의 부제만 아니라면 당장이라도 명줄을 끊어놓고 싶다만."

미실궁주는 입술을 깨물었다.

"그놈한테 시집간 영모와 유모는 어찌 지내고 있느냐?"

"유신랑이 찾는 일이 없어 날마다 독수공방 하고 있는 듯했사옵니다."

미실궁주는 한동안 생각에 잠겼다가 고개를 들었다.

"소폐야, 영모에게 다른 사람을 찾아주자면 화주 자리를 내어놓아야 하니 아직은 그놈 집에 그대로 있는 것이 좋겠고, 유모에게는 다른 새 지아비를 찾아주었으면 하는데 네 생각은 어떠냐?”

“제가 어찌 생각 같은 것을 하겠사옵니까? 궁주님 분부만 받들 따름이옵니다.”

“그렇지. 그게 소폐 너의 임무지. 유신 그놈한테 국선을 물려준 호림이 얼마 전에 부인을 잃었다지?”

“그러하옵니다. 아내가 죽은 뒤로는 조정의 벼슬도 마다한 채 보리공에게 나아가 계를 받았다는 소문이 있사옵니다.”

“그러면 머리를 깎고 사문이 되었다더냐?”

“그건 아니옵고, 수계만 한 것 같사옵니다. 호림공이 보리공을 워낙 따르지 않사옵니까.”

“부인도 잃었고, 벼슬도 마다하였고, 머리는 깎지 않고 계만 받았고……. 절간에 틀어 앉아 있을 리는 만무하고 그렇다고 하루 종일 집구석에만 처박혀 지내지는 않을 터인데?”

“스스로 무림거사라고 부르며 날마다 남산에서 유유자적한다고 하옵니다.”

“남산에 뭐가 있길래?”

“꼭 뭐가 있어서라기보다 공허한 심경을 그렇게 달래는가 보옵니다.”

“그래? 그렇다면 지금 당장 남산으로 가서 호림을 찾아서 내게 데려오너라.”

미실궁주는 점차 조정의 권도로 발톱을 드러내고 있는 용춘을 경계하기 위해서라도 호림이 필요하였다. 그는 금상의 정비 마야황후의 아우이기도 하였고, 용춘이 사신으로 삼은 유신을 좌지우지할 수 있는 전 풍월주이기도 하였다.

그를 얻는다면 황후까지 얻는 셈이 되어 비록 대제의 총애가 예전 같지는 않다고 하더라도 자신의 입지가 아직 견고하다는 것을 조정과 낭정에 선포하는 의미가 될 것이었다.

"찾으셨습니까, 궁주님."

"어서 오시오. 요즘 호림공의 심기가 더없이 적적하다지요?"

"아니옵니다. 세상일을 피해 산길이나 다니며 청유를 즐기고 있사옵니다."

"청유도 새 짝과 더불어 즐기면 그 아니 좋겠소?"

"어인 말씀이온지?"

"내 손녀 유모를 호림공에게 주려고 불렀소."

"유모라면 유신랑의 부인이 아니옵니까?"

"우리 신국 신라에 네 부인 내 낭군이 어디 있소? 마음 맞고 눈 맞는 때면 다 내 사람이지. 안 그렇소?"

"저는 아직 색사를 가까이할 마음이 없사옵니다."

"보리공에게 계를 받았다지요? 그러면 부처님 자비를 모르지는 않을 터, 날이면 날마다 지아비 얼굴 한번 보지 못하고 밤을 지새는 한 여인을 구제해 주는 셈 치시구려."

호림은 거듭 사양하였지만 끝내 미실궁주의 뜻을 꺾지 못하였다.

빚 갚을 기회라는 말 때문이었다. 호림이 미실궁주에게 진 빚이란 자신이 풍월주로 있을 때 그녀의 아들 보종을 부제 자리에서 내치고 그 자리에 유신을 앉힌 일이었다.

승낙을 받은 미실궁주는 흐뭇해하며 호림에게 황금으로 만든 천부관음상을 주었다.

"이제 호림공은 내 손녀사위가 되었으니 말을 편하게 하겠네. 이 불상을 집에 고이 모셔 놓고, 유모가 아들 낳기를 일심으로 기도하게."

며칠 뒤 유모를 새 부인으로 맞이해 들인 호림은 첫날밤만 같이 보냈다. 그런 뒤에는 낮에는 여전히 남산 청유를 즐겼고, 밤에는 서방채에 홀로 들어 날이 새도록 불경을 읽었다.

소폐를 시켜 호림의 집을 정탐하게 한 뒤, 그런 사실을 안 미실궁주는 기가 막힐 노릇이었다.

"딱한 내 손녀. 옛 지아비는 밖에서만 어색을 하는 놈이더니, 새 지아비는 안팎으로 색을 아예 끊은 놈이로구나."

유신은 아우 흠순을 전방화랑으로 삼았다. 흠순은 상선과 상랑을 두루 찾아다니며 배알하였다. 전방화랑으로 승격된 사실을 용춘에게 아뢴 뒤 치하를 받고 천화궁에서 나온 흠순은 손가락을 꼽아보았다.

"아직 두 분이 더 남았군."

천화궁에서 가까운 호림의 집부터 들르기로 하였다. 하지만 호림은 집에 없었다. 집안사람이 손가락을 들어 일러주었다.

"저 남산에 가보소서. 산 속 어디엔가 청유를 즐기고 계실 것이옵니다."

흠순은 포석사 뒤로 난 오솔길을 올랐다. 막상 산속에 들고 보니 어디로 가야 호림을 만날 수 있을지 막막하기만 하였다. 생각 끝에 산꼭대기에 올라가 사방으로 소리쳐 불러보기로 하였다. 목소리 하나 만큼은 왕성에서 제일 크다는 말을 듣는 그였다.

달리다시피하여 빠른 걸음으로 산꼭대기에 이른 흠순은 숨을 골랐다. 그런 뒤에 동서남북 사방을 한 차례씩 바라보고 서서 크게 소리쳤다.

"호림공! 호림공! 호림공! 호림공!"

온 왕성이 떠나갈 듯하였다. 아련히 메아리가 울렸다. 남산에 든 사람뿐만 아니라 왕성 시가에 있는 사람들도 다 알아듣고는 소리 나는 쪽으로 고개를 돌릴 만큼 큰 함성이었다.

"허허험, 이쯤 했으면 산정으로 올라오시겠지."

흠순은 산꼭대기에서 조금 아래에 있는 마애불상 앞으로 가 합장을 하고는 기대어 앉았다. 그리고는 불상을 돌아보며 말하였다.

"이 중생이 부처님 정강이에 좀 기댄다고 타박하지 마슈."

"이 사람아, 타박을 듣기보다는 냅다 걷어차이겠네."

삼릉골 쪽에서 올라오는 사람이 하는 소리였다. 흠순은 귀에 익은 목소리를 듣고 냉큼 털고 일어났다.

"제가 호림공을 반드시 만날 줄 알았사옵니다, 하핫."

“일어날 것 없네.”

호림이 흠순의 곁에 앉았다.

“어인 일로 예까지 와서 고래고래 소리를 지르며 나를 찾았는가?”

“제가 이번에 전방화랑이 되었기에 배알을 하고자……. 절부터 받으시옵소서.”

흠순이 앞으로 나와 넙죽 절을 하였다. 호림은 짤막하게 덕담을 해주었다.

“균등하시게.”

“명심하겠사옵니다.”

흠순은 호림의 아래쪽에 앉았다. 두 사람은 먼 서녘하늘 장엄한 노을을 바라보았다. 지상에는 없는 빛깔이었다. 묵묵히 바라보던 호림이 혼잣말을 하였다.

“저걸 본다면, 어느 누가 극락세계가 없다 하리오.”

그리고는 일어나 노을을 향해 경건하게 합장을 하였다. 흠순은 얼떨결에 일어나 따라 하였다.

“이만 내려가세.”

산에서 내려오자 날이 제법 어두워졌다. 흠순이 호림에게 말하였다.

“제가 모셔다드려야 마땅하겠사오나, 날이 더 어둡기 전에 보리공을 찾아뵙고 배알하여야 하겠기에 이만 예서 물러가고자 하옵니다.”

“보리공만 찾아뵈면 다 찾아뵙게 되는가?”

"그러하옵니다."

"그러면 같이 가세."

보리는 정자에 앉아서 음유하고 있다가 호림이 오는 것을 보고 마치 전생에서 이별한 부부가 금생에서 재회하는 듯이 어깨를 안고 등을 치며 서로 반겼다. 그런 뒤 두 사람이 자리를 잡고 앉자 흠순은 보리에게 절을 하고 나서 전방화랑이 되었음을 아뢰었다. 보리는 치하를 한 뒤에 당부를 하였다.

"선도를 알면 불도를 알 것이요, 불도를 알면 또한 선도를 알 것이네. 선도와 불도를 중도로써 알게 되면 비로소 신국의 도를 알게 될 것이네. 부디 정진하시게."

흠순은 무슨 말인지 알 수 없었지만 좋은 뜻이 담겨 있는 것 같아 앉은 채로 허리를 굽혔다가 바로 세웠다. 그때 정자 아래에 있는 연못가를 거니는 여인이 눈에 들어왔다. 어린 남자아이의 손을 잡은 채 연못을 돌고 있었다.

흠순은 가슴이 쾅쾅 뛰었다. 호림과 보리가 흠순이 눈을 떼지 못하는 곳으로 고개를 돌렸다. 그러더니 빙그레 웃었다. 호림이 흠순에게 말하였다.

"자네 장가들었는가?"

"아, 아직 홀몸이옵니다."

"색을 맛 본 적은 있는가?"

"하, 한 번도 없사옵니다."

"허허, 그렇다면 보리 형공께서 내세운 사윗감의 첫째 조건에는 합격한 셈이군."

보리가 말하였다.

"볼일을 마쳤으면 이만 가보게."

흠순은 차마 떨어지지 않는 걸음을 옮기며 물러나왔다. 집에서고 선문에서고 그 요조하고 고상하고 맵시 있는 자태가 잊히지 않았다. 사흘 낮 사흘 밤을 멍하게 보낸 흠순은 낮잠을 자다가 몽유하듯 보리를 찾아갔다.

"내 딸을 달라?"

"보리공의 사위만 될 수 있다면 무엇이든지 다하겠사옵니다."

"사내가 삼가야 할 것은 색일세. 자네가 내 딸을 부인으로 맞이한 뒤에 다른 여인을 많이 거느리지 않겠다고 맹세를 한다면 내 흔쾌히 그 아이를 자네한테 주겠네."

가슴이 뭉클해진 흠순은 코를 정자 바닥에 박은 채 말하였다.

"화랑으로서 맹세하옵니다. 보리공의 따님 외에는 죽을 때까지 그 어떤 여인에게도 눈길을 주거나 마음속에 품지 않을 것을 맹세하옵니다."

"그 어떤 여인도?"

"그러하옵니다. 제가 지금의 맹세를 어긴다면 천벌과 신벌과 팔만 불보살님과 천이백아라한님과 역대조사님과……."

보리의 얼굴에 미소가 번졌다.

"그만하게. 그런 벌 말고, 만약 맹세를 어긴다면 자네의 그 하나뿐인 귀한 목숨을 내놓을 수 있겠는가?"

"목숨 아니라, 죽어 귀신이 된다면 그 귀신까지 내놓겠사옵니다."

보리는 시자를 시켜 딸과 어린 아들을 불렀다.

"네가 지아비로 받들 흠순랑이다. 뵙거라. 예원이 너도 자형이 되실 분이니 바르게 뵙고."

보단과 예원은 흠순에게 절을 하였다. 흠순은 얼른 자리를 고쳐 허리를 굽히며 마주 절을 하였다.

"보단이라고 하옵니다."

"저는 예원이옵니다."

"보단낭주, 나, 나는 흠순, 전방화랑 흠순이오."

보리의 집에서 나온 흠순은 말을 몰아 선문으로 달렸다. 국선각 앞에 이르러 말을 버리듯 훌쩍 뛰어내려 밀치고는 안으로 달려 들어갔다.

"형님, 유신 형님."

늦게까지 남아서 풍류황권을 보며 화랑과 낭도들의 신분을 하나하나 살피고 있던 유신이 덤벙대는 흠순을 나무랐다.

"예가 집이냐?"

"아 참, 주군. 제가 보리공의 따님 보단낭주를 얻게 되었사옵니다."

"얻다니?"

"보리공께서 저를 사위삼기로 하셨다는 말이옵니다."

"그래? 잘되었구나. 보리공의 따님은 영민하고 정숙하기로 평판이나 있는 여인이니. 자, 이만 집으로 가 아뢰도록 하자. 네가 어떻게 보단낭주를 부인으로 삼게 되었는지는 가면서 듣기로 하고."

유신은 선문을 나와 시가에 들어섰다. 어디선가 피리소리가 들려왔다. 동시로 향하는 굽은 길로 돌아들었다. 수십 보 앞에서 어떤 사람이 청노새에 걸터앉아 피리를 불며 느긋이 가고 있었다.

"형님, 저 분은 보종 부제님 아니옵니까?"

"그렇구나."

시가를 지나는 사람들이 보종의 행차를 보고 한마디씩 하였다.

"진선공자가 가시네 그려."

"진선공자라니?"

"진짜 신선이라는 말일세. 저 얼굴 좀 봐. 꼭 어린아이의 얼굴 같지 않아?"

"그러고 보니 피리를 잡은 손은 마치 하얀 새싹 같기만 하네."

"저 여린 손으로 그리는 그림이 그렇게 신묘하다면서요?"

"사람을 그리면 살아 움직이는 것 같고, 산수를 그리면 강물이 그림 밖으로 흘러넘칠 것 같다는 말이 있지."

"설마요?"

"그만큼 잘 그린다는 뜻이 아니겠어?"

"듣자하니, 집에서는 물고기와 학을 기른다던데, 물고기는 몰라도 날개 있는 학을 어떻게 기른단 말이에요?"

"학은 신선을 따른다지 않나."

한 사람이 소리치듯이 말하였다.

"저기 뒤에서 오는 건 국선의 행차가 아닌가?"

"이야, 말 그것 참 멋지네. 아마도 명마 중의 명마일 것 같네."

"사람은 아랫사람이 눈부시고, 탄 것은 윗사람 것이 눈부시도다. 허허."

유신이 다가갔다. 보종은 불고 있던 피리를 내리고 돌아보았다. 그러더니 황급히 청노새에서 내려서 허리를 굽히는 것이었다.

"뒤에서 오시는 줄 몰랐사옵니다."

유신도 얼른 내려서 맞절을 하였다.

"보종 형공, 이목이 많습니다. 어서 노새에 오르시지요."

두 사람은 나란히 길을 갔다. 보종이 입을 열어 차분하게 말하였다.

"저는 주군이 늘 두렵사옵니다."

"두렵다니요?"

"주군께서는 하늘에 떠 있는 해와 달이시고 저는 세상의 작은 티끌이니, 어찌 감히 두려워하지 않을 것이며 또 공경하지 않겠사옵니까?"

"보종 형공은 제가 할 말이 없게 하시는군요."

유신은 뒤따르던 흠순과 양부를 비롯한 용화향도에게 말하였다.

"자네들이 선도를 닦고자 한다면 마땅히 보종 형공을 따르고, 불

도를 이루고자 한다면 보리공과 호림공을 따르고, 나라를 지키고자
한다면 나를 따라야 할 것이네.”

절사지위 絶嗣之危

조당과 낭정과 성중이 크게 술렁였다. 대제의 진의가 과연 무엇인가 하는 추측이 집집마다 밥 짓는 저녁연기 피어오르듯이 온 서라벌에 난무하였다.

대제와 마야황후 사이에는 아들이 없었다. 대제의 두 아우, 진정 갈문왕 백반과 진안 갈문왕 국반도 아들을 낳지 못하였다. 대제가 붕어하고 나면 제위를 이을 성골 왕자가 없는 상황이었다. 황실에 성골 남자의 핏줄이 끊기는 중대한 사태에 직면한 것이다. 진골은 대좌에 오를 수 없다는 국법에 따라 대제의 딸들인 성골 공주들 가운데 한 사람이 태자가 되어야 하였다.

그런데 대제가 무슨 생각을 하였는지 조정의 신하들과 아무런 상의도 없이 하루아침에 장녀 천명공주에게 명을 내려 태자 자리를 막내딸 선덕공주에게 물려주게 하였다.

더욱 놀라운 것은 태자가 된 선덕공주가 용춘을 사신으로 삼게 해달라고 대제에게 간청하였다는 것이다. 그 때문에 대제가 고심을 하고 있다는 소문이 왕성 안팎으로 파다하게 나돌고 있었다.

"태자가 되자마자 어떻게 그럴 수가 있지?"

"그러게 말이야. 아무리 내 것 네 것 가리지 않는 세상이라고는 하지만, 여형의 지아비를 빼앗아서 곁에 두고 색공을 받으려고 하다니."

"그러면 천화공주마마는 어떻게 되는 거야?"

"어떻게 되긴 생과부로 살거나 딴 데로 또 살러가겠지."

난감해진 건 용춘이었다. 소문이 사실이 아니길 바랄 뿐이었다. 소문 때문에 천화공주와의 사이도 서름해졌다.

집안 분위기가 말이 아니었다. 궁사지 대남보는 가솔들에게 단단히 입단속을 시켰다. 그러나 보는 데서만 입을 열지 않을 뿐 보이지 않는 곳에서는 그에 관한 말만 수군거리는 것 같았다.

누군가 문을 두드렸다. 대남보가 직접 열었다. 대제의 칙명을 가지고 온 조관이었다. 그는 용춘과 천화공주에게 각각 칙명을 전하였다.

읽고 바꾸어 읽고 또 바꾸어 읽어보아도 글자 한 자 바뀌지 않았다. 과연 소문대로 용춘에게는 선덕공주의 사신이 되어 받들어 섬기라는 명이었고, 천화공주에게는 백룡에게 개가를 하라는 명이었다.

"지엄한 분부를 어찌 하겠소 따르는 도리밖에는."

용춘의 말에 천화공주는 몹시 섭섭하였다.

"어찌 입궁하여 폐하께 한번 간청이라도 하지 않습니까?"

"간청하고 애원한들 한번 내린 명은 거두어지는 게 아님을 잘 알지 않소?"

"그렇긴 하지만 이건 너무……."

"여러 말 해보았자 서로 가슴만 아프니 이쯤 해두십시다."

대제가 천화궁에 칙명을 내린 것을 안 조정 대신들은 향후의 정국이 어떻게 될지 견해가 분분하였다.

"어찌하여 태자를 바꾸어 이렇게까지 큰 분란을 일으키시는지 도대체 그 깊은 성심을 알 길이 없으니."

"천명, 천화, 선덕, 세 공주마마 중에서 장차 지존으로 등극하여 정사를 가장 잘 돌볼 분으로 선덕공주마마를 염두에 두고 계시는 게 분명하오."

"정사는 우리가 돌보지 어디 폐하가 돌보오?"

"폐위되어 죽은 선형의 자손에게는 보위를 물려주지 않겠다는 뜻인 것 같소."

"선형의 자손이라면 용수공과 천명공주마마 사이에 태어나신 춘추공자를 말씀하시는 게요?"

"그렇소."

"천명공주마마는 성골이지만 용수공이 진골이라 춘추공자도 골품이 진골인데 어찌 보위를 잇는단 말씀이오?”

“성상께서 붕어하시면 자연히 천명공주마마께서 등극하실 것이고 그 다음에는 어떻게 되겠소? 성골 왕자가 지금도 아무도 없는데 그때가 되어 하늘에서 툭 떨어지겠소, 땅에서 불쑥 솟구치겠소? 결국 진골 중에서도 왕이 나올 수밖에 없다면 더 생각할 것도 없이 여제의 아들, 즉 춘추공자가 으뜸 순위가 아니겠소?”

“아하, 듣고 보니 그렇구려.”

“그것만 가지고는 성심을 제대로 헤아렸다고 보기 어렵소.”

“그렇소. 아직 미혼으로 태자가 되신 선덕공주마마께서 용춘공을 사신으로 삼았다면, 두 분 사이에 자제가 생길 것인데 그 자제는 폐위된 선군의 자손이 아니란 말이오?”

“그러면 도대체 태자를 바꾼 성상의 신의는 무엇이겠소?”

“그걸 전혀 짐작조차 할 수가 없으니 참으로 답답하기만 하외다.”

국선각에 든 별방화랑 춘추의 안색이 영 어두웠다. 유신은 어떤 말도 위로가 되지 못한다는 것을 알고 묵묵히 맞이하였다. 춘추는 애써 내색을 하지 않으려고 하였지만 굴욕감이 드는 것은 어찌할 수 없었다. 밖에서 떠드는 소리가 들렸다. 비담과 염종의 음성이었다.

“춘추랑의 얼굴을 한번 제대로 보았으면 좋겠군, 하하.”

“모주가 태자 자리에서 물러났으니 이제 그의 뻣뻣함도 좀 나긋나긋해지려나.”

춘추가 탁상을 주먹으로 내리친 뒤 허리에 찬 칼자루에 손을 대며 뛰쳐나가려는 것을 유신이 말려서 앉히고는 밖으로 나가 두 사람을 나무랐다.

"말 좀 가려서 하지 못하겠는가! 예가 어디라고 함부로 떠드는가!"

비담과 염종은 허리를 굽혀 절을 하는 둥 마는 둥 하고 자리를 떠버렸다. 유신이 들어와 춘추를 위로하였다.

"제공, 저 자들의 말을 마음에 담아두지 마옵소서."

"유신 형, 이제 나는 어찌 해야 하오?"

"제공과 제가 생각해야 할 것은 지금의 일들이 아니라 장차의 일들이옵니다. 지금 일어나는 일들은 우리 두 사람이 미약하여 어찌할 수 없지만 훗날은 대비할 수 있사옵니다."

"훗날의 무엇을 대비한단 말이오?"

"제공께서 평정심을 가지시어 스스로 궁구해 보옵소서. 제가 드릴 말씀은 그뿐이옵니다."

"용춘 숙부에게 물어보아도 되겠소?"

"그러지 않으시는 것이 좋겠습니다. 된꾸중만 듣게 되실 것이옵니다."

"알겠소. 내 혼자 곰곰이 생각해 보리다."

춘추는 신라의 국모로 추앙받아 오고 있는 선도산 성모를 찾아가 기도를 올릴 작정을 하였다. 신응이 있다면 가슴 속 응어리를 풀고 세상을 살아가는 큰 눈을 뜰 수 있을 것 같았다. 선도산을 오르자니 다 쓰러져 가는 오막이 한 채 나타났다. 물이라도 한 바가지 얻어 마시고자 들어섰다. 방 문짝을 열고 노인이 내다보았다.

"뉘오?"

"선문에 몸담고 있는 사람인데, 선도산을 찾았다가 목이 몹시 말라 물 좀 얻어 마시고자 하오."

"물로 축일 수 있는 갈증이 아니구려."

춘추는 머리를 얻어맞은 것만 같았다. 노인은 방으로 들어오라고 춘추에게 말하였다.

"귀공은 뉘시옵니까?"

"마령간이라고 하오."

백결선생의 증손이었다. 선도산에서 소민가의 아이들에게 부도의 도를 가르치고 있다고 알려진 인물이었다. 춘추는 목이 마른 것도 잊고 물었다.

"제가 어찌하면 좋겠사옵니까?"

"천지만물이 다 이리저리 옮겨지는 것 같지만 결국에는 절로 제자리를 찾아가는 법이니 아무 염려마시고 때가 될 때까지 뜻을 감추고 몸을 낮추시오. 일부러라도 낮춰야 할 몸인데 좋은 기회가 제 발로 찾아와 주었으니 이 어찌 기쁜 일이 아니겠소?"

춘추는 일어나 마령간에게 절을 올렸다.

"저의 눈을 뜨게 해주시니 이 고마움을 어찌 갚아야 할지 모르겠사옵니다."

"훗날에 용문이라는 이름을 듣게 되거든 장수로 거두어 크게 쓰도록 하시오."

"꼭 잊지 않고 명심하여 두겠사옵니다."

용춘은 선덕공주의 사신으로 대궁에 들어가기 전에 용수를 찾았다. 용수는 천화공주와 헤어지게 된 용춘을 위로하려다가 말고 그의 얼굴이 밝은 것을 보고 의아하게 여겼다. 혹시 머리가 어떻게 된 게 아닌가 하는 생각마저 들었다.

"제공, 괜찮으신가?"

"괜찮지 않을 까닭이 뭐 있겠사옵니까? 허허."

용춘은 목소리를 낮추어 말하였다.

"형님, 저는 선덕공주마마와의 사이에 자식을 낳지 않을 것이옵니다. 만약 아들이든 딸이든 하나라도 낳는다면 반드시 형님과 저, 또 천명공주마마와 선덕공주마마를 이간질하는 세력이 나타날 것이고, 그렇게 되면 우리 형제와 그분들 여형제의 우애를 다 망치게 될 것이옵니다.

저는 오직 저의 조카이자 형님의 아들인 춘추만을 생각할 것이니 그리 알고 마음 편히 지내시옵소서."

용수가 고개를 흔들었다.

"남녀가 방사를 하면 저절로 생기는 아이를 어찌 갖지 않을 수 있겠는가?"

"이 아우에게 다 방법이 있으니 그런 심려는 조금도 하지 마옵소서."

용춘은 궁중의 의약을 맡고 있는 약전으로 갔다.

"어서 오소서."

종사지가 허리를 깊이 굽혔다. 용춘이 비록 혼례는 하지 않았지만 태자 선덕공주와 한 이불을 덮게 된, 황서라면 황서인 까닭이었다.

"태의사 어디 계신가?"

"저를 따라 오소서."

종사지는 안쪽 방으로 안내하였다. 공봉의사들의 우두머리인 태의사도 용춘을 보자 얼른 합장 배례를 하였다. 상석에 앉아 약차를 한잔 들고난 뒤에 용춘은 소맷배래기에서 황금 한 덩이를 꺼내놓았다. 태의사가 어인 일인가 하였다.

"어서 넣게."

명령과도 같은 목소리에 그는 시키는 대로 하지 않을 수 없었다.

"색사를 해도 아이를 갖지 않는 비방이 있다고 들었네."

"저는 그런 비방을 알지 못하옵니다. 우두산에 가야인 청은거사라는 분이 살고 있는데 그분을 찾아가시면 비방을 얻을 수 있을 것이옵니다."

"잘 알겠네. 고맙네."

용춘은 약전을 나서려다가 멈추어 돌아섰다.

"그런데 내가 방금 태의사한테 무엇을 묻던가?"

"하, 하문하신 것이 아무 것도 없었사옵니다."

"그렇지. 아무 것도 물은 게 없지."

약전을 나온 용춘은 밖에서 기다리고 있던 대남보에게 말하였다.

"내일은 저 자가 이 세상 사람이어서는 아니 된다."

"예, 전군마마. 말씀을 알아들었사옵니다."

며칠 뒤 용춘은 대남보를 데리고 우두산으로 갔다. 산 초입에서 나무꾼을 만났다.

"청은거사의 거처가 어디오?"

"저는 알지 못하옵니다만, 저기 저 약초꾼 집에 가서 물어보소서."

약초꾼은 그의 이름이 청은거사인지는 몰라도 의술에 밝은 노인이 사는 데라며 가르쳐 주었다.

"만물상 능선 아래에 백운동이라는 곳이 있는데 거기서 골짜기를 따라 한참 올라가면 평평한 터에 산막이 하나 있사옵니다. 바로 그 산막에 기거하고 있습지요."

용춘은 산으로 들어갔다. 대낮에도 운무가 자욱하였다.

"백운동이라는 이름값을 하는군."

얼마 못 가 앞이 안 보여서 더 나아갈 수 없었다. 대남보가 난감해하자 용춘이 말하였다.

"눈으로 볼 수 없으면 귀를 열어라. 골물소리를 따라 가면 될 것이다."

개울을 따라 더 깊이 들어갔다. 운무가 점차 옅어지더니 산막이 나타났다. 희한하게도 산막 근처에는 안개가 서려 있지 않았다.

용춘은 마련해간 예물을 내놓고 물었다.

"어인 까닭으로 그 비방을 알고자 하옵니까?"

"나라를 구하는 일이오."

"그러면 오늘 저의 목숨이 다하는 날인가 보옵니다."

청은거사는 비방을 알려주었다.

"음력 삼월에 캔 자초의 생뿌리를 녹두와 섞어 보드랍게 가루를 내고, 한 알이 콩알만 하도록 뭉쳐서 환약으로 만든 다음에 몸것을 하고난 직후, 한 번에 한 알씩 하루 세 번 아흐레 동안 복용하면 임신을 하지 않게 되옵니다."

"고맙소 큰 은혜는 잊지 않겠소"

산막을 나오자마자 용춘은 개울물을 바라보며 뒷짐을 선 채 대남보에게 말하였다.

"들어가서 저 자를 죽여라."

대남보는 백인결사 졸개 둘에게 눈짓을 하였다. 그들은 다시 산막으로 들어갔다. 하지만 손을 쓸 것도 없었다. 청은거사는 스스로 극약을 먹고 쓰러진 채 숨이 끊어져 있었다.

산을 거의 다 내려올 즈음, 대남보가 용춘의 마음을 미리 헤아려서 두 졸개에게 지시하였다.

"약초꾼과 나무꾼이 남아 있느니라."

"저희에게 맡겨 놓으십시오, 궁사지 어른."

용춘이 소수레를 타고 기다리고 있는 동안 그들은 산으로 들어가 두 사람을 헤치고 돌아왔다.

"이제 그만 돌아가자."

왕성으로 돌아온 용춘은 비밀리에 만든 환약을 가지고 태자궁에 들었다. 선덕공주는 그를 반갑게 맞이하면서도 근심이 묻어나는 목소리로 물었다.

"나의 사신이 된 것을 후회하시오?"

"아니옵니다, 태자마마."

"얼마 전까지만 해도 용춘공이 나의 형부였기는 하나, 이제부터는 나와 더불어 방외지교를 나누었으면 하오."

"분부대로 하겠사옵니다."

용춘은 환약을 꺼내어 봉공하였다.

"이게 무엇이오?"

"자반증을 앓고 계시다고 들었사옵니다. 나라 안에서 의술이 가장 밝은 사람에게 비방을 얻어 지어 왔사옵니다. 그에 효험이 가장 뛰어난 명약이라고 하옵니다."

선덕공주의 얼굴이 밝아졌다.

"고맙소. 내 때를 맞춰 잘 먹도록 하리다. 아니, 때마다 용춘공이 잘 챙겨서 먹여 주시오."

"소신, 반드시 그리 하겠사옵니다."

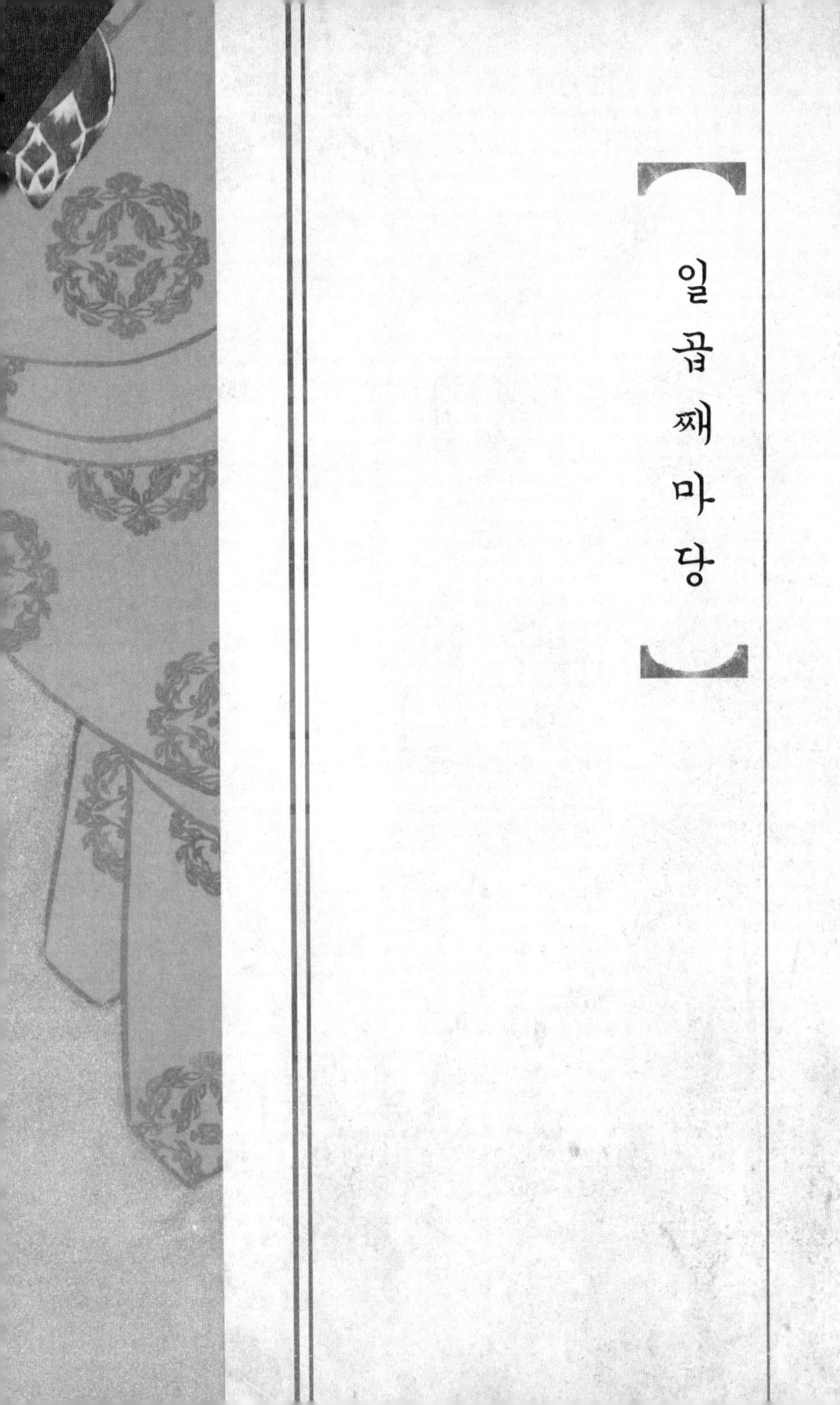

일곱째 마당

대제가 앞서 가잠성으로 쳐들어온 백제의 군사에 맞서 싸우다가 전사한 현령 찬덕의 아들인 해론을 금산의 당주에 제수하였다. 해론은 부임하자마자 한산주 도독 변품을 설득하여 아비의 원수를 갚기 위하여 군사를 일으키고자 하였다.

해론은 금산의 군사와 한산주의 군사 중 날랜 자들을 가려 별파 유군을 조직하였다. 그리고는 백제 군사들의 경계가 느슨한 밤을 틈타 가잠성을 습격하여 하룻밤 만에 빼앗았다. 하지만 안타깝게도 앞장서서 지휘를 하던 해론은 그만 전사하고 말았다.

소식을 들은 대제는 그를 장하게 여기고 슬퍼하였다. 대제는 남은 해론의 식솔들에게 큰 상을 내렸고, 조정에서는 장가를 지어 그를 조문하였다. 백성들도 하나같이 자신들 집안의 가장을 잃은 것처럼 해론을 애도하였다.

"폐하, 수나라가 크게 군사를 일으켜 적국 고구려를 침공하였다가 을지문덕에게 대패한 뒤로 국력이 기울다가 마침내 망하고, 새로 당나라가 들어섰다고 하옵니다."

"중원의 대국을 쓰러뜨릴 만큼 고구려의 힘이 강성하니 변방의 방수를 게을리 하지 말라. 또한 새로 들어선 당나라를 정탐하여 그들의 정세를 알아보도록 하라."

"분부 거행하겠사옵니다."

"요즈음 선문은 어떠한가?"

"김유신이 국선이 된 뒤로 화랑과 낭도들이 밤낮으로 무사에 힘써 장차 우리 신국 신라를 지키는 큰 장수들이 많이 나올 듯하옵니다."

"기특한 일이로다. 김유신은 이제 국선을 물려줄 때가 되었으니, 그를 조정에 불러들여 흑개감의 대사로 삼도록 하라."

유신은 풍월주를 부제 보종에게 물려준 뒤 대제를 알현하러 갔다.

"내 너를 가까이에 두고 자질을 살펴볼 것인 즉, 조정의 법도를 차차 익히고 맡은 일에 힘쓰라."

"황은이 망극하옵니다."

어전에서 물러나온 유신은 사자대에 딸린 흑개감으로 갔다. 사자대는 대제의 시위 부대이었고, 흑개감은 그중에서도 최측근 경호 부대였다. 유신은 흑개대사에 부임한 직후 휘하 흑개사에 죽지, 금강, 진춘을 두었다. 그리고 양부는 감사지로 삼았다.

"말이 조정이지 이건 흡사 감옥이군."

죽지가 투덜거리자 금강이 웃었다.

"얼굴을 보아하니, 나라 안 명산대천을 안마당처럼 누비고 다니다가 꼭 재갈이 물린 망아지 신세로군. 그래도 우리가 조정에 들어와서도 주군과 같이 있을 수 있다는 게 어딘가?"

"그건 맞는 말일세."

진춘이 한마디 하였다.

"이젠 주군이 아니라 대사님이 아닌가, 그것도 칼을 찬 채 성상폐하를 그림자처럼 곁에서 시위하시는 흑개대사님."

"그나저나 그간 정들었던 선문이 그리워지네 그려."

"진주랑은 어떻게 지내고 있을까?"

"글쎄, 한사코 선문을 떠나지 않겠다고 하니, 참. 그 속을 아직도 모르겠네."

"차차 알게 되겠지. 보종 국선은 잘해내고 있겠지?"

"알 수 없는 일일세. 진선공자라는 별칭답게 워낙 선도에만 관심을 기울여 온 사람이니 화랑들이 창검과 궁마 수련은 소홀히 하고 너나 나나 다 선도를 좇을지도."

"하긴. 예로부터 선문은 주군의 취향에 따라 쏠리는 바가 있어 왔으니."

풍월주가 된 보종은 염장을 부제로 삼았다. 염장은 보종이 유신의 부제로 있을 때 좌대방화랑에 있으면서 그 부제 역할까지 수행한 것과 마찬가지로, 보종의 부제가 된 뒤부터는 또 풍월주의 직무까지 거의 다 맡아서 처리하였다. 그런 까닭에 낭정에서 크게 중망을 얻기에 이르렀다.

보종은 풍월주에 오른 지 얼마 지나지 않아 염장에게 아예 공식적으로 그 자리를 물려주려고 하였다. 그러자 염장이 웃으며 말하였다.

"물려주시나 안 물려주시나 지금도 실제로는 제가 국선이나 다름없는 역할을 하고 있는데 어찌 생색을 내시며 물려주겠다고 하시옵니까?"

"그런가?"

보종도 웃으며 꺼냈던 말을 도로 담았다. 보종을 대신하여 풍월주의 업무를 처리하는 만큼 염장은 단아하고 따듯한 성품으로 대할 뿐, 다른 화랑과 낭도들에게 군림하지 않았고 오직 낭령으로써 그 소임을 정성껏 맡아내었다.

거기서 그치지 않고 염장은 수석과 화초와 학을 기르는 일에만 몰두하여 집안일을 잘 돌보지 못하는 보종의 집안일까지 봐 주었으며, 정당한 재물이 생기면 그때마다 자신은 좁쌀 한 톨도 떼어가지 않고 전량을 셋으로 똑같이 나누어 보종과 유신과 춘추의 집으로 보내곤 하였다.

그 일을 두고 비담과 염종이 다른 화랑들에게 말을 옮기며 힐난을 하면 염장은 재물도 대인들에게 있어야 제대로 쓰이는 법이라며 일축하곤 하였다.

　보종은 풍월주에 오래 있지 않았다. 그는 풍월주 이취례도 하지 않고 피리만 하나 손에 든 채 청노새를 타고 혈혈단신으로 선문을 나가 집으로 가버렸다. 대제도 미실궁주를 통하여 검박한 그의 성품을 잘 알고 있기에 묵인하였다.

　새로 풍월주에 오른 염장은 전방대화랑에 있는 유신의 아우 흠순을 부제로 삼고 전방화랑으로 있던 흠순의 처남 예원을 승격하여 전방대화랑으로 삼았다. 그리고 춘추를 우방대화랑에서 좌방대화랑으로 자리를 옮겨 주었다.

　흑개감에서 나와 집으로 돌아온 유신은 보희와 문희에게 그 소식을 듣고 흠순을 불러들였다.

　"너도 국선이 되고 싶으냐?"

　"화랑이라면 모름지기 누구나 품고 있는 꿈이 아니옵니까?"

　"그렇다면 부제를 춘추 제공에게 양보하거라."

　"예에? 형님, 그건 아니 되옵니다. 그럴 수 없사옵니다."

　"네가 스스로 양보하지 않아도 얼마 못 가서 반드시 부제 자리를 내놓아야 할 상황이 있게 된다. 그 전에 네가 자진해서 춘추 제공으로 하여금 부제를 대신하게 한다면, 사람들이 너를 목소리만 크고 덤벙대는 사람이 아니라 사려가 깊고 기국도량이 큰 화랑이라고 여길 것이다. 춘추 제공이 부제로 있다가 국선이 되면 너를 부제로 삼아 차후에 국선이 되도록 해주마."

"하오면 그 말씀, 나중에 꼭 지키셔야 하옵니다."

"언제 이 형이 헛말을 하는 것 보았느냐?"

"알겠사옵니다. 하지만 양보는 이번 한 번뿐이옵니다."

선문에 나온 흠순은 염장에게 아뢰어 부제에서 물러나기를 청하며, 대신 춘추를 추천하였다. 염장은 그것이 다 유신의 뜻에서 나온 일인 줄 알고 그대로 행하였다. 언제부터인가 춘추는 얼굴이 백옥과 같이 맑아지고 말수가 썩 줄었으며, 가끔 한마디씩 하는 말도 크지도 작지도 않고 온화하기만 하여 염장은 춘추가 부제를 맡기에 그 자질이 충분하다고 여겼다.

"아주 저희들 마음대로군 그래?"

"선문의 낭정이 저희 놈들 수중에 있으니 어쩔 수 없는 일이지."

"부당한 처사라고 떠들고 다녀버릴까?"

"이미 늦은 일일세. 춘추랑이 부제 자리에 오르자마자 유신공이 자신을 따르는 용화향도까지 물려주지 않았나? 더구나 춘추랑은 보란 듯이 상선이 된 보종공의 딸 보라궁주에게 장가까지 들었고"

"용화향도 놈들이 부제가 된 춘추랑을 등에 업은 뒤부터 낭도부곡의 요직을 장악하고 서로 은밀히 협력하여 낭권까지 다 거머쥐었으니, 이제 대원신통파고 진골정통파고 힘을 다 잃게 생겼어. 그놈들은 거의 다 가야파가 아닌가?"

"장차 우리 신국 신라의 국호가 망국 북가야로 바뀔지도 모르겠군. 에잇!"

“그럴 일은 천만 없으니 그런 말 말게. 그나저나 우리도 어느 세도를 하나 얻어야 하지 않겠나?”

“지금 우리가 빌붙을 데가 어디 있겠나? 조정의 권세삼도라는 마야황후나 미실궁주나 용춘공이나 다 얼기설기 저희들끼리 서로 견제도 하고 돕기도 하고 타협도 하는 판국에.”

“그래도 찾아봐야지. 마냥 이러고 가야파 놈들한테 눌려 지낼 수는 없어.”

마야황후가 승하하였다. 정당에는 또 한 번 소용돌이가 일기 시작하였다. 아직 정기가 왕성한 대제가 후비를 들일 것인가 말 것인가 하는 논란이 일었다. 중론은 대제가 후비를 들일 것이라는 쪽으로 모아졌다. 대제가 나이가 든 좌우 두 궁주에게 다시 눈길을 줄 리가 만무하다는 판단에서였다.

대제가 젊은 후비를 들인다면, 그 후비는 왕자를 낳을 지도 모를 일이었다. 그렇게 되면 그 왕자는 황실에서 유일한 성골 왕자가 되기에 여제가 되기를 꿈꾸던 선덕공주는 두말없이 태자 자리를 내놓아야 될지도 모르는 일이었다.

결국 후비가 간택되었다. 정호는 승만황후였다. 비록 나이가 젊지만 그녀는 영특하여 대궁에 든 지 오래지 않아 황실의 실상과 조정이 돌아가는 정세를 꿰뚫어 보았다. 그리하여 왕자를 임신하기에 진력하였다.

“이제 되었어. 되었다고!”

"되다니? 뭐가 되었다는 말인가?"

"우리는 승만황후마마를 그늘로 삼도록 하세. 장차 왕자만 낳는다면 세상은 우리 것이 되네."

마음을 맞춘 두 사람은 상랑 칠숙과 석품을 찾아갔다. 그들은 반신반의하였다.

"비록 새 황후마마께서 몰래 세력을 모으고 있다고는 하지만 아직 조정의 대세는 미실궁주가 쥐고 있고, 더구나 마야황후마마께서 승하하신 뒤로 더 많은 조정의 대신과 낭정의 화랑들이 미실궁에 문안하러 들어가고 있는 형편이 아닌가?"

"내 생각도 칠숙공의 뜻과 다르지 않다네. 새 황후마마께 의지하는 것은 아무래도 위험한 일일세."

비담이 힘주어 말하였다.

"남산에 올라가서 지는 서녘 노을을 보고 한숨을 지어야 하겠사옵니까, 토함산에 올라가 뜨는 동녘 노을을 보고 벅찬 가슴을 어루만져야 하겠사옵니까?"

"만약 새 황후마마께서 왕자를 낳지 못하면 어찌 하는가?"

"아직 한창이시니 미실궁과 보명궁, 좌우 두 궁주보다는 오래 살 것이 아니옵니까? 만약 폐하께서 붕어하시더라도 태후에 오르실 테고 말이옵니다. 선덕궁에서 보위를 차지하든 천명궁이나 천화궁에서 차지하든 황실에서 가장 큰 어른으로서 태후가 될 것은 뻔한 이치가 아니옵니까?"

“그렇긴 하군.”

칠숙과 석품은 그들의 뜻을 따르기로 하였다. 은밀히 월성 대궁으로 사람을 보내어 진기한 예물을 올리자 입궁하라는 명이 떨어졌다. 네 사람은 의관을 바르게 하고 황후전으로 나아갔다.

“신들이 황후마마를 뵈옵니다.”

“지난번에 보내준 것들은 잘 받았네.”

“부디 왕자마마를 생산하시어 우리 신국 신라의 황통에 허약함이 없도록 하옵소서.”

승만황후는 그 말이 무슨 뜻인지 알아채고는 매우 흡족해 하였다. 허약함이 없도록 하라는 말, 그것은 여제가 등극해서는 안 된다는 말이었다. 승만황후는 네 사람이 올린 예물보다 더 귀하고 값진 보화를 내사하였다.

“내 그대들의 충심을 믿는 바이오. 앞으로 힘든 일이 있으면 어려워 말고 내게 말하도록 하오.”

“황후마마의 성은이 망극하옵니다.”

물러나온 비담은 주먹을 불끈 쥐었다.

“어디 두고 보자, 유신 이놈!”

유신은 백마를 타고 도당산으로 향하였다. 흑개감 대사로 부임한 이래 처음 찾아가는 길이었다. 어머니 만명부인 몰래 드나든다는 것 때문에 마음이 편치 않았다. 언젠가 때를 보아 말씀을 잘 드려야겠다고 생각하였다.

신궁봉사는 유신이 조정에 들어간 것을 이미 알고 있었다. 금지와 소영도 공하를 올렸다. 금지가 여느 때와는 달라보였다. 유신이 물었다.

"내게 무슨 할 말이라도 있는 게요?"

금지는 입을 열지 않았다. 유신이 거듭 물었다.

"우리가 어디 서로 속을 감추는 사이이오? 뭔가 할 말이 있거든 어서 해보오."

금지는 여전히 말없이 자신의 배를 손으로 쓰다듬었다. 유신은 그것이 무슨 뜻인지 알지 못하였다. 금지의 뒷자리에서 보다 못한 소영이 입을 열었다.

"아가씨께서 단랑님의 아기를 가지셨사옵니다."

"뭐요?"

금지가 나지막이 말하였다.

"이름만 지어주시어요. 그러면 되시옵니다."

"이, 이런!"

고심하던 끝에 유신은 붓을 가지고 오라고 하여 비단 조각에 두 글자를 썼다. 금지가 속으로 읽었다.

'군승.'

"어인 뜻이옵니까?"

"장차 자라서 지덕을 겸비한 장수가 되어 전장에 나가면 백전백승하여 나라를 지키는 으뜸이 되라는 뜻이오."

"좋은 이름이옵니다."

유신은 금지의 배가 점차 불러오자 고민 끝에 어머니 만명부인에게 아뢰어 금지를 둘째부인으로 들이고자 설득하였지만 불호령만 듣고 말았다.

"그냥 두어서는 안 되겠어. 필시 그 신궁의 모녀가 우리 아들을 잘못되게 하고 말겠어."

만명부인은 유신이 모르게 신궁봉사의 집을 찾았다. 그리고는 신궁봉사를 꿇려 놓고 호령을 한 뒤에 금지가 갓 낳은 유신의 아들을 빼앗으려고 하였다. 금지는 아기를 데리고 멀리 가서 다시는 나타나지 않겠다고 애원하며 매달렸다.

만명부인은 스스로도 지아비 서현과 야합을 하여 유신을 낳은 까닭에 더 모질게 대할 마음이 나지 않았다.

"정 그러하다면 좋다. 아기는 데려가게 해 줄 터이니 내가 가라는 데로 가겠느냐?"

"가겠사옵니다. 어디인들 못 가리까. 제발 아기만, 아기만!"

"애들아! 이 가증스러운 년을 도원의 유화로 처박아 넣거라."

유신은 칼을 빼어들고 신궁봉사의 목에 겨누었다.

"어디로 보냈느냐고 묻지 않소!"

"흑개대사님, 금지는 머리를 깎고 비구니가 되어 절에 들어갔다고 말씀드리지 않았사옵니까?"

"그 절이 어느 절이냔 말이오?"

"그건 말씀드릴 수가 없사옵니다. 금지의 뜻이기도 하옵니다. 이제 더는 금지를 찾지 말아주소서."

"내가 군승이라고 이름을 지어준 아이는 어떻게 되었소? 낳았소?"

신궁봉사는 다른 대답을 하였다.

"큰일을 할 사람이 작은 일에 얽매이면 안 되시옵니다. 금지가 흑개대사님의 발목을 잡는 것은 자기 스스로도 원하는 바가 아니라는 말뿐이었사옵니다.”

“무릇 작은 일을 소홀히 하면서 큰일에 뜻을 두는 것은 작은 일도 못하는 잡배들의 핑계일 뿐, 금지를 어디로 보냈는지 바른대로 대지 않으면 이 칼에 그대의 피를 묻힐 수밖에 없소. 어찌 하겠소?”

“유신은 신궁봉사의 목을 겨눈 칼끝에 힘을 조금 주었다. 천관은 말없이 고개를 들고 눈을 감았다. 찌르고 싶다면 찌르라는 뜻이었다. 유신은 신궁봉사의 입에서는 어떤 소리도 더 들을 수 없음을 알고 곁에 앉아 있는 소영에게 물었다.

“네가 대답하라. 그렇지 않으면 천관의 목숨은 이 자리에서 내가 거둘 것이다.”

“아가씨는, 아가씨는⋯⋯.”

신궁봉사가 엄한 눈빛으로 쳐다보자 소영은 끝내 말을 잇지 못하고 울먹이며 말하였다.

“단랑님, 금지 아가씨가 어디로 갔는지 알기는 하오나, 사실대로 말씀드릴 수는 없사옵니다.”

유신의 뇌리를 퍼뜩 스치는 것이 있었다.

“내 어머니가 다녀가셨느냐?”

“아니옵니다. 만명부인 마님께서 오신 적은 없사옵니다.”

“어디로 갔는지 알고는 있지만 알려 줄 수는 없다? 알았다. 내 반드시 금지를 찾아서 내게 한마디 말도 없이 떠난 곡절을 물어보마.”

유신은 휘하 흑개사들과 함께 칼을 찬 채 조원전에서 대제를 호

위하며 서 있는 중에서도 머릿속에는 온통 금지가 어디로 사라졌을
까 하는 생각뿐이었다. 아기는 낳았는지, 낳았다면 어떻게 생겼을까
몹시 궁금하였다.

유신은 유신대로 심각하였지만 조정은 조정대로 심각한 논의가
오가고 있었다.

"적국 고구려왕이 지난 기묘년에 당나라에 사신을 보내 조빙을
하였사옵니다. 이는 망국 수나라와는 달리 선린의 관계를 맺고자 함
이옵니다. 만약 고구려와 당이 굳건히 손을 잡게 되면, 우리 신국
신라는 북녘의 큰 승냥이 떼와 이리 떼의 군침 앞에 놓인 먹잇감과
다를 바가 없게 되옵니다."

"그렇다면 어찌해야 옳겠소?"

"비록 늦은 감이 없지 않사오나, 하루 바삐 폐하께서도 당에 사신
을 보내시어 당 황제와 친교를 맺어야 할 것이옵니다."

대제는 그 말을 곧이듣고 초가을에 견당사신을 보냈다. 당 황제는
고구려에 이어 신라까지 내빙하자 흡족해하며 봉명사신을 신라로
보내어 황제의 친필 글과 그림을 그린 병풍과 비단 삼백 필을 대제
에게 전하게 하였다.

"폐하, 적군 백제에 심어둔 첩자로부터 밀계가 당도하였사온데,
백제왕 부여장도 지난 시월에 당나라에 사신을 보내어 탐라의 과하
마를 바쳤다고 하옵니다."

"으음. 우리 신국 신라와 고구려와 백제가 다 당 황제의 환심을

사려고 하였으니, 이제 당 황제가 어느 나라에 더 깊은 호의를 갖는가 하는 것이 관건이구려?”

“백제왕 부여장이 쉼 없이 조공을 하니 당 황제가 부여장을 대방군왕 백제왕으로 책봉하고 칙서를 내렸다고 하옵니다.”

“허면, 백제가 당의 제후국을 자처하였다는 말이 아니오?”

“자세한 것은 알 수 없사오나 당과 백제의 친교가 예사롭지 않은 것만은 틀림없사옵니다.”

“알겠소. 공들은 이만 물러가서 그에 대한 묘책을 강구하시오.”

신하들을 물린 대제는 선덕공주를 불렀다. 용춘과의 사이에 자식이 생기지 않는 것을 섭섭하게 여겨 그 자리에서 용춘을 호명궁으로 물러나게 하였다. 용춘은 선덕공주에게 눈물로 아뢰면서 환약 먹는 일을 게을리 하지 않기를 간원하였다. 선덕공주는 고개를 끄덕인 뒤 흐르는 눈물을 닦으며 용춘의 손을 잡아 일으켜주었다.

대제의 후비 승만황후가 마침내 아들을 낳았다. 대제는 너무 기쁜 나머지 꿈을 꾸고 있는 것만 같았다. 조정 신하들과 정사를 의논하는 일은 뒷전으로 미루어 두고 온종일 황후전에서 살다시피 하였다.

“이제 왕자가 태어났으니 태자로 책봉해야겠다. 성대하게 거행할 것이니 차질이 없도록 만반의 채비를 하라. 또한 만약의 사태를 대비하여 책봉례 때까지 흑개감에서 태자의 호위를 맡도록 하라.”

유신이 대답하였다.

“삼가 봉명하겠사옵니다.”

대제는 선덕공주의 심기는 헤아리지도 않은 채 갓 태어난 왕자아기에만 정신이 팔려 있었다. 선덕공주는 몹시 서운하였다. 태자 자리를 내놓아야 하는 마당에 궁으로 찾아와 한마디 위로라도 해줄 줄 알았던 부황이 끝내 그림자조차 비치지 않자 슬그머니 부아가 치밀었다. 그러나 내색할 수 없었다. 그러한 때 공허해진 마음을 달래줄 만한 오직 한 사람, 용춘이 자꾸만 그리웠다.

"허어, 그것 참. 공주가 아닌 왕자가 태어나다니."

호명궁 서방채에 들어있는 용춘도 태자의 지위를 내놓게 되어 큰 시름에 빠져 있을 선덕공주를 떠올렸다.

그러한 생각도 잠시였다. 대제에 이어 반드시 선덕공주가 보위를 물려받아야 그 다음에는 춘추로써 도모할 수 있다고 굳게 믿어온 용춘으로서는 승만황후가 낳은 왕자아기를 처치하지 않으면 안 되었다. 그래야만 선덕공주의 근심을 달랠 수 있고 또 춘추에게 걸고 있는 지존에의 희망을 이어갈 수 있었다.

용춘은 대남보에게 은밀히 물었다.

"백인결사의 무력은 어느 정도인가?"

"만약 그 자들에게 골위만 있었다면 국선도 몇 나올만한 재간을 지니고 있사옵니다."

"그렇다면 그 국선이 될 만하다는 자들로 정예를 뽑게."

"어디 쓸 데가 있사옵니까?"

"대궁 황후전에 잠입시키게. 왕자아기에 대한 태자 책봉례가 거행

되지 못하게 하라는 말일세."

흑개대사 유신은 흑개사 죽지, 금강, 진춘과 함께 칼을 차고 황후전을 밤낮으로 호위하고 있었다. 유신은 동녘을 죽지는 서녘을 금강은 남녘을 진춘는 북녘을 바라보고 있었고, 양부는 지붕 위에 올라가 있었다. 흑개감 군사들은 뜰을 빙 둘러 바람 한줄기조차 황후전을 침노하지 못할 만큼 철통같은 경계를 하고 있었다.

밤이 깊어 고요한 때, 근처 전각의 지붕 용마루 너머에서 검은 그림자들이 눈만 내밀어 황후전을 노려보고 있었다. 흑개감 군관들과 군사들은 한 시진에 한 번씩 자리를 바꿀 뿐, 잠시도 졸거나 한눈을 파는 일이 없었다.

"어쩌지? 축담과 지붕에 있는 군관이 다섯에 마당을 지키는 군사들까지 수십 명인데?"

"군사들이야 별 것 아니지만 저 군관들이 문제로군."

"이제 곧 날이 밝을 텐데……. 하는 수 없군. 정면으로 들이치세."

그들은 소임을 나눈 뒤 한꺼번에 몸을 날렸다. 지붕 위에 있던 양부가 소리쳤다.

"자객이다!"

자객들 일부는 마당에 있는 군사들을 닥치는 대로 무찔러 쓰러뜨렸고, 또 다른 일부는 그 틈을 타 황후전으로 날아들었다. 유신과 흑개사들은 그들에 맞서 칼을 휘둘렀다. 여간한 칼 솜씨들이 아니었다. 하지만 화랑들 중에서도 무예로는 내로라하였던 그들이었다. 자객들은 하나둘 쓰러져 갔다.

"저놈 잡아라!"

칼을 맞은 자객 하나가 몸을 날려 지붕 너머로 달아나고 있었다. 유신이 소리쳤다.

"쫓지 마라!"

그를 쫓아 몸을 날린 금강과 진주가 다시 돌아왔다.

"어찌 그만 두게 하시옵니까?"

"잡히더라도 자결을 할 놈일세. 차라리 돌아가 그 배후에게 아뢰도록 내버려두는 편이 나을 걸세. 배후가 만약 조정에 있다면 왕자아기의 암살에 실패한 일로 제 발 저린 놈이 굳은 낯짝으로나, 혹은 말실수를 하며 정체를 드러내겠지."

대남보가 호명궁 서방채에 들었다.

"전군마마, 실패로 돌아가고 말았사옵니다. 흑개대사 유신공과 그 휘하에게 당했다고 하옵니다."

"뭐라고? 유신에게?"

용춘은 유신이 황후전을 지키고 있는 줄은 까맣게 모르고 있다가 크게 놀랐다. 대제의 명으로 왕자아기를 호위하고 있었을 것이라는 추측만 될 뿐이었다. 최측근 호위대까지 내어주어 지키게 하였다면 대제가 왕자아기에 거는 기대가 얼마나 큰지를 알 수 있었다. 예사 수법으로는 될 일이 아니었다.

용춘은 밤새 고심하였다. 날이 밝을 무렵, 용춘의 고민을 일거에 씻어주는 더할 나위 없는 낭보가 들려왔다. 왕자아기가 급사했다는 소식이었다. 태의사를 비롯한 공봉의사들이 다 달려가 소생시키려 했으나 불가항력이었다는 것이다.

"사인은 무엇이라고 하더냐?"

"산아황달의 달독 탓에 왕자아기가 스스로 숨을 쉬지 못해 죽었다고 하옵니다."

"부들부들 떨며 진노하신 폐하께서 조원전 뜰에 약전의 의사들을 끌어다가 몸소 그들의 목을 다 치셨사옵니다."

영특하기는 하지만 질투가 심하고 욕심이 많은 승만황후는 왕자아기가 죽게 된 것은 용춘의 계략이라고 여겼다. 자객을 보낸 것도 용수와 용춘 두 형제라고 믿었고, 왕자아기가 죽게 된 것도 알 수 없는 그들의 술수 때문이라고 여겨 증오심을 키워갔다.

비담과 염종, 칠숙과 석품은 왕자아기가 태어났다는 말을 들었을 때에는 하늘과 땅을 다 얻은 듯이 기뻐하였지만, 백일도 지나지 않아 아기가 죽었다는 말을 듣고는 정신이 아찔하여 까무러칠 지경이었다.

그들이 승만황후를 위로하고자 하였으나 승만황후는 조문을 거절하였다. 다만, 용수, 용춘 두 형제에 대한 비책을 마련해 오라는 말만 은밀히 전할 뿐이었다.

"제공, 새 황후가 우리 형제를 좋지 않게 보고 있다고 하네."

"저도 들어서 알고 있사옵니다. 틈만 나면 폐하께 형님과 저를 헐

뜯는다는 것을요.”

“왕자아기가 죽은 건 죽은 거지만 그에 앞서 자객들은 누가 보냈을꼬?”

용춘은 그에 대한 대답은 하지 않고 화제를 바꾸었다.

“조카 춘추의 기반을 좀 더 넓혀 주어야겠사옵니다. 새 황후가 우리를 곱지 않게 보고 있다면 필경 춘추에게도 삐뚠 눈길이 미칠 것이옵니다.”

“좋은 방도가 있는가?”

“유신과 좀 더 긴밀하게 지낼 수 있는 방도를 찾아보겠사옵니다.”

“두 사람이 지금도 아주 절친한 사이이지 않는가?”

“그것만으로는 안 되옵니다.”

“으음. 그 일이라면 제공이 알아서 하시게.”

용춘은 대제의 명을 받들어 각간이 되었다. 자객이 황후전에 든 뒤로, 또 왕자아기가 죽은 뒤로 대제는 자신의 신변도 안전하지 못하다고 여겨 조정을 점차 공족으로 채우려는 의도를 내비쳤다.

용춘은 정사당에 들어갔다. 대제 곁에는 정사를 배우고자 하여 선덕공주가 태자의 자격으로 대제의 바로 아랫자리에 앉아 있었다. 대제를 알현한 용춘은 사은을 한 뒤 입을 열었다.

“적국 백제와 고구려에 첩자를 심어둔 것과 마찬가지로 당나라에도 그렇게 해야 하옵니다. 백제왕과 고구려왕도 반드시 그렇게 하고 있을 것이옵니다.”

“옳은 말이로다. 그 일은 각간이 맡아서 하라.”

선덕공주가 줄곧 용춘을 물끄러미 바라보았지만 용춘은 한 차례 눈길도 주지 않은 채 어전에서 물러나왔다.

호명궁으로 돌아온 용춘은 대남보에게 당에 첩자를 보내야 한다고 하며 한 놈 가려서 데려오라고 하였다. 대남보는 다섯 사람을 데려왔다. 그 중에서 고르라는 뜻이었다. 용춘은 그들의 출신을 묻고는 육두품 설계두를 두상으로 삼고 전부 다 당나라에 들여보내기로 하였다. 중원은 나라가 큰 만큼 조정도 클 것이고 한 사람으로는 될 일이 아니라고 여겨서였다.

“너희는 오늘부터 꼬박 보름 동안 동시 주점으로 가 술을 마시면서 신라 조정과 골품의 병폐를 떠벌리거라.”

설계두와 네 사람은 용춘이 시키는 대로 하였다.

“우리 신국 신라에서는 벼슬을 하려면 먼저 반드시 골품이 있어야 돼. 비록 재주가 빼어나고 큰 뜻이 있다고 하더라도 골품이 없으면 높은 지위를 얻을 수 없으니 참 답답한 노릇일세.”

“왜 아니 그런가? 그러니 우리 같은 것들이야 여기서 평생 살아 봐야 아무 희망이 없는 게지.”

“우리 당나라로 가버릴까? 거기에서는 큰 공만 세우면 누구에게나 그에 마땅한 벼슬을 내린다는 말이 있던데?”

“거 좋지. 큰 나라에서 큰 칼을 차고 황제가 있는 금중을 활보한다면 사내로서 그보다 멋진 일은 없지.”

날이면 날마다 주점을 찾아들어 불평을 늘어놓던 사람들이 어느
날부터 보이지 않자 주모는 고개를 갸우뚱하기 시작하였다.

"그 자들이 정말로 당나라로 가버렸나?"

설계두와 네 사람은 한수 상류에서 배를 타고 당항포 쪽으로 떠
내려가고 있었다.

"이보게, 계두. 신라의 첩자 노릇도 첩자 노릇이지만, 자네 혹시
당나라에 가서 진짜로 벼슬길에 들 생각이 있는 것 아닌가?"

"못할 것도 없지."

설계두는 하늘 높이 나는 새를 바라보았다.

"자네들도 배가 바다로 나가기 전에 언제 돌아올지 모르는 우리
신국 신라의 강산을 실컷 구경해 두게."

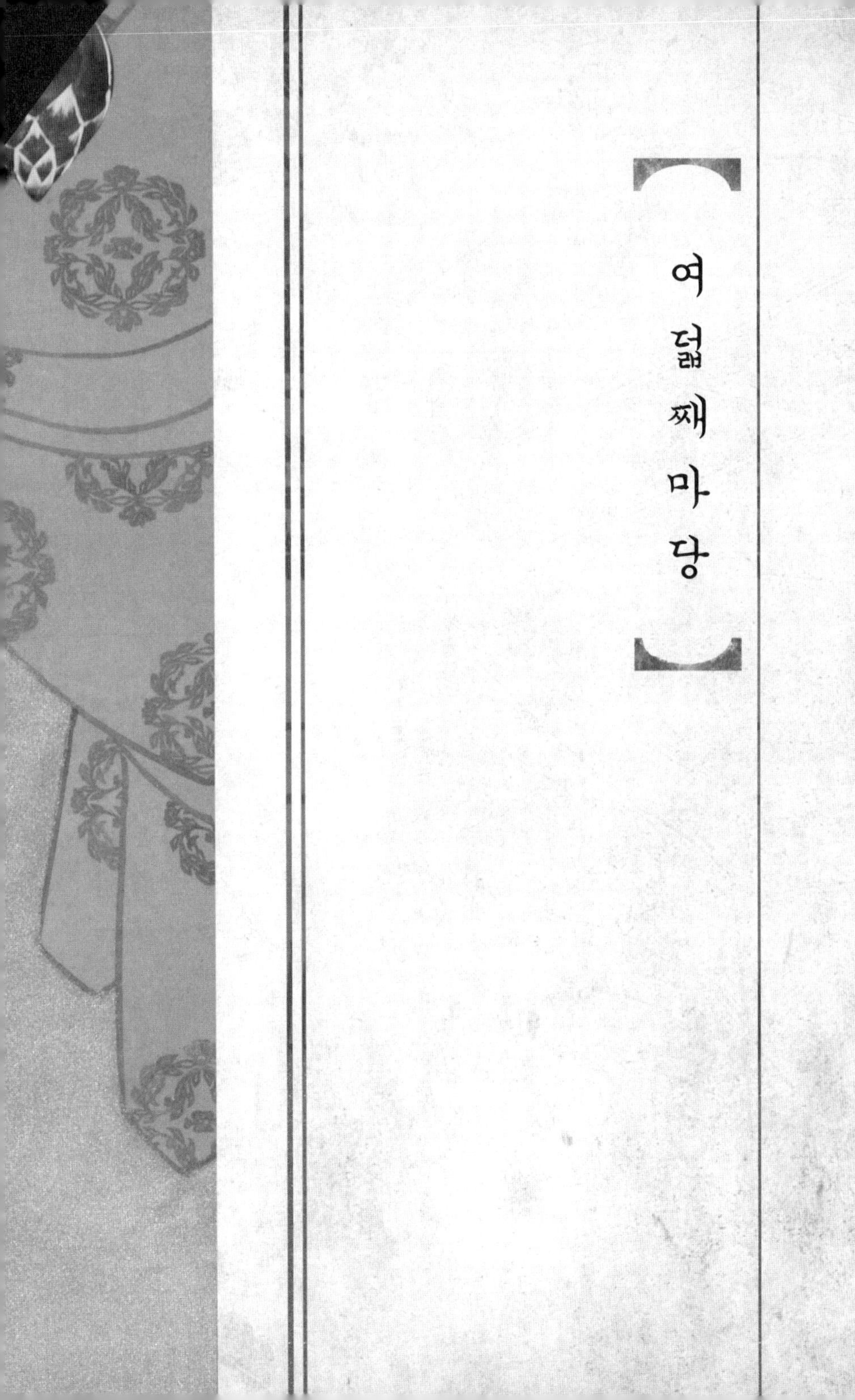

여덟째 마당

연병구료 戀病救療

상사병을 치료하다

대제는 지난해에 용춘에게 각간 벼슬을 내린 데 이어 올봄에는 이찬 용수를 내성사신으로 삼았다. 용수와 용춘 형제가 다 조정의 요직을 맡게 되자 대신들은 적지 않게 긴장을 하였다. 그런데 더욱 놀라운 것은 선덕공주의 사신으로 있던 용춘을 호명궁으로 보낸 지 몇 달 되지도 않아 이번에는 용수를 선덕공주에게 장가들라는 명을 내린 것이다.

조정 대신들은 그제야 대제의 의도를 간파하였다. 폐위된 선제 진지대제의 핏줄을 꺼려한 것이 아니라 내심 무척 아끼고 있었다는 것을. 그래서 그들의 핏줄과 자신의 핏줄을 섞어 태어나는 자식이 장차 제위에 오를 수 있도록 하려고 남모르게 애써 왔다는 것을.

다만, 후비 승만황후가 왕자아기를 낳기 전까지는 그런 생각을 해

오고 있다가 왕자아기가 태어나자 마음이 바뀌었는데, 아기가 그만 죽고말자 생각이 원점으로 돌아오고 말았다는 것을 이제는 어렵지 않게 짐작하였다.

용수가 선덕공주와 혼인을 하는 바람에 춘추는 졸지에 계모가 생겼다. 이모이자 계모였다. 선덕공주는 태자였다. 춘추는 바로 그 태자의 아들이 된 것이다. 그렇게 된 것을 두고 대신들은 쑥덕거렸다.

"선덕공주마마와 용수공 사이에 자식이 생기지 않는다면, 그런 마당에 성상께서 붕어하신 뒤 선덕공주마마께서 보위에 오르신다면 춘추랑이 태자가 되는 건가?"

"그럴 수는 없지. 골위가 진골이지 않는가? 그때에 이르러 다른 성골 공주마마들이 다 돌아가시고 없다면 모를까 그 전에는 춘추랑이 제위를 물려받는 일은 없을 것이오."

"장차의 일을 어찌 내다보리오."

밤이 되자 용춘은 천명궁으로 용수를 찾아갔다.

"형님, 실은 제가 사신으로 있을 때 공주마마님께 약을 먹였사옵니다."

"약이라니?"

"자식이 생기지 않게 하는 환약이옵니다."

"뭐라고? 그러니까 전에 말한 대로 제공이 일부러 자식을 갖지 않았다는 말인가?"

"그러하옵니다. 그러니 형님께서도 조심하셔야 하옵니다. 어떤 일이 있더라도 공주마마께서 아들이든 딸이든 잉태를 하는 일은 없도록 해야 된다는 말씀이옵니다.”

“나더러 공주마마께 환약을 먹이라는 말인가?”

“아니옵니다. 공주마마께서는 자반증을 앓고 계신데 제가 그 증상에 명약이라고 속여서 마마께서 평생 드실 환약을 이미 드렸사옵니다. 그러니 형님께서는 제게 들었노라며 자반증은 좋아지고 있느냐고, 제가 준 환약을 때마다 거르지 말고 먹기를 당부하더라고만 전하시면 되옵니다.”

“혹시 공주마마께서 눈치라도 채시면 어쩌려고 그러나?”

“어차피 내친걸음이옵니다. 춘추가 장차 제위에 오르고 안 오르고는 이번에 형님께서 태자궁에 들어가셔서 하시기에 달린 일이옵니다.”

“잘 알겠네.”

용수는 금방 생각이 났다는 듯한 표정으로 말하였다.

“자네 소식 들었는가? 미실궁주가 병환으로 몸져누웠다고 하던데?”

“그래요? 저는 금시초문이옵니다.”

“상선 보종이 지극 정성으로 보살피고 있지만 환후에 별 차도가 없다고 하네.”

“보종이 의술에도 밝다고 하옵니까?”

“시가에 진성공자라고 소문난 사람인데 전혀 모를 리가 있겠나.”

“평생 만인의 남자와 연정을 맺어 사통을 하고 색공을 즐겼다고
해도 과언이 아닌 사람이 아니옵니까? 이제 그만 갈 때가 되었나 보
군요.”

“미실궁주가 세상을 뜨면, 우리 신국 신라는 자네와 내 세상이 될
것이라는 소문이 나돌고 있다고 하네.”

“그런 헛된 소문은 귓전으로 들려와도 못 들은 척하소서.”

“요사이 갑자기 조정이 시끄러워지는 것 같아 영 불안하이.”

“형님께서는 의연하게 대처하시면 되옵니다. 모든 것은 이 아우가
다 알아서 하겠사옵니다. 그런데 성상께서 천명공주마마께는 아무
하명도 없었사옵니까?”

“그렇다네. 딴 데 시집가라는 말이 없더군.”

“이번 일에 많이 속상해하고 계시겠군요.”

“어쩌겠는가. 성상의 명이니. 이런 말을 하더군. 죽을 때까지 천명
궁에 홀로 있을 터이니 돌아오고 싶으면 언제든 돌아오라고.”

용춘은 다소간의 비애감이 들어 천장을 올려다보았다. 천화공주
가 떠올랐다. 새 지아비 백룡과 잘 지내고 있기를 바랄 뿐이었다.
상념을 떨쳐낸 그는 정색을 하고 입을 열었다.

“형님, 유신에게 여동생들이 있는데, 그 중 하나를 춘추의 둘째부
인으로 맞이해 들이면 어떻겠사옵니까?”

“춘추에게는 지어미 보라부인이 있는데, 만약 그렇게 한다면 사돈
이신 보종공을 어떻게 대하겠는가?”

"우리 신국 신라에 부인이 꼭 하나만 있으란 법은 없사옵니다. 춘
추와 유신은 친분이 아니라 혈맹을 맺어야 하옵니다. 그래야 두 사
람의 관계가 물과 물고기가 되옵니다."

"제공, 한 가지만 물어보세. 우리 춘추에게 있어서 유신이 그렇게
중요한 인물인가?"

"중요한 것이 아니라 생명줄과도 같사옵니다."

"그러면 유신에게 있어 우리 춘추는 어떠한 사람인가?"

"그 또한 생명줄이옵지요."

"으음."

유신은 백방으로 금지를 수소문해 보았지만 어디로 갔는지 실마
리조차 잡을 수 없어 계속 애를 태웠다. 흑개감 사지 양부가 그간
사람을 놓아 왕경과 왕경 근처에 있는 모든 절간이란 절간은 다 뒤
졌지만 전혀 찾을 길이 없었다.

비구니가 되지 않았다면 신라 땅에서 여인들이 모여 사는 곳, 그
곳은 화랑들의 쉼터인 선연관 뿐이었다. 하지만 양부는 차마 입을
떼지 못하였다.

"갈 만한 곳이 대체 어디일꼬."

탄식과도 같은 유신의 말을 들은 양부는 용기를 내었다.

"대사님, 혹시 금지 아가씨가 유화가 되어 있지는 않겠사옵니까?"

"유화? 아기를 밴 몸으로? 아니면 아기는 낳아서 버리고 홀몸으
로 선연관에 들어갔다는 말인가? 금지가 유화로 들어갈 만큼 나이

가 어린가? 자네는 도대체 생각이 있는 겐가, 없는 겐가?”

“송구하옵니다.”

“천관이 말하기를, 금지가 머리를 깎고 비구니가 되었다고 하지 않았나? 왕성 안에 없다면 나라 안 삼만 팔천 절간을 다 뒤져서라도 알아내도록 하게.”

“예, 대사님.”

낮이면 대제를 호위하느라, 밤이면 금지 생각에 잠 못 들던 유신은 끝내 몸져눕고 말았다. 소식을 듣고 맨 먼저 달려온 사람은 보종이었다. 평소에 어떤 일이 있어도 몸을 바삐 놀리지 않고 느긋하기만 하던 그가 청노새에게 종종걸음을 걸리더니 유신의 집 앞에 이르러 얼른 뛰어내리는 것이었다.

“흑개대사님은 어디에 계시는가?”

“저를 따르소서.”

“어서 가세.”

손에 보따리를 하나 든 보종은 유신이 누워 있는 방으로 들어서자마자 엎어지듯 머리맡에 앉았다.

“우리 신국 신라의 해와 같은 분이 이게 어찌된 까닭이옵니까?”

“아, 보종 형공.”

“일어나지 마시고 그대로 누워 계시옵소서.”

“제가 아무 것도 아닌 일로 보종 형공을 번거롭게 하였사옵니다.”

“아니오, 그런 것이 아니오. 내가 진맥을 좀 해보겠사옵니다.”

보종은 유신의 이마를 짚고, 진맥을 하고, 눈꺼풀을 까뒤집어 보고, 혀를 내밀게 하여 살펴보더니 가지고 온 보따리를 풀었다. 약재를 싼 비단주머니가 수십 개나 들어있었다. 그 중 다섯 개를 고르더니 양부에게 말하였다.

"이것을 한꺼번에 넣고 다려서 공복에 세 번 나누어 잡수시게 한다면, 우선 자리는 털고 일어나실 것이오."

"분부대로 하겠사옵니다. 상선 어른."

"보종 형공께서 의술에도 이리 밝으신 줄은 미처 몰랐사옵니다."

"흑개대사님은 우리 신국 신라에 있어서 보배로운 분이시니 감히 저의 의술을 숨길 수 없었사옵니다."

"고맙사옵니다."

보종이 다녀간 지 하루 만에 평소의 혈색을 되찾은 유신은 보종의 의술에 탄복하여 말하였다.

"우리 보종 형공이 화타 편작에 뒤지지 않을 신묘한 의술을 갖추고 있는 줄을 내 이제야 알았느니."

한때 신국 신라의 조정을 한 손에 쥐고 흔들었던 미실궁주가 마침내 세상을 떠났다. 앓아누운 지 꼭 백일 만이었다. 보종은 슬피 흐느끼며 양어머니와 같이 죽지 못한 것을 스스로 대죄로 여겨 집안 문을 걸어 잠근 채 세상이 부끄러워 바깥출입을 삼갔다.

"아무리 신술과 같은 의술을 지녔더라도 사람이 죽는 것은 어찌할 수가 없었나보군."

"늙어 죽는 것을 죽지 않게 하는 비방이 어디 있다고 그래?"

"하긴, 그런 비방이 있다면 임금이나 귀인들은 다 죽지 않았을 터이지, 억만금을 주고서라도 비방을 얻어서 더 오래 살아보려고 발버둥을 쳤을 테니까 말이야."

보종은 홀로 지내면서 미실궁주가 생전에 써 놓은 수기 칠백 권을 바른 글씨로 고이 베껴 간직하여 두었다. 또 날을 가려 궁주의 초상을 세필로 정성껏 그려서 벽에 걸어 놓고 마치 살아있는 사람에게 하는 것처럼 아침저녁으로 문안을 하였다.

돌아가신 양모에 대한 그러한 보종의 지극효성은 비록 보는 사람이 아무도 없는 듯했어도 차츰 온 성중에 퍼져나가 집집마다 귀감이 되고 있었다.

복숭아나무숲, 붉은 꽃잎은 눈처럼 소리 없이 떨어지고 새하얀 옷을 입은 어린 소녀들이 숲 여기저기를 거닐거나 깔깔거리며 뛰어다녔다. 유화들이었다. 다섯 살이 된 군승이 유화들과 같이 뛰어다니고 있었다. 선연관 유화들이 다 힘을 합쳐 몰래 키우고 있는 유일한 아이였다.

한 여인이 긴 행랑처럼 지어져 있는 선연관의 창밖으로 그 광경을 물끄러미 바라보고 있었다.

"선주 언니!"

선주는 고개를 돌렸다. 옆방을 쓰는 유화 세아였다.

"날씨가 참 좋은데 나가서 바람이라도 좀 쐬시지 그래요?"

"저 아이들을 이렇게 보고 있는 것만도 좋구나."

그때 한 화랑 무리가 들이닥쳤다. 그들 중에는 상선과 상랑도 몇 섞여 있었다. 뜰에서 노닐던 유화들은 모두 다 선연관 각자의 방으로 들어가 문을 활짝 열어두고 마루에서 잘 보이는 곳에 앉았다.

화랑들은 왼쪽과 오른쪽에 있는 방 입구마다 유화들이 제 이름을 직접 적어서 걸어놓은 명패를 보면서 긴 마루를 걸었다.

"비담공, 오늘은 어느 년 방에 들 텐가?"

"나는 여기 이년, 선주 년 방으로 정하겠네. 나이가 좀 든 년이라야 알아서 요분질을 해댈 것이니 감칠맛이 날 것 같네."

"하하. 흠뻑 즐겨보게. 나는 바로 옆 세아 년 방에 들겠네. 이따가 보세."

염종은 세아의 방으로 들어갔고, 비담은 선주의 방으로 들어섰다. 선주는 일어나 문을 닫고 절을 올렸다. 비담이 가만히 보자니 어딘가 낯이 익은 얼굴이었다.

"이름이 선주라고?"

"그러하옵니다."

"혹시 언젠가 다른 방에서 나를 모신 적이 없었느냐? 처음 대하는 낯짝 같지가 않아서 하는 말이다."

"없었사옵니다."

선주는 어서 볼일을 보고 나가주기를 바라는 마음이었다. 돌아서서 옷을 벗었다. 그리고는 비담의 겉옷과 속옷을 벗겨주었다. 비담은 와락 선주를 안고 침구 위로 쓰러뜨렸다. 마치 고양이가 쥐를 잡아다 놓고 마음껏 희롱하며 싹싹 핥는 것만 같았다. 선주는 눈을 감은 채 털끝 하나 움찔하지 않았다.

"이년이 왜 이리 송장처럼 굴어?"

"……"

"유화 중에도 이런 년이 다 있었나? 에잇, 재수 없는 날이군."

비담은 서둘러 거칠게 욕심을 채우고는 꽃값도 주지 않은 채 옷을 입으며 나가버렸다. 문을 닫고 돌아선 선주는 그 자리에 쓰러지며 한스러움에 저절로 오열이 터져 나오는 입을 막으며 흐느꼈다.

"화주님께서 점고를 하러 오신답니다아!"

유화들은 부지런을 떨었다. 마당을 쓴다, 마루를 닦는다, 방 청소를 한다며 걸레를 들고 또 비를 들고 분주히 오갔다.

이윽고 화주 하희부인이 나타났다. 풍월주 염장의 정부인으로 미실궁주의 아들 하종의 딸이었다.

하희화주의 뒤에는 선연관 조위 은순기가 유화들의 명단인 선연안을 들고 따라가고 있었다. 화주는 선주의 방 앞에 이르러 걸음을 멈추었다. 명패의 글씨에서 배운 티가 나고, 또 서체가 썩 마음에 들어서였다.

"선주라, 너는 올해 몇 살이냐?"

"스물여섯이옵니다."

"아비는 뭘 하는 자이냐?"

“어려서 죽고 없사옵니다.”

“그럼 어미는?”

“어, 어머니도 돌아가셨사옵니다.”

화주는 고개를 돌려 조위 은순기에게 말하였다.

“선연안에도 그리 적혀 있느냐?”

“그러하옵니다. 고아로 되어 있사옵니다.”

하희화주는 고개를 돌려 선주에게 물었다.

“네가 글을 좀 하느냐?”

“저의 이름만 쓸 줄 아옵니다.”

다시 은순기에게 말하였다.

“유화들이 몇 살이 되면 이 선연관을 떠나느냐?”

“서른이옵니다.”

“그러면 네가 올해로 떠나겠구나?”

“그러하옵니다.”

“이 선주라는 유화를 네 후임자로 삼겠다. 그리 알고 선연관 조위
가 해야 하는 일을 빠짐없고 차질 없이 인계를 하거라.”

“예, 화주님.”

염장이 드디어 춘추에게 풍월주를 물려주었다. 용수는 춘추에게 보검을 한 자루 내려주며 말하였다.

"세상에 단 두 자루밖에 없는 검이다. 그 중 한 자루이니 잘 간직하거라."

"다른 한 자루는 어느 누가 가지고 있사옵니까?"

"다른 사람에게 주지 않았다면, 너의 숙부가 가지고 있을 게다."

춘추는 유신의 아우 흠순을 부제로 삼았다. 흠순은 신이 나 집으로 내달렸다.

"부인, 부인!"

"어인 일로 그리도 경망스럽게 호들갑을 떠시옵니까?"

"내가, 부인의 지아비인 이 흠순이 춘추 주군의 부제가 되었다오.”

“참 잘 되었사옵니다. 공하하옵니다.”

“처남은 뭐가 된 줄 아시오? 예원 처남은 전방대화랑에 올랐다오. 어서 채비를 하시오. 장인 댁에 아뢰러 가야하지 않겠소?”

흠순은 보단부인을 데리고 보리의 집으로 갔다. 보리는 예원에게 이미 소식을 듣고 흐뭇한 얼굴로 흠순을 맞이하였다.

“제가 이번에 예원 처남이 전방대화랑이 되는데 힘을 많이 썼사옵니다. 흠흠.”

“잘 알고 있네. 소라도 잡아서 잔치를 열고 싶지만 국법이 금하니 사슴을 한 마리 잡아다가 집안사람들끼리만 조촐한 저녁이나 먹세.”

“사슴이 아니라 꿩이면 어떻고 닭이면 어떻사옵니까? 하하. 제가 장차 국선이 되면 예원 처남을 반드시 부제로 삼을 것이고, 또 풍월주도 되게 할 것이옵니다.”

“그건 나중 일이고, 내 딸만 사랑하겠다고 한 맹세는 아직 지키고 있겠지?”

“그럼요.”

보단부인과 예원이 마주보며 웃었다. 보리가 물었다.

“자네의 백씨인 흑개대사는 잘 있는가?”

“예, 성상폐하를 모시는 일로 나날이 분주하다고 일전에 본가에 들렀다가 들었사옵니다.”

“자네도 장차 백씨처럼 큰일을 하는 사람이 되어야 하네?”

"우리 신국 신라와 아내를 지키는 일이라면 못할 일이 없사옵니다."

"암, 그래야지."

유신은 뜰에서 장난치며 노닐고 있는 세 여동생을 바라보았다. 보희와 문희가 아직 한참 어린 정희를 데리고 술래잡기를 하고 있었다. 보희는 사리가 분명하고, 문희는 지혜로워 눈치가 빠른 동생이었다.

유신은 나름대로 용춘의 생각과 똑같은 생각을 하고 있었다. 용수가 선덕공주와 혼인을 하는 바람에 대궁으로 들어간 춘추와 그저 친하기만 한 사이가 아니라, 떼려야 뗄 수 없는 필연적인 관계를 맺을 방법이 없을까 고민하고 있는 중이었다.

춘추는 보종의 딸인 보라궁주 사이에 어린 딸 고타소와 요석을 두고 있을 뿐, 아직 아들을 얻지 못하였다. 여동생들을 바라보며 아무리 지략을 짜내려 하여도 별 뾰족한 수가 떠오르지 않았다.

유신은 모처럼 호명궁으로 용춘을 찾아갔다.

"어서 오게, 흑개대사."

"유신이 용춘공께 문안 올리옵니다."

절을 하고 앉자 용춘이 입을 열었다.

"백제가 황칠인지 뭔지를 칠한 갑옷을 당 황제에게 바쳤다는데 그것이 뭔지 아는가?"

"명광개인가 보옵니다. 대낮에 그 갑옷을 입고 있으면 햇빛에 번쩍거리는 바람에 눈이 부셔 제대로 쳐다볼 수 없다는 갑옷이라고 들었사옵니다.”

“그런 갑옷도 다 있다니. 어쨌든 갑옷을 바치면서 고구려가 제 놈들의 조공 길을 막는다고 하소연을 하였다고 하네.”

“공께서는 어디서 그런 얘기를 들으시옵니까?”

“허허. 다 알려오는 사람들이 있지. 나중에 대사도 알게 될 걸세.”

“백제가 고구려에 붙었다 당에 붙었다, 그 변덕과 교활함이 참 가증스럽사옵니다.”

용춘은 고개를 끄덕였다.

“장차 우리 신국 신라에 큰 화근이 될 것이 바로 백제일세. 유념하게.”

유신은 품고 온 고민을 털어놓았다. 용춘은 반색을 하였다.

“정궁이면 어떻고 후궁이면 어떠하겠는가? 하고, 정궁이 언제까지나 정궁일 것이며, 후궁이 정궁 못 되란 법이 어디 있는가?”

유신은 퍼뜩 스치는 생각이 있었다. 정궁이 죽지 않는 한 후궁이 정궁 되는 일은 없는 것이 국법이었다. 그렇다면 용춘의 말은 죽은 미실궁주의 손녀요, 보종의 딸이요, 춘추의 정궁부인인 보라궁주가 죽을 수도 있다는 말이었다.

용춘은 유신의 얼굴을 보더니 웃으며 말하였다.

“허허. 이제 고충이 해결되었는가?”

호명궁에서 물러나 집으로 돌아온 유신은 곰곰이 꾀를 고안하다가 양부를 불러 흠순을 데려오라고 하였다. 늦은 밤에 잔뜩 취한 채

불려온 흠순에게 유신은 단단히 당부를 하였다. 흠순은 잘 알았노라고 하였는데, 그 목소리가 마치 우레가 치는 것만 같았다.

"주군, 오늘 저희 본가로 가시지요. 형님께서 모처럼 축국이나 한 판 하자시며 모셔오라고 하였사옵니다."

"그래? 거 좋지. 다른 건 몰라도 축국이라면 유신 형한테 안 질 자신이 있지. 자, 가세."

유신은 대문 앞마당에서 양부와 서로 제기를 희롱하며 춘추가 오기만을 기다리고 있었다. 춘추는 멀리서 유신이 제기를 가지고 노는 것을 보고는 얼른 말을 달려와 내렸다. 인사를 나눌 사이도 없이 제기를 받아서 차는 것이었다.

"패를 가르지요"

춘추와 흠순이 한편이 되고, 유신과 양부가 또 한편을 지어먹었다. 유신 편이 번번이 져서 춘추 편에게 종드리기를 해주었다. 유신의 세 여동생이 담 너머로 구경을 하고 있는 것을 안 춘추는 더욱 신이 나 해가 지는 줄도 몰랐다. 이따금 춘추의 눈길이 노을을 받은 여동생들에게 힐끔힐끔 머무는 것을 보고 유신은 때가 되었다고 생각하였다.

"이번이 막판이옵니다?"

"그렇다면 이번만큼은 유신 형이 좀 이겨보시오."

유신은 막판에서도 지고 말았다. 춘추에게 종드리기를 하였는데, 제기를 발로 차올려 손으로 잡고 달아나려는 춘추를 따라가 잡는 척하면서 그의 긴 옷고름을 일부러 밟아 찢어버렸다.

"이런 실수를 다 하다니. 민망하옵니다, 춘추 제공."

"괜찮소. 옷고름이야 새로 달면 되는 것이 아니오?"

"안으로 드소서. 아이들을 시켜 달아드리겠사옵니다."

춘추는 유신을 따라 집으로 들어갔다. 유신은 축국을 구경하고 있다가 일행이 들어오자 얼른 자리를 피하려는 세 여동생을 불렀다. 그리고는 보희에게 말하였다.

"네가 우리 춘추 제공의 옷고름을 달아드리거라."

"불가하옵니다. 그런 사소한 일로 어찌 처음 뵙는 귀공자의 옷을 만지겠사옵니까."

유신은 이번에는 문희에게 말하였다.

"보희는 싫다고 하니 네가 달아드리거라."

"우리 집에 오신 손님께서 난처한 일을 당하셨으니, 비록 솜씨는 없사오나 제가 오라버니의 분부를 받들겠사옵니다."

"오냐. 그러면 춘추 제공을 모시고 네 방에 가서 고름을 달아드리도록 하거라. 춘추 제공, 이 아이를 따라 가소서."

춘추는 헛기침을 두어 번 하고는 문희를 따라갔다. 옷을 벗어 달라고 하여 벗어주었더니 촛불 아래에서 바느질을 하는 자태가 여간 아리따운 게 아니었다. 춘추는 저도 모르게 입이 타고 목이 마르고 무언가 자꾸만 뜨거워졌다.

문희는 고름을 다는 데 더디기만 하였고, 유신을 비롯한 집안사람들은 밤이 이슥하도록 아무도 얼씬거리지 않았다. 춘추가 누가 엿보고 있지나 않나 하고 방문을 열었다. 그랬더니 밖에 함박눈이 내리고 있었다. 문희도 고개를 들었다.

"세상에나!"

춘추가 뒤로 옮겨가서 문희의 양어깨를 살그머니 잡았다. 문희는 싫은 기색을 나타내지 않았다. 바느질 하던 것을 내려놓더니 소리 나지 않게 방문을 닫았다.

두 사람이 마주 보고 도란도란 얘기를 나누는듯하더니 두 그림자가 하나로 합쳐지며 촛불이 꺼졌다. 세찬 눈발이 바람에 날려 와 두 사람이 댓돌에 나란히 벗어놓은 신발에 쌓이기 시작하였다.

그 뒤부터 춘추는 축국을 핑계로 유신의 집에 자주 들렀다. 그리고 해질녘에 축국이 끝나면 어김없이 문희의 방에 들어 밤새 함께 지내다가 새벽이 되기 직전에야 조용히 돌아가곤 하였다.

"저희 집 아이가 춘추 제공의 아이를 가졌사옵니다. 어찌하면 좋겠사옵니까?"

"그런가? 가만 있자, 그렇지. 사흘 뒤에 선덕공주마마께서 용수 형님과 춘추를 데리고 남산에 불공을 드리러 갈 것이네. 남산에서는 왕성이 다 내려다보이지, 아마?"

유신은 단번에 용춘의 말뜻을 알아차렸다. 양부를 시켜 만반의 채비를 갖춘 뒤 그날이 오기만을 기다렸다.

"네 이년! 네가 부모님과 오라비한테 전후사정을 알리지도 않고 대뜸 임신을 하였으니 대체 어인 곡절이냐?”

문희는 억울하여 아무 말도 못하고 있었다. 유신은 벌떡 일어나 밖으로 나왔다. 그리고는 담 너머에까지 다 들리도록 소리를 질러대었다.

“내 오늘 네 년을 불태워 죽여 집안의 부끄러움을 씻어야겠다. 이 고얀 것! 양부는 뭘 하느냐, 어서 땔감을 쌓거라!”

양부는 잠시 머뭇거리더니 유신의 말을 좇아 미리 마련해 둔 젖은 땔감을 내다가 마당에 수북이 쌓았다. 그동안 유신이 남산을 바라보니 장엄하고 화려한 귀인의 행차가 산정으로 향하고 있었다.

“저 나무더미 위에 올라가거라.”

“오라버니, 흐흑!”

“어서 올라가지 못할까!”

유신은 칼까지 빼어들었다. 문희가 거역하지 못하고 땔감 위로 올라갔다. 집안 종들이 횃감에 불을 붙여 빙 둘러 서 있었다. 유신은 남산을 한번 쳐다보더니 영을 내렸다.

“불을 붙여라!”

선덕공주가 산정에 이르러 왕성을 굽어보다가 남천 가 어느 집에서 허연 연기가 피어오르는 것을 보고 물었다.

“저기 저건 어인 연기인가?”

용수가 아뢰었다.

“아마도 유신이 제 누이를 불태우려는 것 같사옵니다.”

“무슨 까닭으로 그런 잔인한 짓을 한단 말이오?”

“제 누이가 지아비도 없이 임신을 하였다고 하옵니다.”

“으음. 대체 어떤 자의 소행이오?”

춘추가 뒤에 서 있다가 얼굴색이 빨갛게 변해버렸다. 뒤를 돌아보던 선덕공주가 내막을 알아채고는 춘추에게 말하였다.

“어서 가서 김유신의 누이를 구하거라. 자칫하면 내가 사람이 불에 타죽는 꼴을 보게 되겠구나.”

춘추는 절을 올린 뒤 산길을 달려 내려갔다.

“선덕공주마마의 명이오! 공주마마께서 사람을 살리라고 하셨으니 흑개대사 유신공은 속히 불을 끄고 누이를 살리오!”

유신은 계략이 들어맞았음에 속으로 그지없이 흡족해하였다. 춘추는 정궁부인 보라궁주의 허락을 얻어내고는 왕벚나무 꽃잎이 흩날리는 날에 많은 사람들이 보는 가운데 문희와 포석사에서 길례를 올렸다. 두 사람은 꽃잎이 바람에 날리는 것이 처음 만난 날 밤에 내린 눈발로만 여겨졌다.

“보라궁주가 임신을 하였다고 하옵니다.”

유신은 또 골머리를 앓았다. 위로 두 딸을 보았으니 이번에는 아들을 낳을 가능성이 높다고 보았다. 그건 두고 보지 못할 일이었다. 무릇 한번 일을 도모하기로 하였으면 마무리를 잘하여야 한다고 생각하였다. 용춘의 말도 떠올랐다.

‘정궁이 언제까지나 정궁일 것이며, 후궁이 정궁 못 되란 법이 어

디 있는가.'

유신은 대제가 춘추의 정궁 보라궁주가 임신한 사실을 알고 기뻐하며 궁중의 공봉의사와 시의녀 둘을 파송하여 돌보라고 한 것에 주목하였다. 양부를 시켜 은밀히 그들의 집안을 염탐하게 하였다.

"공봉의사에게는 아들이 하나 있사옵고, 시의녀들은 가난한 노부모가 있었사옵니다."

"그렇다면 그들 집으로 가서 기다리고 있다가 매수를 하거라. 말을 듣지 않으면 아들이건 노부모건 모두 죽어버리겠다고 하거라. 또 일을 성사시키면 공봉의사의 아들은 낭도에 넣어 장차 대노두가 되게 해줄 것이고, 시의녀 집안에는 평생 호의호식할 전답을 주겠다고 하거라."

얼마 후, 춘추의 정궁 보라궁주가 사내아이를 낳다가 산모와 아이가 함께 죽었다는 말이 들려왔다. 유신은 춘추를 찾아가 그의 손을 잡고 눈물을 흘리며 이 어인 날벼락과 같은 일이라며 위로하였다.

보라궁주와 아이의 장사를 치르고 나자 용수는 선덕공주에게 말하여 임신해 있던 문희를 춘추의 정궁부인으로 삼기를 청하였다. 선덕공주도 흔쾌히 승낙하였다. 그로써 문희는 춘추의 정부인이자 새 화주가 되었다.

문희가 아들을 낳자 대제가 손수 이름을 지어 내려주었다. 법민이었다.

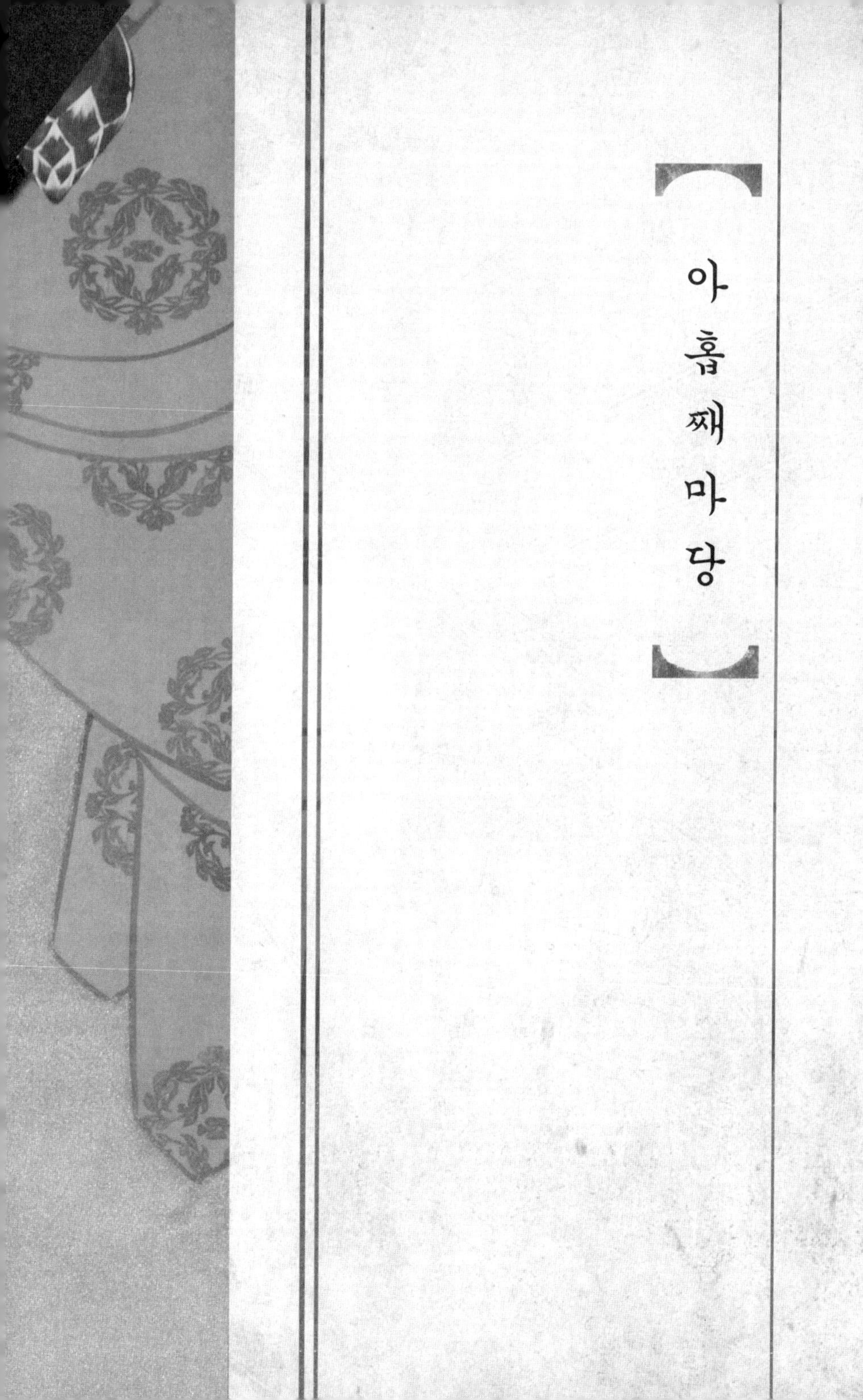

아홉째마당

결람칠성 結攬七星

일곱 사람들을 모이게 하여 칠성회를 결성시키다

용춘은 춘추와 유신이 의형제의 관계를 넘어 처남 매부지간이 된 이후에 그 두 사람을 주축으로 하여 장차 대업을 도모하는데 도움이 될 만한 사람들을 물색하였다.

유신 말고도 사람이 더 있어야 한다고 믿었다. 무릇 큰일에는 많은 사람은 필요치 않고, 작은 일에 많은 사람이 들끓는 법이었다. 큰일은 이루기 어려워 외면당하기 쉽고, 작은 일은 눈앞에 성취의 결과가 바로 보이기에 주목 받기 쉬운 것이 자명한 세상사 이치였다.

춘추를 일찍 드러낸다면 사람들의 이목을 끌 수 있기에 유신을 전면에 앞세우기로 하였다. 용춘은 조정 안팎을 두루 살펴서 진골 중에서 신중하고 엄격하게 고르고 또 골라 마지막으로 여섯 사람을 가렸다. 알천, 임종, 술종, 호림, 보종, 염장이 그들이었다.

알천은 진흥대제의 이복형제 숙흘종의 아들이었다. 금상의 숙부뻘이 되기 때문에 진골 중에서는 황실에서의 입지가 그 누구보다 높았다. 성품이 단아하고 욕심이 없었으며, 매사에 치우침이 없이 차분하여 널리 중망이 드높은 사람이었다.

임종은 각간을 지냈으며 가야정통, 대원신통, 진골정통의 통합원류로서 문노파 중에서 가장 정예인 까닭에 문노를 추앙하는 낭도의 무리 호국선을 물려받았다. 그는 아들이 없어 대제가 길달을 양자로 삼게 하였는데, 길달은 용춘의 서제 비형과 함께 집사 벼슬에 있었다.

술종은 삭주 도독이 되어 임지로 부임할 때 죽지령에서 길을 닦는 한 거사를 만나 잠깐 얘기를 나누었는데, 부임한 지 한 달이 되었을 무렵에 그 거사가 꿈에 나타나더니 이부자리 속으로 들어오는 것이었다. 그날 이후 부인이 태기가 있더니 아들을 낳았는데, 아들의 이름을 죽지라고 지었다. 죽지는 얼마 전부터 사자대감 유신의 휘하에서 흑개대사로 봉직하고 있었다.

호림은 비보의 아들로 임종과 마찬가지로 문노의 문하였다. 손윗누이 마야황후는 금상의 정비로 총애를 받았으며, 그 자신은 재물을 많이 나누어 주어 성중 백성들로부터 탈의지장으로 불리며 신망이 두터웠다. 격검을 잘하고 화랑들이 선도와 불도로 그 세력이 나누어지는 것을 방지하는데 애를 많이 썼다.

보종은 미실궁주와 설원랑의 아들로 성품이 청아하고 순량하였다. 사람뿐만 아니라 짐승과 새와 곤충과 화초에 이르기까지 살아있는 모든 것을 어여삐 여겨 그들의 목숨을 함부로 다루지 않았다. 그런 까닭에 진선공자라는 별칭을 얻었다. 보명궁주의 딸 양명의 꾐에 넘어가 정을 통하고 말았는데, 보라와 보랑 쌍둥이 딸을 얻은 뒤로는 여색을 가까이 하지 않았다. 딸 보라는 춘추에게 시집왔으나 아들을 낳다가 그만 죽고 말았다.

염장은 용춘과 어머니가 같았지만 아버지가 달랐다. 풍채가 우람하고 말을 조리 있게 하였으며 무리를 잘 다스리고 윗사람을 섬기는 데 있어서 의리를 다하였다. 자신보다 여섯 살이나 많은 보종이 청노새를 타고 다니지 않을 때에는 직접 업고 다니며 형이라 부르며 극진히 따랐다.

용춘은 대남보를 시켜 비밀리에 그들 하나하나에게 목간편지를 써서 주며, 그 자리에서 답신을 받아오라고 하였다. 대남보가 한 바퀴 다녀와 아뢰기를, 알천, 임종, 술종, 호림, 염장은 답신을 주었지만 보종은 고개만 끄덕이더라는 것이었다.

가을 팔월 초하루 한낮에 남산 오지암으로 귀인들이 모여 들었다. 그들은 서로 반갑게 인사를 나누며 몇 아름이나 되는 커다란 은행나무 아래에 놓인 평상으로 갔다.

샛노란 은행잎이 이따금 떨어지고 있었다. 평상 주위에는 은행잎이 수북이 쌓여 있어 발목까지 잠겼고, 평상 위에는 커다랗고 노란 비단을 펴 놓은 것만 같았다. 하늘은 푸르고 드높아 눈이 시원하였고 바람은 깨끗하고 맑아 이마를 씻어주고 있었다.

"요사이 서리가 내려 여러 곡식이 피해를 많이 입었다지요?"

"팔월서리라니 올겨울은 유난히 추울 듯하옵니다. 백성들이 겨울 날 일이 걱정이옵니다."

"언제가 되어야 우리 신국 신라의 만백성이 사철 배부르고 등 따뜻이 살 수 있을지……."

"다 우리 같은 지위에 있는 사람들이 하기에 달린 것 아니겠소?"

"조정이 하나로 똘똘 뭉쳐도 될까 말까 한 시국에 대원신통이다, 진골정통이다, 가야정통이다 하며 세 갈래로 나누어져 있으니. 혼인이다, 사통이다, 색공이다, 어색이다 하여 출신은 아무 소용이 없는데도 왜 그리 내 파 네 파를 따지는지 모르겠소"

보종은 아무 말이 없었고 사자대감 유신이 한마디 하였다.

"그게 다 가진 것을 지키고 싶은 욕심에서, 또 못 가진 것을 가지고 싶은 욕심에서 그러는 것이 아니겠사옵니까."

알천이 다시 입을 열었다.

"그나저나 우리 모두 용춘공의 편지를 받고 이 자리에 모이긴 했는데, 어인 까닭으로 불러 모았는지 사자대감은 혹시 알고 계시오?"

"다 모이면 저 은행나무 밑을 파보라고 하였사옵니다."

"은행나무 밑을?"

사람들은 일제히 나무가 서 있는 쪽으로 고개를 돌렸다. 유신은 양부를 시켜 나무 밑을 파 보게 하였다. 밑동을 돌며 땅을 살펴보던 양부는 한 곳을 파기 시작하였다. 두 뼘을 파내려가자 조그만 석판이 나왔다. 양부는 흙을 깨끗이 털어내고 유신에게 올렸다. 유신은 평상에 내려놓고 모두 볼 수 있게 하였다.

'신국방외칠성우.'

일곱 글자가 새겨져 있었다. 사람들은 저마다 묵묵히 그 뜻을 새겼다. 다들 알쏭달쏭하게 여기는데 알천이 무릎을 치며 웃었다.

"허허. 과연 용춘공이로다."

"어인 뜻이옵니까?"

"여기 모인 우리가 모두 일곱 사람이 아닌가? 우리가 다 신국 신라 사람으로서 나이와 지위를 떠나서 거리낌 없이 사귀어 보라는 뜻일세.

그리고 이 석판을 저 밑에 묻어둔 뜻은 은행나무가 손자 대에 이르러서야 열매를 맺어 공손수라 불리는 것처럼 서로 의논하여 원대한 계획을 짜라는 것이요, 같은 나무라 하더라도 그 잎과 꽃과 열매가 조금씩 서로 다른 여타의 나무와는 달리 은행나무는 아무 때 어디에 심어도 오직 한결같으니 그런 우의를 나누라는 뜻이요, 또 은행나무에는 벌레 따위가 함부로 침범할 수 없어 가장 장수하는 나무이니 그 신의를 갚지 않고 오래도록 지키라는 뜻일세.

용춘공이 그러한 깊은 뜻을 이 돌에 새긴 것은 우리가 합심하여 한뜻을 모아 이 돌처럼 단단히 지켜가라는 말이기도 하네."

사람들이 감탄을 하였다. 알천공이 또 입을 열었다.

"어쨌든 이렇게 모였으니, 한번 뜻을 모아보기로 하세. 다들 어떤가?"

반대하는 사람은 아무도 없었다. 그들은 잘 알고 있었다. 용춘이 자신들을 선택한 것은 장차 춘추에게 힘이 되어 주라는 무언의 말임을.

"그렇다면 우리 모임을 칠성우라고 짓는 것이 어떻겠사옵니까?"

"그렇게 하세. 그런데 회주는 누구로 했으면 좋겠는가?"

"그야 당연히 가장 연세가 높으신 알천공께서 맡으셔야지요."

"아닐세. 나는 이제 늙어서 눈이 흐릿하고 귀도 먹어가니 뒷전에 앉아 술잔이나 기울이겠네. 내 생각에는 회주 자리의 적임은 단 한 사람, 사자대감 유신공을 추천하네."

그리하여 만장일치로 칠성우가 결성되고 회주에는 유신이 뽑혔다. 봄여름가을겨울 사철 첫 달 초하루에는 반드시 그 자리에서 모이기로 하였고, 그밖에 특별한 일이 있으면 회주 유신이 통문을 돌리기로 하였다.

최상의 긴급을 필요로 하는 통문에는 '최급', 중요하기는 하나 그다지 급하지 않은 일을 의논하고자 모여야 할 때는 '평요', 그리고 급하지 않고 다른 특별한 일이 있어 모임을 가지고자 할 때에는 '별초'라고 명기하기로 하였다.

염장이 보종을 바라보며 입을 열었다.

"칠성우라, 보종 형님, 우리가 꼭 북두칠성이 된 기분이 아니옵니까? 하하."

"그렇지. 그렇지."

유신이 남산에서 내려와 집으로 돌아오니 양부가 말하였다.

"대감, 웬 어린아이가 아까부터 와서 대감을 뵙겠다며 기다리고 있사옵니다."

"어린아이가? 데리고 오게."

여남은 살 되는 사내아이가 유신에게 절을 한 뒤 앉았다. 비록 척동이지만 눈매가 매처럼 날카로웠다.

"네가 나를 보자고 하였다고?"

아이는 품속에서 비단보를 하나 꺼내놓았다. 유신은 그 순간 깜짝 놀라 아이의 얼굴과 비단보를 번갈아보았다. 그리고는 떨리는 손으로 펼쳤다. 군승이라는 이름이 적혀 있었다. 유신은 아찔함을 느꼈다.

"그렇다면 네가 바로?"

"어머니께서 공께 보여드리면 무슨 말씀이 있을 것이라고 하셨사옵니다."

"공? 네 지금 나더러 공이라도 하였느냐?"

"그렇지 않으면 뭐라고 부르오리까?"

유신은 탄식을 하였다. 그러나 곧 금지가 군승에게 자신이 아버지라는 말을 하지 않은 까닭을 짐작하였다. 혹시 그 사실을 알고 곤란을 느끼지나 않을까 하는 배려라고 여겼다.

"네 어머니는 지금 어디 계시느냐?"

"말씀드릴 수 없사옵니다. 다만, 잘 지내고 있다고 전하라 하셨사
옵니다."

"비구니가 되었느냐?"

"……."

유신은 애어른 같은 군승의 용모와 태도에서 애잔함을 느꼈다. 양
부를 불렀다.

"이 아이의 거처를 마련해 주고 우선 좀 쉬게 하거라. 앞으로 집
안에서 같이 지낼 것이다."

"예, 대감."

여느 해보다 서리가 일찍 내리더니 아니나 다를까 긴 겨울이 찾
아왔다. 백성들은 추위에 떨었고 짐승도 나들이를 삼갔으며 초목은
가지를 움츠렸다. 겨울이 깊어질수록 봄을 기다리는 마음이 간절하
였다.

이듬해 봄은 신국 신라의 산하에만 찾아왔다. 백성들은 진달래 수
달래가 피는 봄부터 꾀꼬리 우는 여름에 이르도록 큰 기근에 시달
렸다. 굶주린 왕성 성민들은 사내자식은 종으로 팔아 연명하기도 하
고, 계집아이는 도원에 유화로라도 넣어 밥술이나 뜨게 하려고 서로
안달하며 앞다투었다. 여느 해 같았으면 눈 뜨고 찾아볼 수 없는 실
상이었다.

풍월주 춘추는 화랑들이 먹는 것을 줄였다. 그 남는 것으로 빈민
을 구휼하고자 하였으나 턱없이 모자랐다. 그때 사건이 하나 일어났

다. 화랑 근랑의 낭도이자 사량궁의 사인으로 있던 검군이라는 자가 독살을 당한 것이었다.

궁중의 사인들이 모의하여 창예창의 곡식을 훔쳐내어 서로 나누었는데 검군이 홀로 받지 않았다.

"다른 사람들은 다 받는데 자네 혼자 안 받겠다고 하니 왜 그러나? 양이 적어서 불만인가? 그렇다면 조금 더 주겠네, 자."

주모를 한 사인이 자기 것을 덜어 담자 검군은 웃으면서 말하였다.

"나는 화랑 근랑의 무리에 이름을 넣고 낭문에서 수련과 수행을 하고 있네. 그런 까닭으로 아무리 천만금이라 할지라도 그것이 의롭고 바른 재물이 아니면 마음이 움직이지 않는다네."

그리고는 자리를 박차고 나와 근랑의 집으로 갔다. 사인들은 걱정이 되었다.

"저놈을 죽이지 않으면 후환이 될 걸세."

그들은 검군의 뒤를 밟아갔다. 검군이 근랑의 집 앞에 이르자 사인들이 몸을 드러내었다. 검군은 그들의 눈빛을 보고는 말하였다.

"자네들이 무슨 짓을 하려는지 잘 알고 있네. 잠시 말미를 주게. 나의 선군께 하직인사를 올리고 나오겠네. 만약 용납하지 않겠다면 이 자리에서 크게 소리를 지르겠네."

"다녀오게. 얼른 나와야 하네."

검군은 안으로 들어가서 근랑에게 마지막 인사를 올렸다.

“선군, 오늘 이후에는 다시 뵐 수 없겠사옵니다.”

“어인 일이 있길래 그리 말하는가?”

검군은 대답하지 않았다. 근랑이 여러 차례 물었다. 검군이 마지 못해 그 연유를 간략하게 말해주었다.

“그런 일이 있었다면 어찌 윗전에 아뢰지 않는가?”

“제가 죽음을 두려워하여 여러 사람들이 벌을 받도록 하는 것은 인정상 차마 못할 일이옵니다. 그들이 처자식을 굶기다 못해 저지른 일이기도 하옵기에.”

“그렇다면 차라리 멀리 달아나게. 저놈들의 죄는 내가 물을 것이니.”

“저들이 그르고, 제가 옳은데 도리어 제 스스로 도망친다면 장부가 아니지 않사옵니까.”

검군이 일어나자 근랑이 함께 일어났다.

“선군께서는 모른 척 하옵소서. 제가 저의 목숨을 구하려고 말씀 드렸다는 말은 듣고 싶지 않사옵니다.”

밖에서 기다리고 있던 사인들이 검군을 데려다가 술자리를 차려 놓고, 모의하여 곡식을 훔쳐낸 것은 잘못한 일이라고 빌었다. 틀림 없이 근랑에게 말했다고 짐작하였기 때문이다. 검군이 아무 말도 하지 않고 술잔을 들었다.

“약을 탄 줄 알고 있네.”

그리고는 한 입에 털어 넣었다. 검군은 그 자리에서 피를 토하며 쓰러져 죽었다.

이튿날, 창예창에서 그리 멀리 떨어지지 않은 빈 곳간에서 검군의 시신을 수습한 근랑은 그 일을 춘추에게 말하였다. 춘추는 탄식을 하였다.

"아, 한낱 낭도에 불과한 검군은 죽어야 할 사람이 아닌데 오히려 스스로 죽음을 택하였으니, 마치 태산과 같은 그 품은 뜻을 기러기 털보다 가볍게 여겨 몸을 버리고 이름을 남겨 놓았구나."

춘추는 용춘한테 그 사실을 말하였다. 각간 용수는 대노하여 일거에 범인들을 색출하여 검군이 죽어간 빈 곳간 앞에 끌어다 놓고 다 목을 베었다.

춘추는 풍월주를 유신의 아우 흠순에게 물려주었다. 꿈에도 그리던 국선이 된 흠순이 유신에게 인사를 하러 갔다. 낯선 아이가 유신의 방 앞뜰에서 검술 수련을 하고 있었다.

"못 보던 아이로구나. 네 어디에서 온 누구냐?"

군승이 검을 거두고 공손히 절을 하며 대답하였다.

"인연 따라 왔을 뿐, 다른 것은 알지 못하옵니다."

일기당천 一騎當千

"저 아이가 혹시 금지가 낳은 유신의 아들이 아닐까?"

만명부인은 남모르는 근심에 잠겼다. 며느리 영모가 눈치를 챌까봐 내색을 하지 않고 있었지만 의혹을 떨칠 수 없었다.

유신을 불러 은근히 물어보았지만 군승의 내력에 대하여 이렇다 할 얘기를 듣지 못하였고, 군승을 따로 불러 엄히 하문해 보았어도 인연 따라 흘러들었을 뿐이라는, 어린아이답지 않은 말만 들었을 뿐이었다.

그래서 만명부인은 화주가 되어 있는 문희를 불러 도원 선연관에 금지라는 유화가 있는지 알아보게 하였는데 그런 이름을 가진 유화는 없다는 것이었다. 분명히 예전에 유화로 넣었는데 어인 까닭으로 금지가 사라져버렸는지 궁금하였지만 더 캐볼 수 없었다.

자칫하면 묻어둔 옛 일이 왕성에 나돌기라도 하는 날에는 유신과 만명부인 스스로에게 과오가 되는 까닭이었다.

"으음. 좀 더 두고 보는 수밖에는 없겠어."

서현의 먼 친척 수천이 집에 와 있다가 갑자기 쓰러졌다. 아픈 데가 어디인지 모르겠다는 것인데, 만명부인이 성중 의약사를 불러다가 보였더니 고개를 흔들면서 백약이 무효하다고 하였다.

유신이 그 말을 듣고 보종을 청하여 진맥을 하게 하였다.

"약으로 고칠 병이 아니옵니다. 삼기산 금곡사에 계시는 밀본최사를 모셔다가 보이면 효험이 있을지도 모르겠사옵니다."

유신은 얼른 양부를 삼기산으로 보냈다. 삼기산은 왕성에서 서쪽으로 삼십 리 떨어져 있었는데, 신국 신라의 태봉이 있었다. 양부가 태봉 아래에 있는 금곡사에 도착하자 밀본최사는 안함화상과 차를 마시고 있었다. 양부가 유신의 말을 전하였다.

"화상도 함께 가도록 하세."

두 사람은 양부를 따라 유신의 집으로 갔다. 유신은 반갑게 맞이하였다. 그런데 밀본최사의 눈을 가만히 들여다보니 알 만한 사람이었다.

"최사가 바로 지난날 중악과 열박산에서 저에게 가르침을 주셨던 난승 스승님이셨구려."

"허허. 이제 유신공의 눈도 많이 밝아졌나 보오. 그때의 일은 공이 큰사람이 되게 하기 위하여 용춘공이 지략을 낸 것이었소 이 중은 그저 용춘공이 하라는 대로 따랐을 뿐이오.”

유신은 일어나 제자의 예로써 절을 하였다. 안함화상이 곁에서 지켜보다가 흐뭇한 미소를 띄웠다.

“자, 이제 병자가 있는 데로 가십시다.”

밀본최사가 수천을 보더니 혀를 끌끌 찼다. 구료를 막 시작하려고 하는데. 한 사람이 방으로 쑥 들어섰다. 그는 자신이 수천의 벗이라며 스스로를 중악에 있다가 한걸음에 달려온 인혜법사라고 밝혔다. 그리고는 문을 닫더니 밀본최사를 모욕하였다.

“그대의 용모와 태도를 보아하니, 간사하고 아첨하는 사람임이 틀림없는데 어떤 방도로써 이 사람의 병을 다스릴 수 있는가?”

밀본최사가 돌아보지도 않고 대답하였다.

“나는 이 댁 큰 자제분이신 사자대감 유신공의 명을 받고 어쩔 수 없이 왔을 뿐인데 말을 왜 그리 함부로 하오?”

인혜법사가 한바탕 웃음을 터뜨렸다.

“으하하. 그대가 아직 나를 모르는구나. 그대는 나의 신통력을 보거라.”

하더니, 수천의 머리맡에 놓인 향로를 들어 주문을 외우고 향을 피웠다. 그랬더니 이내 오색구름이 수천의 정수리 위를 돌고 하늘꽃이 흩어져 떨어지는 것만 같았다. 밀본최사가 드디어 고개를 들고는 합장을 하며 말하였다.

“법사의 신통력은 가히 불가사의하다고 할 만하오. 나 또한 졸렬

한 재주가 있으니 한번 보아주기를 바라오.”

“오냐. 어디 펼쳐 보이거라.”

“법사는 잠깐 그 자리에 서 있어주오.”

인혜법사가 두 다리를 벌린 채 서 있었다. 밀본최사가 눈을 감은 채 두 손가락을 튕겨 딱 하는 소리를 내었다. 그러자 인혜법사는 방문을 부수며 마당 위 허공으로 한 길이나 높이 솟구치며 날아갔다가 아래로 거꾸로 떨어져 마치 말뚝처럼 머리가 땅에 박혀 꼿꼿한 채로 있는 것이었다. 놀란 양부가 입을 쩍 벌리고 있다가 가만히 다가가 잡아당겨 보았지만 조금도 움직이지 않았다.

수천의 병을 다 고친 밀본최사는 안함화상과 나가버렸다. 다 나은 수천이 어쩔 줄 몰라 하며 땅에 거꾸로 박힌 인혜법사 옆에서 밤을 새웠다.

다음날 수천이 유신에게 간청하였다. 유신은 빙그레 웃으며 밀본최사를 다시 청해 와서 법술을 풀어주게 하였다. 인혜법사는 땅바닥에 머리를 조아리며 말하였다.

“제가 미처 대덕을 몰라뵈었사옵니다. 앞으로는 두 번 다시는 보잘 것 없는 재주를 뽐내지 않겠사옵니다.”

그 일을 전해들은 대제는 유신에게 물었다.

“우리 신국 신라에 그러한 법술을 가진 사문이 많은가?”

“얕은 재주를 가진 사람들은 많사오나, 밀본최사와 같은 분은 드문 줄 아옵니다.”

"으흠. 내 나중에 그를 불러다가 소임을 맡기리라."

"황은이 망극하옵니다."

지난날 용춘에 이어 용수도 선덕공주와의 사이에 자식이 생기지 않자 대제는 물러나게 하여 용수는 천명공주에게 돌아갔다. 비담과 염종은 그것을 두고 의문을 품었다.

"용수공이나 용춘공이나 다 자식이 있는 사람들이 아닌가? 그런데도 둘 다 선덕공주마마와의 사이에 자식을 두지 못한 것은 어찌 된 일일까?"

"아마도 공주마마께서 아기를 못 가지는 몸이겠지."

"그렇다면 정말 그런지 알 수 있는 방법이 없겠나?"

두 사람은 약전을 찾았다. 태의사를 불러 물어보았다. 태의사는 고개를 저었다.

"진맥을 하여서 그런 것을 알 수 있는 의술은 없사옵니다."

"그렇다면 여인이 아기를 못 가지게 하는 비방은 있소?"

"어느 의서에 그런 비방이 적혀 있다고는 하나, 제가 그 의서를 본 적은 없사옵니다."

"그러오? 허면, 그 의서의 명칭이 무엇이오?"

"막연히 의서라고만 전해질 뿐이옵니다."

비담의 눈이 번뜩였다.

"그러니까 태의사는 읽어보지 못하였지만, 그런 비방이 적혀 있는 의서는 분명히 있다?"

"그저 풍문처럼 전해지는 말인지라……."

"세상에 근거 없는 소문은 드문 법이오."

백성들 사이에 곧 전쟁이 난다는 소문이 났다. 소문은 얼마 지나지 않아 현실로 찾아왔다. 평소에 대제는 낭비성을 점령하고 있는 고구려군을 마치 신라의 정수리 위를 겨누고 있는 칼처럼 여기고 있었다. 그 요충지만 빼앗게 된다면 북녘에 있는 적국 고구려가 대군을 보내 쳐들어와도 능히 막아낼 수 있을 것으로 판단하였다.

대제는 명을 내려 밀본최사를 군통으로 삼고 이찬 임말리, 소판 대인과 서현, 파진찬 용춘과 백룡을 가렸다. 그리고 춘추, 유신, 죽지, 금강, 진주, 진천 등 내로라하는 나라 안 젊은 장수들을 이끌고 가 고구려군이 지키고 있는 낭비성을 공격하여 신국 신병의 깃발을 꽂으라 하였다.

서현은 전장에 첫 출전하게 된 유신을 불러 당부하였다.

"군령은 생명과도 같다. 경거망동하는 일이 없도록 하거라."

또 용춘이 유신을 불러 일렀다.

"자네는 우리 춘추의 곁을 잠시도 떠나지 않아야 하네. 자네의 소임은 춘추를 지키는 것이란 말일세."

"명심하겠사옵니다."

유신은 호명궁에서 집으로 돌아오는 길에 출정전야의 풍경을 보았다. 소민가들 중에서 전장에 나아가게 된 아들이 있는 집이라는 걸 알아보는 건 쉽지 않았다. 밤이 되어도 불을 켠 채 혹은 흐느끼거나, 혹은 큰상을 차려 먹이거나, 혹은 새 속옷을 짓거나…….

동시 주점 앞을 지날 무렵 반가운 사람들이 안쪽에 앉아서 술잔을 기울이고 있었다. 유신은 말에서 내려 안으로 들어갔다. 벗들이 저희끼리만 모여 있는 것을 두고 농담으로 핀잔을 주었다.

"언제부터 나를 배돌이로 여겼는가?"

"우리야 졸개들이고 대감께서는 윗전이시니 아무래도 모시고 같이 마시기에는 불편하옵지요."

"에잇, 몹쓸 사람들아."

유신도 죽지도 금강도 진주도 진춘도 웃었다. 몇 잔 들이키지 않아서 사내아이가 굳은 얼굴로 들어왔다. 아이는 그들의 자리로 가 무릎을 꿇었다. 다들 돌아보았다. 유신은 놀란 얼굴로 물었다.

"군승이 아니냐? 네가 어인 일이냐?"

"몰래 대감을 따라 다녔사옵니다. 내일 전장에 저도 데리고 가 주소서."

"그건 안 된다!"

흑개대사 금강이 물었다.

"뉘 집 아이이옵니까?"

"우리 집에 들어와 잔일을 거드는 아이일세."

아직 선문의 화랑으로 있는 죽지가 기특하게 여겨 물었다.

"너 올해 몇 살이냐?"

"열두 살이옵니다."

"그래? 그렇다면 꼭 십년만 더 검술을 익힌 뒤에 찾아오너라. 그때 찾아오면 너를 전봉에 세워주마. 알겠느냐?"

유신은 군승에게 더 눈길을 주지 않고 잔을 비웠다. 그리고는 일어났다.

"이만 가네. 일찍들 들어가게."

유신은 말에 올랐다. 그리고는 군승에게 말하였다.

"고삐를 끌어 보거라."

출정의 날이 밝았다. 성민들은 월성 대궁 앞에서부터 왕성의 북문 습비문 앞까지 길을 쓸고 꽃을 뿌려 놓았다. 대장군 이찬 임말리가 장수와 군사를 집결 정렬시켜 놓고 기다렸다. 대제는 대궁의 정문인 귀정문의 문루 청양루에 모습을 드러내었다.

"신병은 들으라! 적국 고구려군이 신라의 머리맡과 같은 낭비성에 승냥이 떼처럼 웅크리고 앉아 호시탐탐 우리 신국을 넘보고 있다. 그대들은 이제 쉬지 않고 나아가 적국 군사들을 격파하고 무찔러 신병의 위엄을 만천하에 높이 세우라!"

"와아!"

군사들의 함성이 왕성 서라벌의 하늘을 진동시켰다. 대장군 임말리는 좌우에 대관대감 서현과 대인을 거느렸고, 바로 그 뒤에 군통 밀본최사가 대당장군 용춘과 백룡을 좌우에 두고 행군을 시작하였다. 유신은 중군을 거느리는 중당당주, 춘추는 화랑과 낭도를 거느리는 낭당대감이 되어 뒤따랐다.

장수들이 탄 말의 양쪽 배 아래로는 다래를 늘어뜨렸고, 앞가슴에는 긴 창을 꽂았으며, 이마에는 연꽃송이를 달았다. 북소리가 울리는 가운데 북해통으로 길을 잡아 습비문을 나가는 군행은 자못 장엄하였다.

신라군은 낭비성에 오 리 못 미친 곳에 군진을 치고 군막을 설치하였다. 대장군 임말리는 경계를 삼엄하게 하고 나머지 군사들은 쉬게 하였다. 그리고는 장수들을 불러 모아 군막에서 전략을 짰다.

"지세가 험하여 유격전을 펼치기가 쉽지 않사옵니다."

"적국의 군사들이 얼마 되지 않으니 정공을 하는 것이 좋겠사옵니다."

"다들 이견이 없다면 신시에 공격을 개시하겠소. 만반의 채비를 하시오."

정연하게 집결한 신라군은 공격 개시를 알리는 북소리가 둥둥둥 울리자 함성을 지르며 성의 남문 쪽으로 달려갔다. 고구려 군사들은 성 위에서 화살을 퍼붓고 돌을 던지기 시작하였다. 신라군은 스스로 신병이라는 생각에 죽음도 두려워하지 않고 성문을 부수려 하였고, 또 성벽을 기어오르고 또 올랐다. 그 기세대로라면 성을 함락시키는 건 시간문제일 듯하였다.

그때 성의 북문으로 나온 고구려 기병 한 떼가 성벽을 돌아 신라군의 허리를 파고들었다. 닥치는 대로 창을 휘둘러 신라의 군세를 어지럽혔다. 그때를 같이 하여 성안에서 보군이 물밀듯이 쏟아져 나와 가세를 하였다.

신라군이 갑자기 우왕좌왕하여 죽어가는 수가 많아지자 대장군 임말리는 징을 쳐 군사들을 거두었다. 일거에 전의를 잃어버린 신라군은 다시 전열을 가다듬지도 못하였다. 찔리고 베이어 신음하고 있는 신라군을 지켜보다 못한 중당당주 유신이 대관대감 서현 앞에 나아가 투구를 벗어들고 아뢰었다.

"신병이 잠시 패퇴하였사옵니다. 불초자가 일평생 충효를 다하기를 기약하였사온데, 처음 출전한 전장에서 어찌 담력과 용맹을 감추겠사옵니까? 대체로 듣건대, '옷깃을 바루면 갓과 옷이 바르게 되고 벼리를 당기면 그물이 펴진다.'고 하였사오니 소자가 지금 그 벼리와 옷깃이 되어 군사들의 사기를 드높여 보겠사옵니다."

서현이 장하게 여겨 말하였다.

"네 뜻이 정 그러하거든 죽음으로써 용맹을 보여라."

유신은 그 말이 채 떨어지기도 전에 백마에 올라 보검을 빼어들었다. 그리고는 날래게 달려 나가 고구려 기병 속으로 들어가더니 번개같이 칼을 휘두르면서 적을 무찔렀다. 그리고는 참호를 훌쩍 뛰어 넘어 기병을 이끌고 나온 적장 자무치의 목을 베어 그 머리를 들고 돌아왔다.

그것을 본 장수와 군사들은 벌린 입을 다물지 못하였다. 춘추도 크게 놀랐다. 말로만 듣던 유신의 무력을 직접 목격한 까닭이었다. 유신이 적장 자무치의 머리를 높이 들고 군사들에게 소리쳤다.

"신병이여! 나 김유신과 더불어 용맹하지 않겠는가!"

"와아!"

신라군은 분발하여 나아갔다. 그리하여 해가 서산으로 넘어가기도 전에 오천이 넘는 고구려 군사를 참살하고 또 일천여 인을 항복시켜 사로잡았다. 성안에 있던 군사들은 벌벌 떨고만 있다가 급기야 스스로 성문을 열고 나와 투항하였다.

승전고를 높이 울리며 돌아온 군사들에게 대제는 큰 상을 내렸다. 유신의 용맹을 각별히 치하하고 위로하였다.

선문 국선각에 한가로이 있다가 그 소식을 들은 흠순이 분개하였다.

"허어, 그것 참. 유신 형님과 춘추공은 전공을 세웠는데 풍월주라는 나는 빈 그릇과 같은 이 선문이나 지키고 있다니. 내가 이 꼴로 장차 뭐가 될 것인가? 나도 이제부터는 한 곳도 빠짐없이 싸움터에 나가고야 말겠어."

"주군, 고정하소서."

흠순은 부제 예원이 말을 잘하였다는 듯이 대꾸하였다.

"오늘부터는 처남이 풍월주의 직임까지 맡아보게. 나는 내일부터 우리 신국 신라의 관경을 두루 돌아다니며 살펴보겠네. 장부가 되어 이거야 원 좀이 쑤셔서 살겠나, 어디."

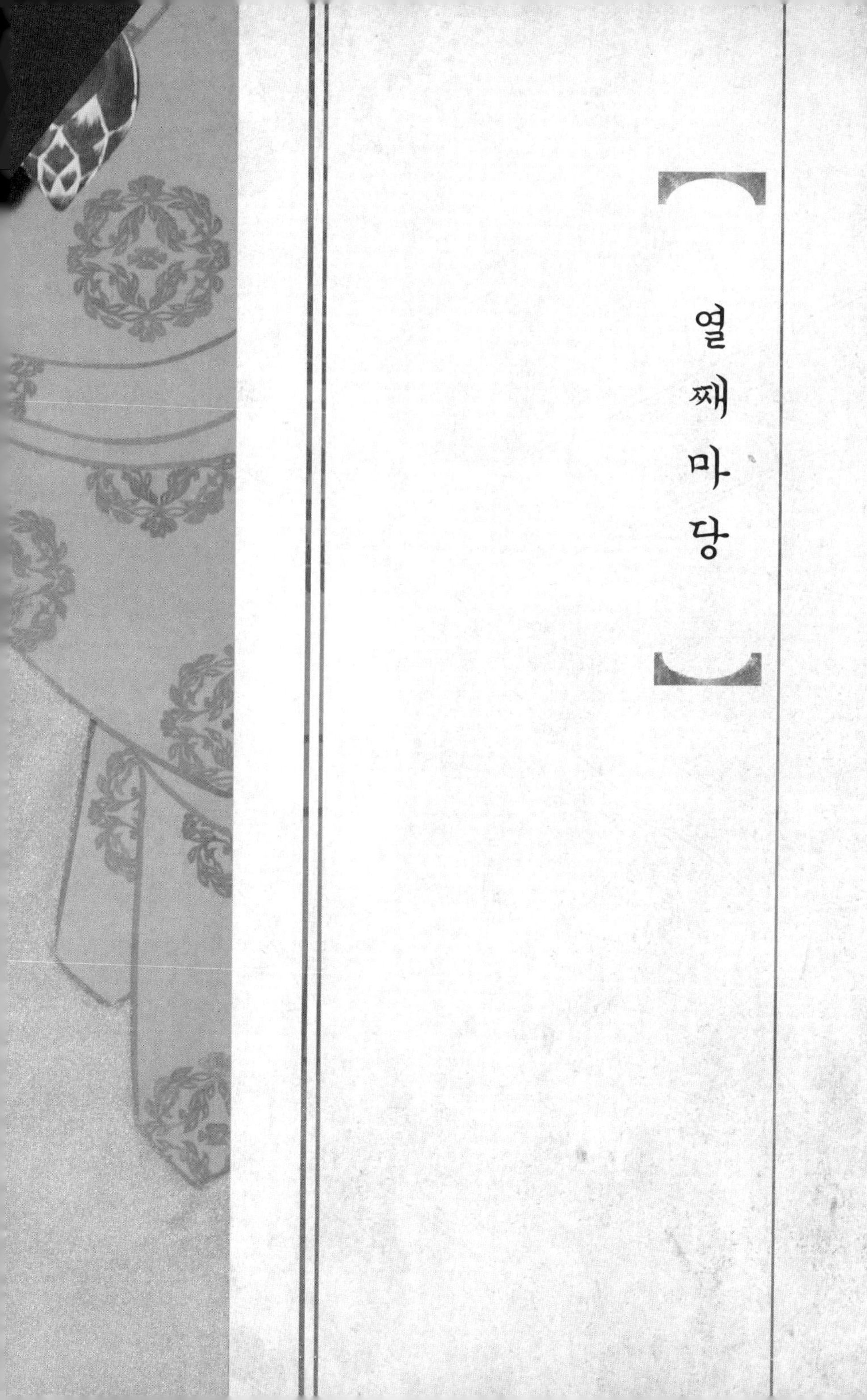

열
째
마
당

투절왕보 偸竊王寶

왕의 보물을 몰래 훔쳐버려 하다

십이 척 거구인 대제가 노환이 들어 자리에 누웠다. 태의사가 공봉의사들과 시의녀들을 데리고 극진히 돌보았으나 좀처럼 차도를 보이지 않았다. 조정은 이제 선덕공주가 제위를 물려받게 된다는 것에 이설을 달 수 없는 상황에 이르렀다. 후비 승만황후가 첫아들을 잃은 뒤로 태기가 들지 않은 까닭이었다.

이찬 칠숙과 아찬 석품은 심각한 얼굴이 되었다.

"이대로 가다간 정말로 선덕공주가 등극을 하지 않겠는가?"

"그러게 말일세. 새 황후에겐 더 기대할 것이 없으니, 쩝."

"선덕공주가 제위를 물려받게 되면 용수와 용춘 형제가 우릴 눈엣가시로 여겨 변방으로 내칠 것인데, 어찌하면 좋겠는가?"

"뭘 어찌한다는 말인가? 이제 다 글렀는데. 휴우."

석품이 내뱉은 낙담어린 한숨을 칠숙이 낚아채었다.

"이보게, 우리 신국 신라에 있어서 제왕의 상징이 무엇인가?"

"제왕의 상징? 그야 금척이지."

"그렇지? 만약 즉위례를 할 때 새 제왕이 손에 금척을 들고 있지 않으면 어찌 되는가?"

"그거야……. 즉위례를 할 수 없게 되지?"

"바로 그걸세. 금척을 우리가 손에 넣는 걸세."

"금척은 천존고에 깊이 감추어져 있는데 어떻게 우리 손에 넣는단 말인가? 그리고 그걸 손에 넣어서 뭘 어쩌자는 겐가?"

"내게 다 생각이 있으니 먼저 금척부터 우리 수중에 넣기로 하세."

칠숙은 사찬 비담과 급찬 염종에게 은밀히 군사든 화랑이든 낭도이든 되는 대로 다 모으라고 일러두었다.

두 사람은 비단에 쓴 가짜 공문 두 장을 만들어 천존고로 갔다. 황실의 보물을 비장하고 있는 천존고는 사자대 군사들이 세 겹을 둘러 지키고 있으며, 또한 세 문을 통과해야 하였다. 두 사람은 첫 번째 문 앞에 이르렀다. 칠숙이 공문을 내보였다.

"각간 용춘공께서 금척을 가지고 오라는 분부일세."

병부사 문충이 공문을 보더니 말하였다.

"이것밖에 없사옵니까?"

"여기 또 있네. 폐하께서 환후가 깊으셔서 승만황후께서 적으시고

어보를 찍은 것일세.”

문충은 두 사람을 데리고 안으로 들어갔다. 두 번째 문에서 몸수색을 하였고, 마지막 세 번째 문에서는 두 사람이 출입하였다는 자필 글을 적었다. 수백 근이나 나가는 철문에 세 병부사가 열쇠를 넣어 돌렸다. 철렁 하는 소리가 났다. 군사들이 붙어 힘겹게 문을 열었다.

“들어가시옵소서.”

두 사람은 긴장하여 이마에 땀이 흐르는 것도 입은 채 천존고 안으로 들었다. 대제가 허리에 차는 천사대에서부터 진기한 것들이 헤아릴 수 없을 만큼 많았다. 수많은 보화에 잠시 주눅이 들어 넋 나간 모습으로 서있던 두 사람은 이윽고 금척을 찾기 시작하였다.

송아지만한 흰 개 한 마리가 궁궐의 담장 위에 올라가 있었다. 어디에 있던 개가 어디로 들어왔는지 알 수 없었다. 개는 가만히 웅크리고 앉아 내려올 생각을 하지 않았다.

궁녀들이 희한한 일이라며 수군거리며 구경을 하려고 몰려들었다. 그 때문에 소란스러워지자 사자대 군사들이 달려왔다. 사자대 병부사 천존의 영을 받은 군사들이 창을 겨누며 아무리 쫓아내려 해도 개는 꼼짝도 하지 않았다.

각간 용춘이 전해 듣고 대신들을 이끌고 나타났다. 그러자 개는 스르르 일어나더니 크고 날카로운 송곳니를 드러내며 한 차례 으르렁거리고는 담 너머로 사라져버렸다.

"괴이한 일도 다 있군."

"어인 조짐일꼬?"

대신들이 한마디씩 하는 가운데도 용춘은 아무 말이 없었다. 집사성으로 돌아온 용춘은 곰곰이 생각을 하더니 사자대로 갔다.

"각간께서 납시옵니까?"

"대감, 대궁 안에서 반란이 일어날 징후가 있네."

"예에? 대체 어느 누가 그런 대역무도한 짓을 꾀하고 있다는 말씀이옵니까?"

"그건 아직 모르네. 대감은 지금 당장 사자대 군사들을 모두 이끌고 가서 대전에 개미 한 마리 들어오지 못하도록 엄위하게. 별 말이 있을 때까지."

용춘은 대남보에게 밀령을 내려 사사장과 백인결사를 모두 결집시켰다. 그리고는 나라에 반란의 조짐이 있으니 속히 흩어져 나가 주모가 누구인지 그 빌미를 찾아오라고 하였다. 백인결사가 호명궁 뜰에서 사라져 간 바로 그때 조심보가 대남보를 찾아왔다. 두 사람은 옛적 용춘이 풍월주를 지낼 때 그 휘하에 있으면서 의형제를 맺은 사이였다.

"조심보 형, 어인 일이옵니까?"

"긴히 용춘공께 아뢸 말씀이 있다네."

대남보는 그를 서방채로 데리고 갔다. 조심보는 떨리는 목소리를 내었다.

"각간 저하, 급히 손을 쓰셔야 하옵니다. 곧 나라에 변괴가……."

"알고 있네. 대체 어느 놈들인가?"

"이찬 칠숙공이 아찬 석품공과 모의하여 천존고에 있는 금척을 훔쳐내어 스스로 제위에 오르고자 하옵니다. 지금 그를 따르고자 하는 압량주의 군사들이 왕성으로 행군해 오고 있사옵니다."

"알겠네. 자네가 평소에 그놈들 그늘에 있는 것은 알고 있었지만, 이렇게 와서 나라의 근심을 말해주니 고맙기 그지없네. 앞으로는 내 집에서 지내게."

"황공하옵니다."

용춘은 그 사실을 선덕공주에게 아뢰었다. 공주는 사자대 군사들에게 명령을 내려 만반의 채비를 하였다.

천존고에서 금척을 가지고 나와 궐 밖으로 향하던 칠숙과 석품은 궁성의 정문인 귀정문 앞에 군사들이 불을 밝힌 채 철통같이 지키고 있는 것을 보자 자신들의 모의가 새어나간 것을 깨닫고 북쪽 문으로 달아났다.

"저놈들 잡아라!"

사자대 병부사 천존이 그들을 발견하고는 군사들에게 소리쳤다. 걸음이 느린 칠숙은 북문에 이르기도 전에 잡히고 말았고, 석품은 담장을 넘어 달아났다. 그것을 본 병부사 천존이 뒤쫓았다.

칠숙을 취조하여 반란의 전모를 들은 선덕공주는 병석에 누워 있는 대제에게는 그 사실을 알리지 않은 채 왕성에서 백성들이 가장 많이 오가는 동시에 끌어내다가 목을 베고 그의 구족을 어른 아이 할 것 없이 낱낱이 찾아내어 멸하였다.

석품은 낮에는 숨었다가 밤에만 길을 더듬어 마침내 백제와의 국경에 이르렀다. 백제 땅으로 한 번 들어가면 다시는 못 돌아올 줄을 안 그는 내친김에 처자식까지 데리고 가고자 다시 발걸음을 돌렸다.

총산에 이르러 한 나무꾼을 만나 입고 있던 비단옷을 벗어주고 해진 나무꾼의 옷으로 갈아입은 뒤 나뭇짐까지 받아서 등에 졌다. 몰래 왕성으로 들어와 집 근처에 이르렀다가 잠복하고 있던 흑개대사 금강과 그의 군사들에게 사로잡혔다.

선덕공주는 석품을 취조하였으나 더 이상 그들을 따른 조정의 신하들은 밝혀내지 못하였다. 반란에 가담하고자 군사를 이끌고 왕성으로 향하였던 압량주 도독 답적과 휘하 장수들만 모조리 참수를 당하였을 뿐, 죽은 목숨이나 다름없는 처지에 있던 비담과 염종은 각자 집안에 틀어박혀 만분다행으로 붙어있게 된 목덜미를 쓰다듬으며 식은땀만 줄줄 흘렸다.

칠숙과 석품이 주모한 반란에 임박하여 한발 앞서 알려준 조심보에게는 호명궁사의 벼슬이 내려졌다. 대남보는 크게 축하해 주었다.

대낮에는 흰 무지개가 대궁의 왕정으로 들어가더니, 밤이 되자 토성이 달을 침범하였다. 대남보와 조심보를 딸린 채 호명궁 뜰을 걷던 용춘이 놀라 그 자리에서 굳은 듯 꼼짝도 하지 않았다.

"아아!"

밤하늘의 조짐을 본 사람은 용춘만이 아니었다. 국통 원광법사가 길게 탄식을 하였다. 제자 원안대사가 물었다.

"어찌 그러시옵니까?"

"대제가 오래 살지 못하겠구나. 대궁에 들어가 보아야겠다."

원안대사는 가마를 대령케 하였다. 원광법사가 탄 가마가 귀정문 앞에 이르자 원안대사는 출입패를 보였다. 궁문을 지키던 사자대 군사들이 남루한 옷차림으로 가마 안에 앉아 있는 사람을 보더니 말하였다.

"내려서 걸어 들어가야 한다는 걸 모르오?"

원안대사가 엄히 꾸짖었다.

"국통의 행차를 모르느냐!"

군사들은 놀라 물러났다. 그 누구도 말이나 수레, 또 가마를 타고 궁문을 드나들지 못하였다. 하지만 대제는 일찍이 법랍이 신선처럼 높은 원광법사만은 가마를 타고 드나들 수 있도록 명을 내렸다.

대제 앞에 앉은 원광법사가 말하였다.

"폐하의 환후는 이제 어찌할 수 없는 것이나, 소승에게 약간의 법기가 있사오니 아끼지 않고 힘써 보겠사옵니다."

그리고는 별도로 깨끗이 마련한 방에 대제를 안치하고 밤마다 두 시간씩 현묘한 법문을 설하며 계를 내리고 이승에서 지은 모든 업을 참회하게 하였다. 병중에 있던 대제는 눈물을 흘리고 코에서 고름을 한 바가지나 쏟아내었다.

백일 참회법문을 듣던 날 초저녁에 대제가 문득 원광법사의 머리를 바라보았다. 찬란한 황금빛으로 빛나고 아침 해 모양을 한 수레바퀴 같은 것이 법사의 온몸을 휘감았다. 멀찍이 앉아 있던 승만황후와 궁녀들도 다 그것을 똑똑히 보고는 합장을 하며 약사여래불을 염호하였다.

대제는 더욱 힘써 정신을 집중하고 호흡을 바르게 하며 기도를 하였다. 그로부터 환후에 차도를 보이더니 일어서서 걸을 수 있게 되었다. 대제는 원광법사를 생불로만 여겨 손수 그의 의복과 약을 마련하여 주고 비단 일백 필을 하사하였다.

이에 원광법사는 원안대사에게 일러 대제가 보시하여 내린 것을 다 왕성의 절과 빈민에게 골고루 나누어 주라고 하였고, 자신은 궁궐에 들어올 때와 마찬가지로 남루한 가사 차림으로 나설 따름이었다.

무나화류 無那花柳
어쩔 수 없이 몸을 팔고 살아가다

풍월주 흠순은 낭비성 전투 이후부터 스스로의 결심대로 휘하의 용화향도를 거느리고 변경으로 돌아다니면서 고구려군에게 싸움을 걸기도 하고 또 백제의 성 밑으로 홀로 말을 타고 나가 장수가 나와서 서로 필기합전을 할 것을 고래고래 소리치기도 하였다.

하지만 그때마다 고구려군은 웬 미친놈인가 하여 상대해 주지 않았고, 백제의 성에서는 감히 성문을 열고 나오는 장수가 없었다. 싱거워진 흠순은 싸움 한 번 제대로 못해보고 번번이 돌아설 수밖에 없었다.

그러는 동안 선문의 낭정은 다 부제 예원의 몫이었다. 그러한 소문을 들은 유신이 대노하여 아우 흠순을 불러들였다. 흠순을 따라 나갔다가 돌아온 용화향도가 다 겁을 먹고 걱정이 태산 같았다.

“뭘 그리 시름하는가? 어리석은 우리 유신 형이 그리 두려운가?”

“주군께서는 사자대감의 아우이시니 걱정하실 것이 없을지 몰라도 저희는 그렇지 않사옵니다.”

“내가 다 알아서 하겠네.”

유신은 단단히 혼을 내주려다가 흠순이 어린아이처럼 멀뚱멀뚱 쳐다보는 바람에 웃고 말았다.

“변방을 돌아다니다가 탈이 나지나 않았는가?”

“탈이 아니라 안달이 났습지요. 고구려놈이고 백제놈이고 한 놈도 저랑 붙으러 나오는 놈이 없어서 말이옵니다.”

“이후로는 왕성 밖으로 나다니지 말게.”

집으로 돌아온 흠순은 술이나 한잔 하려고 하였다. 아내 보단이 술독을 놓아둔 다락에 올라갔다. 그런데 어찌된 일인지 아무리 기다려도 내려오지 않는 것이었다. 흠순은 더 기다리지 못하고 올라가 보았다.

“아니?”

보단이 정신을 잃은 채 술독 옆에 쓰러져 있었다. 흠순은 얼른 올라가 흔들어 깨웠지만 보단은 깨어나지 못하였다. 그 옆에 술독 뚜껑이 놓여 있는 것을 이상하게 여겨 술독 안을 들여다보니 구렁이가 취하여 잠들어 있었다.

화가 난 흠순은 구렁이를 들어내어 목을 비틀어 죽여 버리고는 보단을 안고 내려왔다. 얼마 뒤에 보단이 깨어나자 흠순은 눈물을 흘리며 또 한 가지 맹세를 하였다.

"부인, 내 다시는 술을 마시지 않겠소."

보리가 그 말을 전해 듣고 흐뭇해하였다.

"내 사위가 아내를 사랑하는 마음이 그와 같으니, 딸을 하나 더 주어도 아깝지 않도다."

하고는 보단의 여제인 둘째딸 이단을 또 흠순에게 시집보냈다. 흠순은 아내보기에 민망하여 받아들이지 않으려 하였으나, 오히려 보단이 나서서 혼례를 치러주었다. 흠순은 집에 있을 때면 두 아내와 아이들과 함께 놀기를 어린아이처럼 하였는데, 그럴 때면 헌헌장부의 모습은 온데간데없었다.

식구는 점차 많이 느는데 재물에 눈이 밝지 않은 흠순은 늘 염장에게 손을 벌렸다. 하루는 염장이 말하였다.

"자네가 나를 아예 곳간으로 삼아 내 집에는 남아나는 것이 없게 하는데, 나는 무엇으로 아이들을 키우리오. 차라리 내 아이들을 자네가 데리고 가 기르게."

"그럽지요."

흠순은 아들들을 모아 놓고 말하였다.

"염장공의 댁으로 가서 마음에 드는 딸들을 하나씩 데리고 오너라. 단, 빈손으로 오게 해서는 아니 된다."

아들들은 흠순을 닮아 씩씩하게 가서 염장의 딸들을 하나씩 취하였고, 그것을 본 염장은 웃으며 재산을 똑같이 나누어 주어서 딸들을 다 민며느리로 흠순에게 보내었다. 그러자 보단이 무거운 목소리로 말하였다.

"염장 형공은 평소에 색을 좋아하고 재물을 탐하는 사람이니, 그 딸들을 맞이해 들여놓으면 워낙 부유하게 자란 아이들인지라 버릇이 좋지 못하여 가풍이 상할까 염려되옵니다."

흠순이 달래며 말하였다.

"색을 좋아하는 것은 사내의 성품이오. 나도 부인이 없었다면 아마도 염장 형공과 같았을 것이오. 또 만약 내가 재물을 탐했다면 우리 집안이 부유해져서 부인이 고생하는 일은 없었을 것이니, 사내라면 호색을 할 만하고 가장이라면 탐재 또한 할 만하지 않겠소?"

보단이 말을 그만두었다. 그녀의 걱정대로 염장의 딸들은 사치가 심하고 행실이 형편없었지만 흠순은 활달하고 구애됨이 없는 그의 성품처럼 조금도 나무라지 않았다.

그 때문에 날마다 속앓이를 하는 사람은 보단이었다. 하지만 보단은 지아비 흠순에게 그런 기색을 조금도 보이지 않았다. 바깥일을 하는 사람에게 집안일로 성가시게 해서는 안 된다는 생각에서였다.

변방을 돌아다니는 일을 그만 둔 흠순은 부제 예원이 건의하는 산문의 폐단은 과단성 있게 전부 개혁하였다. 예원이 추구하고자 한 것은 오직 균등이었고 조정에서 선문에 내리는 재물을 헛되이 쓰지 않는 것이었다.

"부제주가 진골정통을 부흥시키려고 그러는 것 아닌가?"

"왜 아니겠어? 겉으로는 균등한다고 해 놓고 실제로 균등한 게 뭐 있나 말일세."

"이제 우리 가야파는 또 찬밥 신세를 면치 못하겠군."

화랑과 낭도들이 예전처럼 잘 따르지 않자 예원은 흠순에게 말하였다.

"이제 제가 부제에서 물러나고자 하옵니다."

"왜? 무슨 일 있는가?"

"아랫사람들이 저를 용납하지 않으니 이 자리에 더 있을 수 없사옵니다."

흠순은 크게 화를 내며 선문의 개혁에 반대하는 화랑들을 하나도 남김없이 그 직위를 빼앗아버렸다. 그리고는 그들을 불러놓고 큰소리로 말하였다.

"부제는 곧 국선과 한 몸이다. 그러니 자네들이 부제를 대하는 것이 어찌 나를 대하는 것과 티끌 같은 차별이라도 보일 것인가? 또한 지금은 우리 신국 신라와 옛 나라가 한 집이 되었는데 어찌 진골과 가야의 구분이 있겠는가? 오직 균등할 뿐이니 그리 알고 다들 물러가 근신하라!"

화랑들은 그래도 곧이듣지 못하고 휘하 낭두들을 꼬드겼다. 가야파의 낭두들은 염장에게 도움을 청하러 몰려갔다. 염장은 그들의 말은 듣는 척 만 척하고 부제 예원을 불러 그들이 보는 앞에서 술을 내리며 타일렀다.

"내 듣건대 자네가 어린 나이에 낭정을 잘한다고 하니 흐뭇한 마음을 속에만 넣어두고 있을 수 없어 오라고 하였으니 한잔 들게."

그리고는 당하에 몰려와 있는 가야파의 낭두들을 가리키며 말하였다.

"이 자들은 다 내가 화랑으로 있을 때 거느린 낭도로써 내가 국선을 지낼 때 자리가 높아져 낭두가 되었는데, 오늘에 이르러서도 나를 믿고 자네에게 불순하니 엄히 다스려야 할 줄 아네. 그 정도가 심한 자는 사정을 봐주지 말고 마땅히 매로써 처벌하게."

예원이 조용히 말하였다.

"낭두들 중에 저에게 순종하지 않는 자는 없으며 죄가 없기에 저도 처벌할 뜻이 없사옵니다. 다만, 공께서 노하도록 그릇된 말로써 떠드는 것이 누차 저의 귀에 들어왔기 때문이옵니다. 공께서 노여움을 거두신다면, 저는 더욱 균등히 이 자들을 임용할 것이옵니다."

염장이 예원의 어깨를 두드리며 말하였다.

"역시 참으로 선량한 나의 아우로다. 앞서 선도를 따른 국선들이 무력에 힘쓴 여느 국선들과 같지 않음을 내가 잘 알고 있거니, 자네의 도량이 큰 것에 탄복하지 않을 수 없네. 이 낭도들은 큰 한 무리로 다 선문의 사람들일 뿐 어찌 파가 있겠는가? 이제 내가 자네에게 당부하노니, 이 무리가 자네의 종처럼 굴지 않고 조금이라도 범상의 죄를 짓는다면 비록 보검은 아니지만 검이 어찌 검갑에만 들어있겠는가?"

낭두들은 혼비백산하여 모두 그 자리에서 머리가 땅에 닿도록 절을 하며 한 목소리를 내었다.

"저희들이 잠시 혼백이 나가 죽을죄를 지었사옵니다. 이제 저희의 죄를 저희 스스로 깨달았으니 부제님을 위하여 목숨을 바치겠사옵니다."

예원이 돌아보며 말하였다.

"너희들은 다 죄가 없는데 주군께 쫓겨났다. 이제 내가 그 억울함을 알았으니 각자 돌아가 은인자중하며 기다리거라."

낭두들의 얼굴에 화색이 돌았다.

"하오면 이만 물러가옵니다."

자칫 선문 안팎으로 커질 뻔하였던 일을 예원이 도량을 보여 낭두들을 굴복시키자 염장은 속으로 대견스러워한 나머지 억지로 술을 권해 먹이면서 말하였다.

"비록 못나기는 하였으나 나에게 딸이 몇 있으니 자네가 어디 한번 골라보게."

염장은 고개를 돌려 안채에 호령하였다.

"애들아!"

기다렸다는 듯이 염장의 서녀들이 나왔다.

"선문의 부제로 계시는 예원랑이시다. 뵙거라."

딸들은 치마를 들어 절을 하였다. 예원은 당혹스러워 하였다.

"어머니께서 매우 엄하신 까닭에 제가 감히 선택을 할 수 없사옵니다.”

염장공이 고개를 끄덕였다.

“이와 같은 아드님을 두셨으니, 자네의 자당은 걱정할 것이 없겠네. 허허.”

그리고는 딸들에게 말하였다.

“너희는 돌아가서 각자 예원랑의 옷을 한 벌씩 지어오너라. 그리고 셋 다 예원랑을 따라 보낼 것이니, 가거든 모주로 여겨서 공손히 뵙고 다시는 돌아올 생각을 말거라.”

예원이 주도한 선문의 개혁은 선연관에까지 미쳤다. 열흘에 한 번씩 관을 정폐하여 유화들이 마음 놓고 쉬거나 낮에는 잠시 집에 다녀올 수 있도록 허락하였다. 또 유화를 품은 뒤 꽃값을 단 일금도 주지 않고 돌아가는 화랑은 한 달 동안 출입을 금지시켰으며, 그간 꽃값의 일부를 떼어 모아 선연관 살림을 꾸려온 것도 꽃값은 다 유화들 각자의 몫으로 하고 낭정에서 따로 재물을 내려 운영에 충당하도록 하였다.

그지없이 획기적인 일들이라 유화들이 크게 반겼다. 풍월주 흠순과 부제 예원랑에 대한 중망은 유화들 사이에 최고조에 달하였다.

“주군과 부제님은 왜 한 번도 선연관을 찾지 않으시는 걸까?”

“주군이야 보리공께 평생 아내만 사랑하겠다고 목숨을 걸고 맹세를 하였으니 오실 리 만무하지.”

“그러면 부제님은?”

"계림삼미라고, 우리 신국 신라에서 가장 미모가 뛰어나다는 염장 공의 서녀 셋을 한꺼번에 얻었으니 우리를 찾으실 까닭이 있겠어?"

"하긴 그러실 만도 하겠어."

개혁은 또 다른 폐단을 불러일으켰다. 그동안 서로의 처지를 위로 하며 지내던 유화들이 꽃값을 모두 자신들의 몫으로 챙기고 집에도 다녀올 수 있도록 하자 더 많은 화랑을 모시려는 경쟁심이 발동한 것이었다.

"이년아, 왜 남의 손님을 빼앗는 거야?"

"내가 언제 빼앗았다고 그래? 네 방에 들어가시려다가 내 방으로 발길을 돌리신 걸 나더러 어떡하라는 말이야?"

"네 년이 벌거벗다시피 하여 마루로 나와서 미도를 부렸잖아!"

선연관이 시끄러워지자 선주는 그들을 불렀다.

"조위님, 이년이 글쎄……."

"그만 되었다. 내가 알아 보니 너희 둘 다 잘한 것도 잘못한 것 도 없다. 다 아무 사내나 받아들여야 하는 유화라는 운명이 너희를 싸우게 만든 것이지."

그 말을 듣고 두 유화는 맥이 탁 풀려버렸다.

"서로 사과를 하거라. 그리고 돌아가서 다시는 다투는 일이 없도 록 하거라."

사찬 비담과 급찬 염종이 찾아왔다. 유화들이 수군거렸다.

"선문을 떠나 조정에 들어가서도 선연관을 찾는 옛 화랑들은 저

치들 뿐일 거야."

"부끄럽지도 않은가 몰라."

선연관에 들어선 비담은 조위를 찾았다. 선주가 나와 서서 허리를 굽혔다.

"어허, 험험. 가장 최근에 들어온 유화가 누구냐?"

"이구미라는 유화이옵니다."

비담은 선주를 가만히 바라보더니 웃으며 말하였다.

"가만, 되었다. 그 아이는 필요 없으니 네 방으로 가자. 안내하거라."

"죄송하지만 저는 색공을 하지 않사옵니다."

"색공을 하지 않다니? 너는 유화가 아니냐?"

"유화이긴 하오나, 이곳 선연관 조위를 맡고 있는지라……."

"네 이년, 조위는 색공을 하지 않아도 된다는 법이라도 있느냐?"

선주가 대답을 하지 않자 곁에 있던 세아가 나섰다.

"비담공, 조위님이 색공에 들지 않겠다는데 어찌 그러시옵니까?"

"뭣이?"

"하옵고, 선문을 떠나시어 조정에 몸담으신 신분으로 아직도 선연관을 찾으시니 그것이야말로 국법에 어긋나는 일이 아니옵니까? 색사를 하시려거든 동시에 있는 유곽으로 가시옵소서."

"이년이!"

참지 못한 비담이 세아의 뺨을 갈렸다. 세아는 그 자리에서 쓰러졌다. 다른 유화들이 모두 방문을 열고 내다보고 있었다. 쓰러진 세아가 앙칼진 소리로 말하였다.

"오늘 일을 반드시 화주님께 아뢰어 누가 부당한지 가리고야 말겠사옵니다!"

"오냐, 이년아! 어디 한번 가려보거라."

염종이 비담의 소맷자락을 당겼다.

"오늘은 그만 가세. 이것들이 예전의 유화들이 아닐세."

"이년들이 흠순과 예원이 오냐오냐 해주니까 아주 버릇이 없어졌나 본데 내 가만 두지 않으리."

비담이 그쯤에서 물러난 것은 속에 찔리는 것이 있어서였다. 보단화주는 풍월주 흠순의 부인인데, 그렇게 된다면 유신도 알게 될 것이고, 꾀가 여우와 같은 유신에게 어떤 식으로든 창피를 당할 것만 같았다.

선주는 세아의 뺨을 어루만져 주었다. 그리고는 제 방으로 데리고 가 그들이 스스로 물러가도록 한 기특한 심정을 위로해 주고자 비파를 타며 노래를 들려주었다. 세아가 가장 즐겨 듣는 노래였다.

"몸과 몸 사이는 아무리 멀어도 거리를 잴 수 있지만, 마음과 마음은 아무리 가까워도 거리를 잴 수가 없다네. 가을 먼 하늘에 기러기 날아갈 제 봄에 떨어진 도원의 복사꽃은 다시 필 줄 모르네."

노래가 끝나자 세아는 눈물을 훔치더니 물었다.

"갑자기 군승이 보고 싶어요. 대체 어디로 보내셨어요?"

선주가 웃으며 대답하였다.

"기러기 따라 보냈지."

새로 유화들이 들어왔다. 한 사람은 제 아비에게 팔려온 세홍이었고, 또 한 사람은 흑개사 양부의 딸 이엄으로 자원해서 들어왔다고 하였다. 선주는 그들에게 방을 배정하고 세아에게 일러 선연관의 법도를 가르치도록 하였다. 세아는 어린 두 계집아이에게 첫 마디를 떼었다.

"여기서는 조위님 말씀이 나랏님 말씀보다 엄하다. 알겠느냐?"

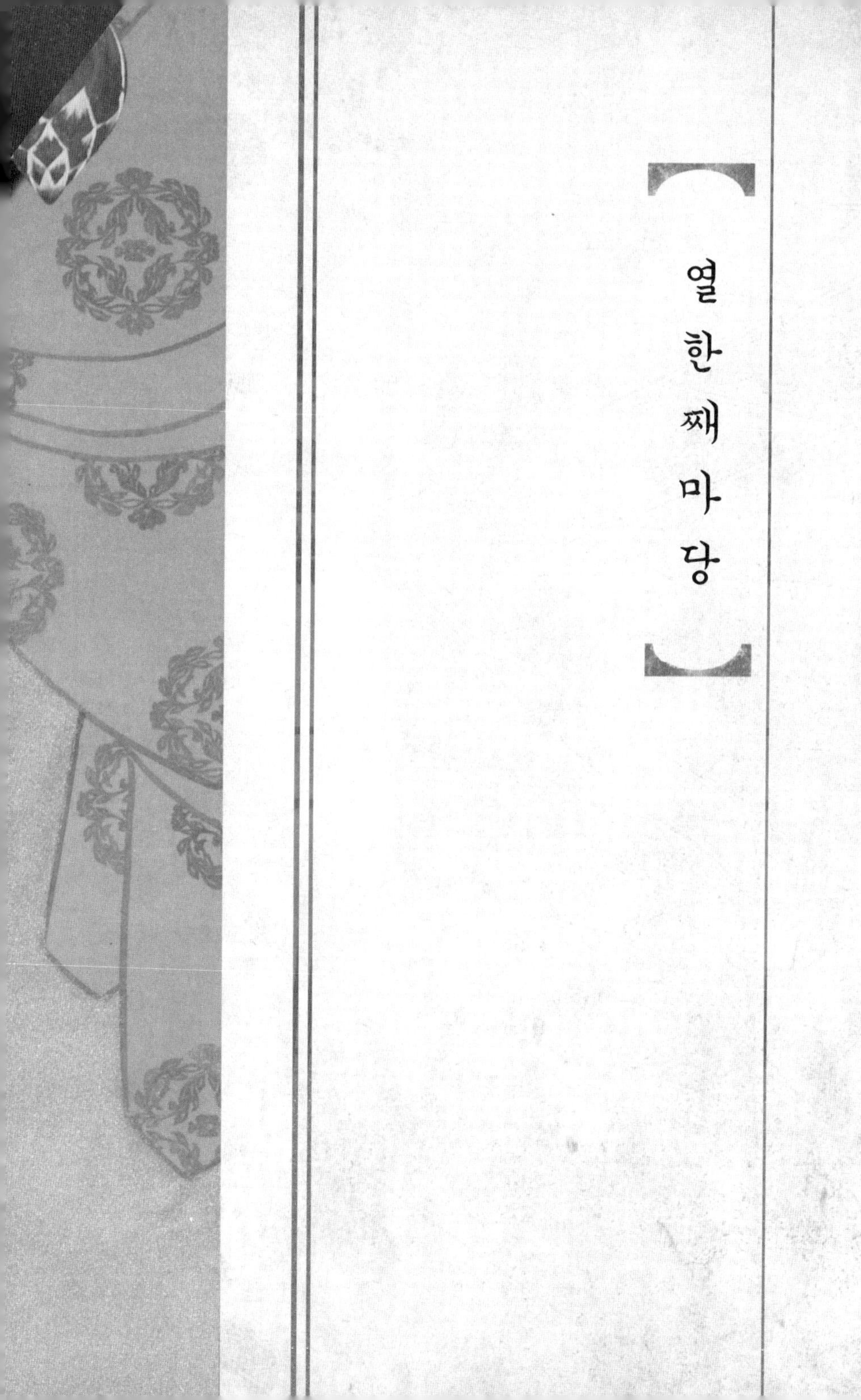

열한째마당

등극여제 登極女帝

최초로 여자 임금이 즉위하다

왕경에 눈이 내리고 있었다. 남산의 푸른 소나무 가지들이 흰 눈의 무게가 벅찰 법도 한데 땀을 흘리면서 흔연한 모습을 하고 있었다. 도롱이를 쓰고 방한모를 쓴 사람들이 눈 위에 발자국을 내며 한가하게 눈길을 오르고 있었다.

나무에 가렸다가 보였다가 하는 그들은 칠성우였다. 오지암에 오른 사람들은 은행나무 아래 평상으로 향하였다. 눈내린 왕성의 풍경이 멀리 내려다보였다. 기와지붕마다 눈이 쌓여 마치 천상의 설국과도 같았다.

"어서 오소서."

"눈길에 고역이 크셨사옵니다."

칠성우는 서로 안부를 물은 뒤 도롱이와 방한모를 바깥에 벗어놓고 오지암 요새채에 들었다. 암주가 반가이 맞이하였다. 널찍한 방에는 큰 화로가 놓여 있었고 두꺼운 자리를 깔아놓았다. 칠성우가 둘러앉자 암주는 차를 들였다. 뜨거운 차로 몸을 녹인 알천이 입을 열었다.

"유신공, 저 아이도 들어오게 하오."

"괜찮사옵니다. 밖에 서 있게 내버려두옵소서."

바깥나들이를 할 때면 유신을 그림자처럼 따르는 군승을 두고 하는 말이었다. 임종이 말하였다.

"성상께서 얼마 남지 않은 듯하옵니다."

"국통께서 법력을 보이셨어도 천명은 어찌할 수 없나 보옵니다."

"이제 제위를 계승하는 일만 남았구려."

"선덕공주마마께서 물려받아야 하지 않겠사옵니까?"

다들 이설 없이 받아들인다는 표정을 지으며 고개를 끄덕였다.

"우리 신국 신라에 처음으로 등극하는 여제라……."

"우리 칠성우가 각별히 보필을 잘해야 할 것이오. 경박한 무리들이 지난번 칠숙의 일과 같이 경거망동할 수도 있으니 말이오."

"물론이옵니다. 즉위례 때에는 근위와 원호를 빈틈없이 해야 할 줄 아옵니다."

사람들이 대화를 나누는 동안에 오직 보종만이 한 마디도 하지 않고 그렇지, 그렇지 하고만 있었다.

대제가 붕어하였다. 그 즉시 선덕공주가 제위를 물려받아 조원전에서 즉위하였다. 흑개감을 비롯하여 사자대 군사들이 첩첩이 경호를 하고 있었다. 여제는 천존고에 보관되어 있는 금척을 받들어 오게 하여 손에 들었다. 그로써 정통으로 제위를 승계를 한 것이 나라 전체에 선포되었다.

여제는 자태가 눈부신 황룡과 같았고 기품은 봉황과 같았다. 위의는 하늘의 해와 같았으며, 목소리는 부드러워 너그러움이 배어났고, 눈빛은 어질고도 총명함을 나타내 보였다. 만조백관이 연호하는 만세 소리가 온 나라로 퍼져 나갔다.

성조황고. 백성들이 여제를 우러러 붙여준 별칭이었다. 즉위례를 마친 여제는 대제의 시호를 진평이라 하여 높여 받들고 석상을 만들어 나을신궁에 모셨다. 날을 가려 신궁으로 행차를 한 여제는 선황들에게 아뢰며 제사를 지냈다.

신궁봉사가 소영과 천녀들을 데리고 시중을 들었다. 여제의 곁에 있던 유신이 그녀들을 힐긋 바라보았다. 신궁봉사의 얼굴에는 주름이 져 있었고 머리는 하얗게 세어 있었다. 소영도 제법 나이가 무르익은 티가 났다. 유신의 가슴에는 지난날의 회한이 감돌았다.

유신은 밤이 되자 신궁봉사의 집을 찾았다. 늙은 신궁봉사가 유신를 반갑게 맞이하였다. 유신은 금지의 소식을 묻지 않았다. 이제는 물어도 소용이 없다는 것을 잘 알고 있었다. 다만, 군승을 들어오게 하여 절을 시켰다.

"이 아이는 뉘옵니까?"

"어린아이가 어른한테 인사를 하는 것은 당연한 일이오."

신궁봉사는 군승에게 물었다.

"너 올해 몇이냐?"

"열다섯 살이옵니다."

"그래? 내 손자도 탈 없이 자랐으면 지금쯤 네 나이 또래가 되었 겠구나."

군승이 물었다.

"그 손자는 어디에 있사옵니까?"

"만날 수 없는 곳에 가 있단다."

"그렇다면 그 손자가 나타나기 전까지 저를 손자로 여겨 주십시 오."

신궁봉사의 눈에 물이 고였다.

"그래도 되겠느냐?"

"저도 천관님을 할머니로 모시겠사옵니다."

신궁봉사는 끝내 울음을 터뜨렸다. 그리고는 군승을 당겨 등을 어루만졌다. 유신은 자리에서 일어났다. 금지의 방으로 가 보았다. 창가 선반에 흙꼭두 신금장군이 놓여 있었다. 먼지 한 점 묻지 않았다. 뒤에 서 있던 소영이 말하였다.

"아침저녁으로 방 청소를 하고 있사옵니다."

"누가 온다고 그리 깨끗이 하는 것인가?"

"어느 때고 방주께서 오실 날이 있지 않겠사옵니까."

유신은 앉았다.

"술 한잔 하고 싶군."

소영이 상을 차려와 유신에게 술을 따랐다. 각배를 몇 잔 비운 유신은 취기가 핑 돌았다.

"지난 낭비성의 일과 칠숙의 일을 다 들어서 잘 알고 있사옵니다. 백성들이 낭군님을 우리 신국 신라의 보배라고들 하옵니다."

"보배? 제 정인도 지켜주지 못한 위인한테 그런 칭호는 당치도 않지."

"그렇지 않사옵니다."

"자네는 지난날 나에게 색공을 든 것을 후회하지 않는가?"

"유신공께서는 금지 아가씨에게와 마찬가지로 저에게도 세상에 단 한 분뿐인 단랑님이시옵니다."

유신은 소영을 가만히 바라보더니 한참 만에 입을 열었다.

"그렇다면 오늘도 단랑으로 받들 수 있겠는가?"

소영은 나지막이 말하였다.

"곧 상을 치우고 금침을 펴겠사옵니다."

유신은 소영과 잠자리에 들었고, 군승은 신궁봉사와 함께 한 이불을 덮고 잤다. 신궁봉사는 밤새 잠을 이루지 못하고 곤히 잠든 군승을 어루만졌다. 그러면서 선연관에 들어 아직도 갖은 고초를 겪고 있을 금지를 떠올리며 소리 없는 눈물을 쏟아내었다. 날이 밝을 무렵 신궁봉사는 한 가지 희망을 가졌다. 여제가 즉위하였으니 선연관

을 철폐하고 유화를 다 집으로 돌려보내줄지 모른다는 막연한 바람
이었다.

'내 생전에 과연 그런 날이 오기나 하려나.'

여제는 즉위하자마자 칠숙의 반란을 평정하는데 훈공을 세운 신
하와 군사들에게 일일이 상을 내리고 노고를 치하하였다. 칠성우 중
에서는 염장에게 조부령 벼슬을 내렸다. 나라의 조세를 관장하는 수
장 자리였다.

염장이 그 자리에 오른 지 얼마 지나지 않아 성민들은 그의 집을
수망택이라고 하였다. 금은보화가 들어가는 것이 마치 홍수의 물결
이 흘러들어가는 것과 같다고 해서 붙인 명칭이었다.

"어찌 저 댁에는 들어가는 것만 있고 나오는 것이 없는가?"

"저 집 사람들은 곡식을 먹고 사는 게 아니라 금을 먹고 사는 것
이겠지."

"모르는 소리. 염장공은 남몰래 베푸는 것이 많다네."

"그래? 그게 정말인가?"

"정말이지 않고 드러내어 놓고 백성을 구휼하면 다른 대신들이
민망해 할까봐 남모르는 손으로 돕는 게지."

"아, 우리가 그 깊은 속을 모르고 있었구나."

과연 그러하였다. 염장은 들어오는 재물을 마다않고 받았지만 스
스로는 한 철에 꼭 한 벌 옷만 마련해 두고 입을 만큼 검약하였다.
들어오는 재물은 여전히 유신과 춘추, 그리고 딸들을 시집보낸 흠순

에게 가져다 날랐고, 굶주리고 헐벗은 성중 빈민들을 구휼하는 데다 남김없이 쏟아 부었다.

여제가 염장의 그러한 성품을 모르는 바 아니었기에 나라의 곳간 열쇠를 맡긴 것이었다. 그동안 각간으로 있던 용춘을 물러나게 하고 신하들 중에서 을제를 가려 그 자리에 새로 있게 하였다.

대신들은 여제가 그간 총애하고 흠모하였던 용춘을 그때가 되어 비로소 내치는 것이 아닌가 하였다. 여제가 용춘을 시켜 대궁 앞에 대를 쌓게 한 까닭이었다. 말단 관원이나 하는 일을 각간을 지낸 대신이 한다는 것만으로도 비웃음을 살 일이었다.

용춘은 여제의 명에 일언불평도 하지 않고 묵묵히 일을 수행하였다. 봄부터 시작한 그 일을 가을에 이르러서야 마무리를 하였다. 여제는 몸소 대궁 밖으로 거둥하여 둥글고 높이 쌓은 대를 바라보며 그 신비롭고 아름다운 모양새에 감탄을 금하지 못하였다. 신하들이 물었다.

"폐하, 어인 까닭으로 저렇게 높은 대를 쌓은 것이옵니까?"

"나라의 근본은 백성들이 먹는 것에 있지 않소. 백성들의 먹을거리는 비록 땅에서 나온다고 하나 기르는 것은 하늘이니, 천문을 살펴 하늘이 만물을 기르는 이치를 살피고자 함이오."

신하들은 그제야 여제의 의도를 알고 머리를 조아렸다.

"황은이 망극하옵니다."

"저 대를 첨성대라 이름 하노니, 낮에는 해와 바람과 구름과 비를 살피고, 밤에는 별과 달과 유성과 혜성을 살펴 백성이 곡식을 기르고 가축을 기르며 날로 윤택하게 사는 데 소홀함이 없도록 하오.”

“성심을 다하여 어지신 분부를 받잡겠사옵니다.”

겨울이 되자 여제는 나라 전역에 사자를 보내어 방방곡곡 찾아다니며 홀아비와 홀어미, 부모 없는 어린아이와 늙어서 자식이 없는 사람, 그리고 혼자 힘으로는 살아갈 방도를 잃은 백성들을 위문하고 진휼케 하였다.

여제는 즉위한 지 일 년도 채 못 되어 만백성의 우러름을 받았다. 진평대제가 붕어한 뒤 선덕공주가 제위를 물려받자 백성들은 공주가 제위에 올라 어떻게 정사를 돌보며 나라를 올바르게 다스리겠는가 하고 가졌던 불안감을 말끔히 씻어내었다.

여제가 섣달에 당나라에 사신을 보내 세빙을 하였다. 당 황제는 그때까지 신라에서 지아비를 두지 않은 공주가 제위에 올랐다는 말을 듣고 무척 궁금해 하고 있던 차였다. 사신에게 여러 가지를 묻고는 여제에게 답사를 하였다.

붉은색과 보라색과 흰색으로 그린 모란꽃 그림 한 점과 그 씨가 각각 한 되씩 석 되였다. 신하들은 영문을 몰라 하며 어인 뜻일까 고개만 갸우뚱할 뿐 어느 누구도 입을 여는 사람이 없었다.

여제가 그림과 씨를 보고는 빙그레 웃으며 말하였다.

“이 꽃은 반드시 향기가 없을 것이오.”

그리고는 그 씨를 한 줌씩 궁정에 심도록 하명하였다. 과연 이듬해 꽃이 피었다가 떨어질 때까지 꽃에서는 향기가 나지 않았다. 신하들이 탄복하여 아뢰었다.

"폐하께서는 어떻게 그러한 바를 바로 내다보셨사옵니까?"

"그림을 가만히 살펴보았더니, 꽃을 그렸는데 나비를 그리지 않았으니 꽃에 향기가 없는 것을 알 수 있었소 그 씨를 보낸 것은 그림의 뜻을 아무도 알아차리지 못하면 심어서 꽃이 필 때에 알게 될 것이라는 말이었소"

"하오면 어인 연유로 그런 그림과 꽃씨를 보낸 것이옵니까?"

"내가 짝을 두지 않고 홀로 지내는 것을 당 황제가 희롱한 것이오."

신하들은 할 말을 잃고 있다가 한 입으로 주청하였다.

"폐하, 비단 당 황제의 희롱이 있어서가 아니라, 저희 신하들과 만백성이 간절히 원하는 바이오니 부디 한 사람을 곁에 두시어 다시는 그러한 놀림을 당하지 않도록 하옵소서."

"알겠소 그러면 용춘공을 데려오시오."

신하들은 더욱 할 말을 잃고 말았다. 여제가 일찍이 용춘을 각간 벼슬에서 물러나게 한 것은 때를 보아 자신의 곁에 더 가까이 두려고 한 처사였음을 깨달았기 때문이다. 여제가 모든 것을 미리 염두에 두고 벌인 일인지도 몰랐다.

용춘이 오직 백성의 윤택한 살림을 도모하려는 일환으로 각간을 지낸 신분도 잊고 몸소 돌치개와 일꾼들을 부려 대궁 앞에 첨성대

를 쌓은 공으로 성중의 물망이 드높은 즈음이기에 조정은 더욱 술
렁였다.

총애가 식어 궁 밖으로 내친 줄로만 알았던 지략가 용춘을 여제
가 각간으로 있을 때보다 더 권력의 핵심으로 불러 들여놓자 말이
많던 신하들은 그의 환심을 사기 위하여 여제 앞에서와 마찬가지로
하나둘 용춘에게 허리를 깊이 굽히는 것이었다. 용춘이 바로 황서나
다름없는 지위에 있는 까닭이었다.

양도선무 兩道仙武

예원이 흠순으로부터 풍월주를 물려받았다는 말을 듣고 보리는 크게 기뻐하였다. 흠순은 보단과 이단 두 아내와 아이들을 데리고 보리의 집으로 갔다.

"제가 지난날의 약속을 비키는 바가 이와 같사옵니다. 으하하."

보리는 한껏 으쓱대는 흠순이 마냥 믿음직하였다. 호기로움을 부리는 가운데 더러 덤벙대기도 하는 사위이지만 집안을 돌보는 일만큼은 게을리 하지 않는 사위였다.

"이제는 뭘 할 작정인가?"

"병부에 들어가 장군이 되어야겠습니다. 그런 뒤에는 변방에 나아가 적들을 모조리 쳐부수겠사옵니다. 남아가 태어나 나라와 가솔의 평안을 지키는 것 말고 뭘 더 할 게 있겠사옵니까?"

“자네가 변경으로 나아가면 두 아내와 아이들을 돌볼 가장이 없게 되지 않겠는가?”

“참, 그렇군. 그러면 어쩐다?”

보단과 이단이 웃으면서 한마디씩 하였다.

“가장이 비록 집안에 없더라도 가풍이 살아있으면 그것이 곧 가장이 있는 것과 다름이 없사옵니다.”

“그러하옵니다. 우리 두 사람이 있는데 무엇이 걱정이겠사옵니까?”

“으하하, 역시 부인들은 나의 보물이오.”

낭도들 가운데 선도를 닦고자 하는 무리는 보종을 따랐고, 무도에 힘쓰는 자들은 여전히 유신을 가장 높이 받들며 따랐다. 옛 용화향도들도 춘추보다 유신을 윗길에 두었고, 진주의 휘하에 있었던 천무단과 서로 어울려 격검을 하고 궁마에 힘썼다.

갓 화랑이 된 흠운은 선도와 무도를 두고 망설임 없이 무도의 무리에 들어갔다. 그때 군관, 천광과 같은 화랑들이 틈틈이 옛 이야기를 들려주었다.

“이십여 년 전, 찬덕이라는 가잠성 현령이 적국 백제군에 맞서 싸우다가 장렬히 전사하였는데, 그로부터 칠년 뒤 진평대제께서 그의 아들 해론을 금산 당주에 제수하고 임지로 보내니, 해론이 아비의 복수를 갚고자 또 백제군과 싸우다가 죽었다네.

그리하여 두 부자가 만고에 이름을 남겼으니, 그 어찌 영원히 사는 길이 아니겠는가?"

흠운이 이야기를 듣고 눈물을 글썽이다가 마음을 북돋우어 두 사람의 넋을 기린 사당이 어디냐고 물었다. 화랑들이 사당이 있는 곳을 가르쳐 주자 흠운은 당장 참배를 해야겠다며 일어섰다. 곁에서 본 동무 전밀이 말하였다.

"아, 네가 장차 전장에 나간다면, 반드시 목숨을 바쳐 싸울지언정 후퇴를 잊을까 그것이 걱정이다."

흠운이 대꾸하였다.

"무릇 전쟁에 나아가는 장수는 군사를 몰아 죽기 살기로 싸우러 나가는 것이지 비겁하게 물러서려고 나아가는 것이 아니다."

화랑들이 말하였다.

"그렇지. 그것이 바로 우리 무도를 수련하는 화랑들이 반드시 지켜야 할 오계 중 하나가 아닌가."

전밀은 흠운을 더 말려 타이를 생각을 하지 못하고 선문을 나섰다. 금광사로 행로를 잡았다. 앞서 안함화상과 함께 당나라에 갔던 명랑법사가 좀 더 머물겠다는 안함화상은 당나라에 남겨두고 얼마 전에 홀로 돌아왔는데, 돌아오자마자 자신이 살던 집을 헐고는 그 자리에 절을 세웠다는 소식을 들은 터였다.

명랑법사는 국통 원광법사를 비롯하여 밀본최사, 양지대사와 같은 당대 고승들을 초대하여 크게 다회를 열었다. 북적이는 절 마당 말석에 앉아 차를 마시던 전밀은 중얼거렸다.

"나는 언제나 도를 이루어 저 분들과 같은 대덕이 될 수 있을꼬"

국통 원광법사가 대중들에게 설법을 하였다.

"근래에 불도를 한다는 중들이 많이 늘었음을 잘 알고 있다. 그런 데 그들 중에는 불도를 바로 알려고 하지 않고 얕은 법술만 익혀 그 로써 중생들을 현혹하는 자들이 많다고 들었다. 무릇 불도를 닦음에 있어 하잘것없는 법술을 즐겨 하는 자는 하승이요, 미친 짓을 하며 돌아다니는 자가 상승이다. 그대들은 하승인가, 상승인가?"

대중이 조용하자 원광법사는 또 말을 이었다.

"지금 이 자리에는 법술 높은 두 분 상승이 계신다. 밀본최사와 명랑법사이시다. 이 두 분이 어찌하여 상승인고 하니, 법술을 알면 서도 함부로 쓰지 않으니 그것이 바로 상승의 면모이며, 불도를 깨 쳤으나 남이 모르게 하니 그 또한 상승의 자격이다.

재주를 드러내기는 쉬우나 감추기는 어렵다. 그대들은 부디 얕은 재주와 몇 장 몇 줄의 경전으로써 중생으로부터 우러름을 받으려고 하지 말고, 불도의 진수를 깨치는 데 목숨을 바쳐 정진하라. 그것이 바로 그대들 스스로를 구제하고 더 나아가 우리 신국 신라를 더욱 신국답게 하는 길이요, 불국답게 하는 길이다. 알겠는가?"

앉아 있던 모든 중들이 합장을 하였다. 원광법사는 주장자를 세 번 치고 법상에서 내려왔다.

다회가 끝나자 비담과 염종도 다른 사람들에 섞여 금광사에서 나 왔다. 칠숙의 일 이후로 자중자숙하고 지내던 두 사람은 조정의 변두리에 있는 것만 같아 점차 큰일을 도모하고자 하는 마음의 싹이 트고 있었다.

"석품공이 지난날 아무 입도 열지 않은 채 칼을 받은 것은 우리에게 훗날을 맡긴 것이 아니었겠는가?"

"옳은 말일세. 하지만 우리 두 사람만으로는 힘이 너무 미약하니."

"선덕궁이 제위에 오르고부터는 승만태후도 세력을 잃어가고 있으니 무언가 좋은 방도를 찾아야 하네."

"차라리 백제와 내통을 하면 어떨까?"

"안 될 말일세. 그렇게 된다면 우리가 대좌를 빼앗아도 백제의 속국으로 전락하고 말 것이니 불가한 일일일세."

"용춘이 다시 황서 자리에 앉고부터는 정사당이 그에게 전보다 더욱 머리를 조아리니 누가 왕이고 누가 신하인지 분간이 안 될 지경이네."

"그 자는 미실궁주 이후로 가장 영악한 자이니 그럴 수밖에. 겉으로 보기에는 아닌 것 같지만 온 황실과 조정이 실제로는 그 자의 손아귀에서 놀아나고 있는 것은 틀림없는 일이네."

"은밀히 거사를 함께 할 사람을 모으기로 하세. 눈을 뜨고 잘 찾아보면 의외에 한둘이 아닐지도 모르네."

"그럴 수도 있겠군. 용수와 용춘 두 형제에 불만을 품고 있는 자가 어찌 아무도 없겠는가? 다들 속을 감추고 있을 뿐이지."

백제에 심어두었던 첩자로부터 밀계가 도착하였다. 용춘은 대남보에게 아무도 들이지 말라고 이른 뒤, 홀로 읽어보았다.

백제왕 부여장이 비로소 태자를 책봉하였다. 의자태자는 언행이 겸손하고 매사에 스스로를 낮추어 부모에게 효도하고 형제지간에도 우애가 있어 백성들이 해동증자라고 불렀다. 왕실과 조정에서도 왕자의 신분을 으스대거나 교만하지 않아 신하들도 늘 장차 성군이 될 것으로 믿었다.

그런데 백제왕이 의자가 나이가 많이 들었음에도 책봉을 늦춘 까닭은 의자가 모후 사택왕후의 훈도 아래 그 영악함을 깊이 감추고 있다는 것을 꿰뚫어본 까닭이다. 만약 태자가 백제왕에 오른다면 이는 우리 신국 신라에 더없는 근심덩어리가 될 것이 좁쌀을 안쳐 밥이 되는 것과 같이 뻔하니, 조정에서는 군사를 조련하는데 더욱 힘써 국경의 방비를 미리부터 튼튼히 해야 할 것이다.

의자가 일찍이 외관에 나갔다가 적천 땅을 지나게 되었는데 그곳 성주의 딸 은고를 만나 야합을 한 뒤에 궁궐로 데리고 들어왔다. 백제왕 부여장은 자신도 그러한 이력이 있어 부자가 다 옳게 지어미를 얻지 못한 것을 속으로 부끄럽게 여겨 신하들 앞에서 낯이 서지 않았지만 허락지 않을 수 없었다.

태자비 은고는 사치하고 방탕하게 놀기를 즐겨 하였는데 그녀의 권유로 백제왕은 왕흥사를 지었다. 그 절은 강가에 있으며 채색 장식이 웅장하고 화려한데, 백제왕 부여장이 자주 배를 타고 강을 건

너 절에 들어가서 향을 피웠다.

지난봄에는 궁궐 남쪽에 연못을 파서 이십여 리 밖의 물을 끌어들이고, 사방 언덕에 버드나무를 심은 뒤에 물 한가운데 방장산을 모방하여 섬을 쌓았다. 밤이면 대낮처럼 불을 밝혀 놓고 백제왕과 왕후와 태자와 태자비와 신하들이 모여 난잡하게 노닐기를 예사로 하였다.

하루는 백제왕이 그곳에서 신하들과 술을 마시며 즐기다가 문득 우리 신국 신라 백성군의 장수 한 사람을 언급하였다. 그리고는 신하들에게 묻기를, '적국 신라 화랑의 무리에는 양도가 있는데 선도와 무도라고 들었다. 어찌 우리 백제에는 그러한 국풍이 없는가?' 하였다. 신하들이 대답하기를, '신라와 같이 양도로 분열되는 그러한 도풍은 없느니만 못하옵니다.' 하였다. 백제왕이 다시 묻기를, '그렇다면 적국 신라에서는 그 양도가 물과 기름과 같은 것인가?' 하였다. 이에 신하들이 더는 대답을 하지 못하였다.

다 읽고 난 용춘은 밀계를 불태웠다. 그리고는 읽은 것을 곰곰이 떠올렸다. 백제왕 또한 신라에 첩자를 두고 있음이 분명하였고, 그가 의자태자를 신뢰하지 않는다는 걸 알 수 있었다. 또 태자가 스스로의 진면목을 그토록 깊이 감추고 있을 수 있다면 예사로운 인물은 아닐 것이었다.

특히 야합으로써 태자비가 된 은고라는 여인이 장차 큰 화근을 일으킬 것만 같았다. 대개 왕실에 사치와 환락을 즐기는 여인이 있으면 반드시 그 나라는 권력의 암투가 일어나 내홍에 휩싸이게 되고, 그로 말미암아 큰 내분이 일어나게 마련이었다. 그렇게 되면 백성들의 눈을 딴 곳에 돌리려고 이웃 나라를 침략하여 전쟁을 일으키는 것이었다.

용춘은 문득 백제왕이 언급하였다는 신국 신라 백성군의 장수가 누구일까 궁금하였다. 대남보를 시켜 백성군을 지키고 있는 장수들을 알아보라고 일렀다. 대남보는 사사장 무리에게 시켜 알아 온 뒤에 용춘에게 아뢰었다.

"이름이 심나라고 하는 장수이온데 팔뚝심이 나라 안에서 제일간다고 하옵니다. 어려서부터 무력을 쌓아 검술을 잘하고 날래기가 표범과 같다고도 하옵니다."

"그래? 적국 백제왕 부여장이 그 자를 심히 부러워하니 마땅히 성상께 주청하여 상을 내려야겠다."

여제의 명을 받은 사자 금강이 심나에게 하사할 재물을 수레에 싣고 백성군에 이르렀을 때, 멀리 사산에서 싸움이 벌어지고 있었다. 사산은 백제와 국경을 이루는 곳이었다. 그 경계가 분명치 않아 양국의 군사들이 사소한 전투를 벌이지 않는 달이 없다고 하였는데, 과연 그 말이 사실이었다.

백성군 성주가 장수 심나에게 군사를 주어 사산 아래에 있는 백제의 여러 고을을 빼앗자 백제에서는 정예 기병을 급파하여 신라군을 치게 하였다. 신라의 보졸들이 맞서 싸우기에는 힘에 겨워 어지럽게 물러났다.

그러나 오직 장수 심나만이 홀로 말 위에서 검을 빼어 든 채 적군을 향해 눈을 부릅뜨고 크게 소리를 지르며 달려들어 수십 인을 찌르고 목을 베어 죽였다. 적군이 기세가 꺾여 마침내 물러 달아났다.

금강이 성주에게 문안을 하고 심나를 만나 여제가 내린 상을 전하니 심나는 왕성을 향하여 절을 하며 감격해 하였다. 성주가 흐뭇하여 말하였다.

"적국 백제의 군사들이 입을 모아 말하기를, 신라의 장수 심나는 매와 같이 하늘을 나는 장수라고 하오."

금강이 맞장구를 쳤다.

"제가 와서 우연히 싸우는 것을 보았는데 과연 그러하였사옵니다."

"적국 백제군이 이제야 깨달았을 것이오. 심나 장수가 우리 신국 신라의 강토 백성군을 지키고 있는 한 단 한 뼘의 땅도 빼앗을 수 없다고 말이오. 허허."

"옳은 말씀이옵니다. 다만, 앞으로는 적들이 먼저 공격해 오지 않는데도 우리 신라군이 일부러 싸움을 거는 일은 없도록 하여야 할 것이옵니다. 폐하의 엄명이옵니다."

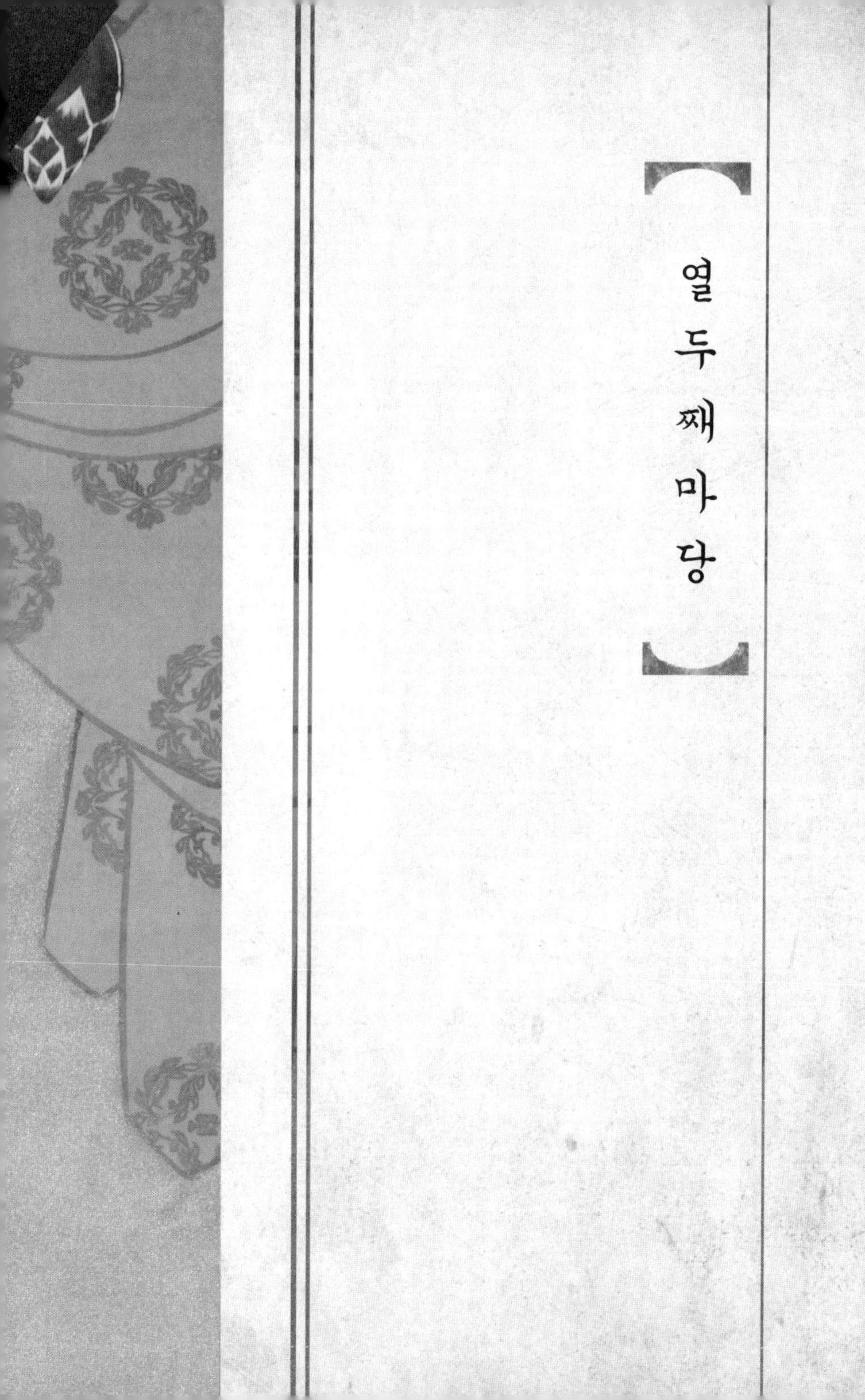
열두째마당

난음지폐 亂淫之弊

어지러운 사통의 폐해가 크다

여제는 이찬 수품과 용춘에게 하명하였다.

"경들은 우리 신국 신라의 모든 군읍과 산과 강과 바다를 두루 돌아보오. 지난 백성군의 일에서 보듯이 군읍에 다다라서는 조정에서는 알지 못하고 그곳에서만 이름이 높은 현사, 도인, 장사를 알아보고, 산림에 들어서는 은일거사들을 만나보도록 하오. 또한 강과 바다에서는 유별난 재주를 가지고 있어 나라를 위해 불러다가 크게 쓸 만한 이들을 한 사람도 빠뜨리지 말고 찾아보도록 하오."

"분부 거행하겠사옵니다."

"용춘공은 춘추를 데리고 가도록 하오."

용춘이 아뢰었다.

"아무리 밀행을 한다고는 하나, 여러 사람이 무리지어 다니면 소문이 나기 십상이옵니다. 통촉하옵소서."

"으음. 그 말도 일리가 있구려."

용춘이 춘추를 데리고 가지 않겠다고 한 데에는 다른 이유가 있었다. 만약 춘추를 데리고 밀행을 한다는 소문이라도 난다면, 조정에서는 여제가 장차 제위를 그에게 물려주기에 앞서 나라의 곳곳을 살펴보게 한다는 오해를 받을까 해서였다.

그렇게 되면 용수와 춘추, 그리고 용춘 자신을 마땅치 않아 하는 세력으로부터 집중적인 견제를 받게 될 것이 자명하였다. 아직은 춘추를 드러낼 때가 아니었다. 잠룡으로서 못 깊이 똬리를 틀고 앉아 한 방울 거품조차도 일으켜서는 안 되었다.

춘추는 수수한 옷차림을 하고서 궁사지 온군해를 딸린 채 저잣거리를 밀행하고 있었다. 왕성에서 가장 번화한 동시를 배회하다가 이제 막 피어나는 꽃봉오리 같은 처자 둘이 하릴없이 걷고 있는 것을 발견하였다. 춘추는 온군해에게 말하였다.

"자네, 저기 저 처자들이 보이는가?"

"어디? 예. 보이옵니다."

"어서 가서 잘 꾀어서 데리고 오게. 오늘밤에는 저 처자들과 흠뻑 즐겨보아야겠네."

온군해는 빠른 걸음으로 장터를 오가는 사람들을 비집고 처자들에게 다가갔다. 그때 갑자기 눈앞에 한 사람이 우뚝 서는 것이었다. 온군해는 하마터면 턱을 떨어뜨릴 뻔하였다. 다름 아닌 유신이었다.

"자네 호명궁 궁사지 아닌가? 이 시각에 예서 뭘 하는가?"

"그게 저어, 저어……."

"뭘 그리 더듬는가?"

유신이 고개를 들어 온군해의 어깨 너머를 바라보니 수십 보 거리에 춘추가 반쯤 몸을 돌리고 서 있는 것이었다. 유신은 노기 띤 얼굴을 하고 온군해에게 호령하여 춘추한테 다가갔다.

"제공, 예서 뭘 하시옵니까?"

"아, 유신 형. 그저 바람이라도 좀 쐬려고 나왔소"

"귀인께서 그게 어인 차림이시옵니까?"

"호, 혹시 알아보는 사람들이라도 있으면 번거로워질 것 같아서……."

"그게 아니지 않사옵니까!"

"아니긴 뭐가 아니란 말이오?"

"밤낮 나라와 백성 걱정에 여념이 없어야 할 분이 이렇게 한가하게 어색이나 하러 다니셔서야 되겠느냐는 말씀이옵니다."

"어색이라니? 다, 당치도 않소"

유신은 온군해에게 엄히 캐물었다.

"제공께서 밤마다 밀행을 나서신지 얼마나 되었는가!"

온군해는 감히 감출 수 없어 바른대로 아뢰었다.

"한 달쯤 되옵니다."

"이제 제공과 이 유신과는 의형제가 아니옵니다. 그럼 하던 일을 계속 하옵소서. 방해를 하여 송구하옵니다."

유신은 뒤도 돌아보지 않고 걸음을 돌려 가버렸다. 춘추는 망연자실하여 어찌할 바를 몰랐다. 평소에는 호수의 물결과도 같이 평정을 지키는 유신이 한번 화를 내면 불같은 기백으로 태산을 다 태우고도 남음이 있는 까닭이었다.

"이 일을 어찌하면 좋사옵니까?"

온군해는 몸을 흔들고 발을 동동 굴렀다. 춘추는 유신이 틀림없이 아내 문희와 아들 법민에게로 갔을 것이라고 짐작하였다. 그리고는 지아비 단속을 잘못한 죄를 엄히 꾸짖을 줄로만 알았다.

유신을 호종하던 양부가 가던 길을 되돌아왔다.

"대감께서 춘추공을 주점으로 모시고 오라는 분부를 받잡고 왔사옵니다."

"오, 그래? 어서 가세."

유신과 마주 앉은 춘추는 헛기침만 할 뿐이었다. 유신은 그의 잔에 술을 따르고는 입을 열었다.

"장차 제위를 이으실 귀인께서 이러실 수는 없는 일이옵니다. 다시는 오늘과 같은 행차를 하지 않으시겠다고 맹약을 하신다면 이번 한 번만은 눈 감아 드리겠사옵니다."

"제, 제위를 이을 사람? 유신 형은 나를 정녕 그렇게 생각하고 있소?"

유신은 같은 말을 두 번 하지 않았다.

"제공과 제가 비록 같은 진골이기는 하지만, 장차에 이르러서는 하늘과 땅과 같이 자리가 갈릴 것이오니 오직 제가 염려하는 것은 제공의 위엄 있는 덕행이옵니다."

"잘 알겠소. 내 이제부터 자중 또 자중하겠소. 자, 그런 뜻에서 한잔 나누십시다."

유신이 흑개감을 찾았다. 흑개사 양부의 얼굴이 왠지 많이 어두웠다. 유신이 무슨 일이 있는가 하여 물었으나 아무 일도 없다는 대답뿐이었다.

집으로 돌아와 곰곰이 생각하던 유신은 없는 것이 아니라 말을 하지 않는 것으로 짐작하여 군승을 시켜 그의 집안 사정을 알아보게 하였다. 군승은 허리를 굽혀 절만 하고는 밖으로 나갔다.

양부의 아우 상목이 낭도에 들어가 오랜 세월 동도, 평도를 거쳐 대도가 되어 입망에 이르렀는데, 낭두의 맨 아랫자리인 망두가 되기 위해서는 산 꿩을 예물로 갖추어 임신한 그의 아내 사리수를 상선각이나 상랑각에 들여보내 탕비가 되어야 하였다.

상목은 어렵게 마련한 예물을 아내에게 주어 상랑각에 들여보냈다. 홀몸이 아닌 몸으로 몇 달 동안 탕비를 지내는 동안 사찬 벼슬에 있는 비담과 급찬 염종에게 번갈아 색공을 하였다. 아이를 낳을 때가 되어 사리수를 데려오고자 하여 상목이 또 예물을 마련하여 상랑각으로 갔다. 그런데 비담과 염종은 예물을 거들떠보지도 않는 것이었다.

아내 사리수를 데리고 나오지 못한 상목은 어린 딸을 도원의 선연관에 유화로 넣고 받은 재물을 바쳐 겨우 아내를 되찾아 돌아왔다.

그렇게 사함례를 한 뒤에 집으로 돌아온 사리수는 얼마 지나지 않아 아들을 낳았다. 그로부터 백일이 되는 날, 상목은 다시 양과 돼지를 예물로 장만하여 사리수에게 주어 상랑각으로 들여보냈다. 그 백일 동안 온갖 험하고 궂은일을 하여 예물을 장만한 것은 물론이었다.

사리수는 다시 상랑각의 탕비로 머물면서 밤이면 비담과 염종에게 색공을 한 뒤에 한 달 뒤에 나왔다. 그때도 상목은 예물을 들고 가 바친 뒤에 아내를 맞이해 데리고 나올 수 있었다.

그러나 그 세함례로 끝나는 것이 아니었다. 상목과 사리수 사이에 난 어린 아들은 사리수가 상랑각에 있을 때 색공을 한 비담과 염종 두 사람 중에서 한 사람의 마복자가 되어야 하였다. 양자 아닌 양자가 되는 격이었다. 상목은 자신의 아들을 비담의 마복자가 되게 하였다.

그러한 뒤에 상목은 비로소 낭두의 끝자리인 망두가 되었다. 그와 동시에 갓난 아들도 자라서 훗날 낭두가 될 수 있는 자격을 얻었다. 아내 사리수는 상랑각에 들어가 비담과 염종에게 색공을 한 것을 지아비 상목에게 그지없이 면목 없어 하였고, 상목은 또 제 자신이 낭두가 되고픈 일념으로 아내를 상랑각으로 떠민 것을 크게 미안해 하였다.

사리수가 오히려 지아비 상목을 위로하였다.

"다 나라의 풍습이니 어찌 하겠사옵니까?"

"그래도 몹시 화가 나는구려."

"도원에 들어가 보았더니, 경박한 여인들이 많았는데 알고 보니 그 여인들은 스스로 마음껏 몸을 던져 놀아보고자 거짓으로 임신을 하였다고 지아비를 속이고 들어온 사람들이었사옵니다. 탕비 일은 돌보지도 않고 밤낮으로 음란한 짓을 해대는데 차마 눈뜨고 못 볼 지경이었사옵니다."

"대체 어떤 짓을 하기에 눈뜨고 못 볼 지경이라고 하오?"

"상랑에게 색공을 하는 것은 정해진 법도이니 할 수 없지만, 다니러 온 화랑과도 눈이 맞아 대뜸 가랑이를 벌리지 않나, 심지어는 예졸과 사통하기도 하여 애초에 없던 아이까지 진짜로 밴 채 돌아가기도 하였사옵니다."

"에잇 참, 나라에서는 어찌 그런 폐단을 그대로 두는지 그 까닭을 모르겠군."

"제 좁은 생각으로는 모든 백성이 한 가족처럼 지내게 하려는 뜻이 아닐까 하옵니다."

"그거야 골품이 있는 사람들한테나 좋지 우리 같은 여염에 어디 좋기나 한 제도란 말이오? 우리가 아내를 내다바치는 것처럼 그들도 그들의 아내를 우리에게 색공을 들게 해야 만백성이 가족이 되는 거지."

"말씀이 지나치시옵니다. 누가 지나가다가 듣겠사옵니다."

"화랑들이 균등, 균등 하고 입버릇처럼 말하는 것처럼, 내 말은 온 나라 만백성이 다 균등했으면 좋겠다는 말이오"

군승의 말을 빠짐없이 전해들은 유신은 양부의 집안에 재물을 넉넉히 내려주었다. 비록 폐단이기는 하나, 면면히 이어져 온 도원의 풍습을 하루아침에 뿌리 뽑기란 몹시 어려운 일이라 오직 여제의 결단이 필요하다고 여겼다.

'비담과 염종! 이놈들이 사함례니 세함례니 하여 많은 재물을 긁어모으고 있구나.'

유신은 머잖아 그들이 나라에 큰 화근이 될지도 모른다는 생각을 하였다.

여제는 봄에 용춘과 함께 변경에서 돌아온 이찬 수품을 상대등으로 삼았다. 나라 전역을 살피고 돌아왔기에 그 누구보다도 백성의 형편과 나라가 처해 있는 상황을 잘 알 것이라고 여긴 까닭이었다.

이어 각별히 귀애하고 있던 예원을 예부에서 조부로 벼슬자리를 옮겨 주었다. 그의 청렴 검약함을 높이 사 염장의 후임으로 보낸 것이었다. 병부대사로 있던 흠순이 크게 기뻐하였다.

"처남, 축하하네."

"다 자형의 덕분이옵니다."

"내 덕분은 무슨. 그나저나 나는 좀이 쑤셔 못 견디겠네."

"어인 말씀이옵니까?"

"하루가 멀다 하고 크고 작은 싸움이 벌어지는 변방에는 나아가 보지도 못하고 이렇게 왕성이나 지키는 개 신세가 되어 있으니, 쩝."

"다른 장수들은 변경으로 쫓겨날까 전전긍긍인데 자형은 참 배부른 소리를 다하시옵니다."

"이러고 마냥 기다릴 것이 아니라 유신 형님이나 아니면 용춘공한테 찾아가서 좀 보내달라고 간청을 드려볼까?"

잠깐 생각하던 흠순은 고개를 절레절레 저었다.

"아니지 아니야. 어떤 일이고 간에 청원을 한다는 건 장부가 할 처신이 아니지, 암."

예원이 웃었다.

용춘에게 또 다시 백제 땅에 숨어들어가 있는 첩자로부터 밀계가 전해졌다. 용춘은 글의 행간에 숨어있는 뜻까지 읽어내려 면밀히 살폈다.

적국 백제왕 부여장이 사택왕후와 태자 부여의자, 태자비 은고, 그리고 태자의 아들과 딸들, 대신들을 데리고 사비하 북쪽에 있는 포구에서 연회를 베풀었다. 포구의 양 언덕에는 기암괴석이 서 있고, 그 사이사이에는 진기한 화초가 피어있어 마치 잘 그려놓은 그림과 같았다.

백제왕이 술을 마시고는 몹시 즐거워하여 사람들에게 다 어주를 내린 뒤, 스스로 거문고를 타면서 노래를 부르자 신하들이 일어나 춤을 추었다. 백제왕은 궁궐로 돌아간 뒤에 그곳에 사는 백성들에게 조세와 부역을 면제하였다. 백성들이 왕의 은혜에 보답하고자 그 포구를 대왕포라고 이름을 지었다.

하루는 백제왕이 조회에서 장담하기를, '머잖아 유군을 비밀리에 보내어 신라의 독산성을 공격할 것이다.' 하였다.

"독산성이라면 왕성의 코앞이 아닌가?"

놀란 용춘은 침전에 들어서야 그 사실을 여제에게 아뢰었다. 여제는 근심어린 빛을 띠었다.

"어찌하면 좋겠소?"

"적국 백제의 군사들이 쳐들어오면, 그때를 기회 삼아 조정과 백성들이 폐하를 더욱 믿고 따르는 계기로 삼아야 하옵니다. 아무 진우 마시고 신이 아뢰는 대로만 하옵소서."

"어디 말씀해 보오. 내가 어찌하면 되는지."

　백제왕이 장군 울소에게 하명하여 갑주군 오백 인을 거느리고 신라의 독산성을 공격하게 하였다.

　백제군은 뿔뿔이 흩어져 행상차림으로 몰래 산길을 타고 신라에 숨어 들어와 왕성 서쪽 십여 리에 있는 옥문곡에 집결하였다. 해가 저물자 군사의 수를 점고하던 울소는 스스로 말의 안장을 풀어 벗기고 먼 길을 헤쳐 온 군사를 다 쉬게 하였다.

　왕성을 흐르는 남천 가까이, 흥륜사와 이웃하여 있는 영묘사의 본전 삼층 불당 앞에는 연못 옥문지가 있었는데. 한겨울임에도 불구하고 어디에서 나왔는지 알 수 없는 개구리가 수천마리나 모여서 사흘 밤낮을 울어대었다.

　영묘사 중들과 백성들이 그것을 괴이쩍게 여겨 조정에 알렸다. 대신들도 그 연유를 알지 못하여 여제에게 아뢰었다. 여제는 미리 알고 있었다는 듯 급히 하명하였다.

"지금 즉시 각간 알천공과 필탄공은 정병 이천 인을 뽑아 왕성 밖 서쪽에 있는 여근곡을 수색하오. 필시 적국의 군사가 몸을 숨기고 숨을 죽인 채 도사리고 있을 것이니 급습하여 그들을 다 무찌르도록 하오."

"신들이 분부 받잡겠사옵니다."

알천과 필탄 두 각간이 여왕의 명을 받들어 명랑법사를 군통으로 삼고는 각기 군사 일천 인씩 거느리고 서쪽 건천 가에서 백성에게 물으니, 과연 부산성 중턱에 못 미쳐 여근곡이 있다고 하였다.

알천은 군사들을 이끌고 왼쪽 비탈로 올라갔고, 필탄은 오른쪽으로 올라갔다. 발자국 소리를 죽여 한참 올라가서 보니, 백제군 수백 인이 숨어서 베옷을 갑옷으로 갈아입고 있었다. 때를 더 볼 것도 없이 알천이 소리쳤다.

"모조리 도륙하라!"

가만히 그들을 엿보고 있던 군사들이 일제히 몸을 일으켜 활을 쏘고 창검을 든 채 구르는 바윗돌과 같은 기세로 비탈을 내려가자 백제군이 혼비백산하였다. 알천의 군사들은 닫치는 대로 찌르고 베었다. 옷을 갈아입느라 미처 병장기를 손에 쥐어보지도 못한 백제군은 속수무책으로 쓰러져 갔다.

놀란 울소가 여남은 군사를 이끌고 오른쪽 산비탈을 오르려다가 문득 고개를 드니, 그곳에도 신라의 군사들이 활을 겨누고 있었다. 달아날 길은 오직 하나였다. 얼른 북쪽 산정으로 기어오르기 시작하였다.

필탄의 군사들이 그들을 뒤쫓았다. 하지만 울소의 졸개들만 다 활을 쏘아 잡았을 뿐, 그는 그만 놓치고 말았다. 날이 밝아 백제군사 중에서 산 자들은 줄줄이 묶어 왕성으로 끌고 돌아왔다.

"적국의 장수를 놓쳤다고?"

"황공하옵니다, 폐하."

여제는 또 명을 내렸다.

"여근곡에서 달아났다면 산길을 타고 들을 가로 질러 왕성으로 들어와 남산 어딘가에 숨어 있을 것이니 샅샅이 수색하여 찾으시오."

각간 알천과 필탄이 군사들을 이끌고 남산을 기슭에서부터 포위하여 올라갔다. 적장 울소는 오지암에서 멀지 않은 큰 바위 뒤에 숨어있었다. 투항을 권유하였으나 울소가 말을 듣지 않자 알천은 직접 활을 쏘아 죽였다.

신라 왕성 잠입에 실패한 백제왕은 다시 군사 일천이백 인을 보냈으나 그 또한 모조리 격파하여 산목숨이 하나도 없게 하였다.

여제는 백제군이 왕성의 교외까지 숨어들도록 방비를 허술하게 한 외관의 수장과 장수들에게 죄를 물어 다 해임시키고 새로 관원과 장수들을 뽑아 그 자리로 내보내었다.

흠순은 이번에야말로 변경으로 나갈 수 있다고 믿었지만 여제는
외관직 명단에 그를 넣지 않았다. 풀이 죽을 대로 죽은 흠순은 끊은
술을 다시 마실 수도 없고 해서 한숨만 푹푹 내쉬었다.

조정 신하들이 여제에게 물었다.

"적국의 군사들이 여근곡에 숨어 있을 줄을 어찌 짐작하셨사옵니
까?"

여제는 빙그레 웃으며 말하였다.

"영묘사 옥문지에서 개구리가 운 뜻은 개구리의 몸 빛깔은 갑옷
의 빛깔이요, 요란하게 우는 형상은 병사가 기세 높여 함성을 지르
는 모양이 아니오? 또 옥문이라 함은 여인의 음부를 뜻하오. 무릇
여인은 음양의 이치로 볼 때 음이고 서쪽을 뜻하므로 적국의 군사
가 왕성의 서쪽 옥문과도 같은 산세 속에 숨어 있을 줄로 짐작하였
소"

신하들이 탄복을 하자 여제는 덧붙였다.

"남근이 여자의 음부에 들어가면 반드시 죽는 법이니, 옥문곡으로
숨어든 적국의 군사들이 어찌 살 수 있었겠소?"

신하들은 하나같이 고개를 숙였다.

"폐하의 슬기로움에 신들은 그저 놀라울 따름이옵니다."

여제는 그들 사이에 서 있는 용춘을 바라보며 눈을 잠깐 내려 고
마움을 나타내었다. 신하들은 다 고개를 숙이고 있어 아무도 보지
못하였다. 용춘도 얼른 고개를 숙여 신하들과 자세를 똑같이 하였다.

"폐하, 영묘사에 양지라고 하는 고승이 나타나 백성들의 이목을 끌고 있다고 하옵니다."

"양지? 자세히 말해보오."

"그 대사가 짚고 다니는 석장 끝에 포대 하나를 걸어놓으면, 석장이 저절로 날아가 평소에 시주를 많이 하는 여염의 집에 이르러 흔들면서 소리를 낸다고 하옵니다. 그러면 그 집에서는 그 뜻을 헤아려 재에 쓸 비용을 넣는데, 포대가 차면 날아서 되돌아온다는 것이옵니다."

"폐하, 신도 그러한 말을 들었사옵니다. 양지대사의 신이함은 헤아리기 어려운 바가 있고, 또 대사가 여러 가지 기예와 법술에도 통달하여 그 오묘함이 다른 법승에 비할 데가 없다고 하옵니다."

"그토록 법력이 뛰어나다고 하니 내 직접 불러서 보아야야겠소어서 데리고 오오."

양지대사는 여제를 알현하였다. 궁중에 들어와서도 석장을 짚고 서 있었다. 신하들이 무엄하다며 호통을 치자 여제는 오히려 신하들을 말렸다. 그리고는 하문하였다.

"대사, 저자에 떠도는 소문이 다 사실이오?"

"어찌 이 석장이 절로 날아다니겠사옵니까? 소승이 여기저기 탁발을 하러 다니는 걸음이 빨라 그런 헛된 말이 떠도는 것이니 허무맹랑한 말들에 폐하께서는 현혹되지 마옵소서."

"백성들이 없는 말을 지어냈다는 말씀이오?"

양지대사는 대답은 하지 않고 되물었다.

"폐하, 소승을 보자고 하신 연유를 알고자 하옵니다."

"대답을 해보오. 대사에 관한 여러 애기들은 백성들이 괜히 떠드는 소리란 말이오?"

"꼭 그렇지만은 않사옵니다."

"불도에 아둔한 내가 알아듣기 쉽도록 똑바로 말씀해 보오."

"백제 군사들이 여근곡까지 잠입해 들어와 거의 다 몰살되었다고 들었사옵니다. 그에 앞서 여근곡 개구리들이 몰려나와 나라의 흥망을 울부짖었다는 것 또한 잘 알고 있사옵니다. 소승이 비록 아무 능력이 없사오나, 영묘사에 작은 불사를 일으켜 비명에 죽어간 백제 군사들의 넋을 위로하고자 하옵니다."

신하들이 그 말에 놀라 이마가 뜨거워졌다. 각간 알천과 필탄이 큰 소리를 낸 데 이어 신하들의 질타가 이어졌다.

"대사! 백제 군사들의 넋을 위로하고자 한다니, 성상폐하 앞에서 거 어인 망발이오!"

"폐하, 저 중이 아무래도 정신이 나간 듯하옵니다. 엄히 다스리옵소서."

"저 자 또한 적국 백제왕이 보낸 첩자임이 분명하니 속히 끌어내어 목을 쳐야 하옵니다."

여제는 낯빛 하나 변하지 않고 서 있는 양지대사를 바라보며 물었다.

“우리 군사들 중에서도 죽은 자가 없지 않은데 어찌하여 꼭 적의 군사들의 넋만 위로한다고 하오?”

“소승이 아뢴 것은 반드시 백제의 군사들만 위로하겠다는 말이 아니옵니다. 부처님 눈으로 보면 사람이든 짐승이든 천하의 모든 생명이 다 가여운 중생일 뿐이옵니다. 그러할진대 어찌 피아를 가리겠사옵니까.”

“적국의 군사의 넋을 위로하여 얻는 것이 무엇이오?”

“그들이 극락왕생하여 부처님 눈으로 보면 지난번 그와 같은 하세의 분란이 참으로 허망한 일이라는 것을 알 터이고, 그런 뒤에 내세에 태어날 때에는 죽고 죽이는 악한 마음을 타고 나지는 않을 것이옵니다. 장차 모든 중생이 그러한 자비심으로 다시 태어나기를 반복한다면 어찌 지상이 극락이 아니라 하겠사옵니까.”

여제는 그 말에 흡족하여 고개를 끄덕였다.

“대사의 말이 옳소. 우리가 백제 군사의 넋을 위로하였다고 하면 적국 백제왕도 깨닫는 바가 있을 것이니 그것이 바로 부처님의 가르침을 우리 신국 신라가 널리 펴 보이는 것이 아니겠소?”

“과연 지혜로우신 폐하이시옵니다.”

여제는 신하들에게 말하였다.

“대사에게 비단 오십 필과 황금 서른 근을 내리도록 하오. 그리고 경들도 사천으로 십시일반 보시를 하여 대사의 숭고한 뜻을 받들도록 하오.”

"황은이 망극하옵니다."

물러나온 양지대사는 영묘사로 갔다. 맨 먼저 낡아서 잘 보이지 않는 산문 입구의 현판글씨를 새로 써서 달고, 여러 중들과 벽돌을 다듬어 탑을 세우고 그 안에 삼천불상을 안치하였다. 그리고는 노래를 지어 시가에 퍼뜨렸다.

오라, 오라, 오라, 오라.
시름 많은 이들은 오라.
시름 많은 중생들은 다
이승 공덕 닦으러 오라.

성중 아이들이 부르고 다니는 풍요를 들은 백성들은 어인 일인가 하여 하나둘 영묘사로 몰려들었다. 삽시간에 그 수가 수천 인에 이르렀다. 양지대사는 법상에 올라 백성들에게 법문을 설파하였다.

"이제 내가 장륙삼존불상을 만들고자 하니, 그대들은 힘써 나를 도와 공덕을 쌓을지어다. 그대들이 부처님을 공경하는 일념을 가지고 불사를 도우면, 부처님 또한 그대들의 공덕을 잊지 않고 내세에는 모든 불보살의 인연을 만나게 할 것이니 이 어찌 기쁜 일이 아닐쏜가."

그날로부터 백성들이 스스로 마음을 내어 진흙을 날랐다. 영묘사 앞뜰이 큰 진흙 밭으로 변해버렸다. 양지대사는 밤낮없이 진흙을 주

물러 붙여 거대한 세 불상을 만들어 세웠다. 그리고는 스스로 그 앞에서 백일참선에 들어 자지도 않고 눕지도 않았다.

성민들이 더욱 그를 공경히 여겨 높이가 열여섯 길이나 되는 장육삼존상 앞에서 절을 하고 염불을 하였으며 보시를 하였다. 백일이 지난 뒤 양지대사는 보시로 들어온 재물을 모두 곡식으로 바꾸었다. 무려 이만 사천 석에 이르렀다.

"저것을 모두 빈한하게 사는 사람들에게 골고루 나누어 주라."

영묘사 불사를 끝낸 양지대사는 어디론가 홀연히 사라졌다. 사람들은 그를 부처의 화신으로 여겼다.

양지대사는 금광사에 들러 명랑법사, 밀본최사와 차를 마셨다. 양지대사가 농담을 하였다.

"들자니, 명랑법사의 법술도 예사롭지 않다 하니 밀본최사와 더불어 서로 겨루어 보는 것이 어떻겠소?"

"허허허. 법술을 겨루어 보라? 술이라면 차라리 주량이 나을 것을."

좌중은 웃었다. 밖에서 시자가 아뢰었다.

"법사님, 용춘공이 찾아오셨사옵니다."

문을 열어보니 용춘이 수레에 곡식과 가사와 발우를 싣고 와 있었다. 밀본최사가 반갑게 맞이하였다.

"천하의 대덕고승이 여기에 다 모여서 노닥거리고 계시니 중생제도는 언제 하시려 하옵니까?"

“양지대사가 말하였다.

“그 처사도 어지간하시군. 허허.”

그리고는 시험 삼아 물었다.

“우리 같은 사문에게는 오직 불법 한 가지가 있지만, 중생에게는 각자의 법이 있소. 그 법이 무엇인고 하니 제각각 세상을 살아가는 방법이오. 그래 처사의 법은 어떠하오?”

“어리석은 이 중생도 천하에 한 가지 법을 세우고자 하옵니다.”

“그러오? 대체 어떤 법이오?”

“사람들이 구태여 불법에 의지하지 않고도 잘 살아갈 수 있는 사람만의 인의의 법이옵니다.”

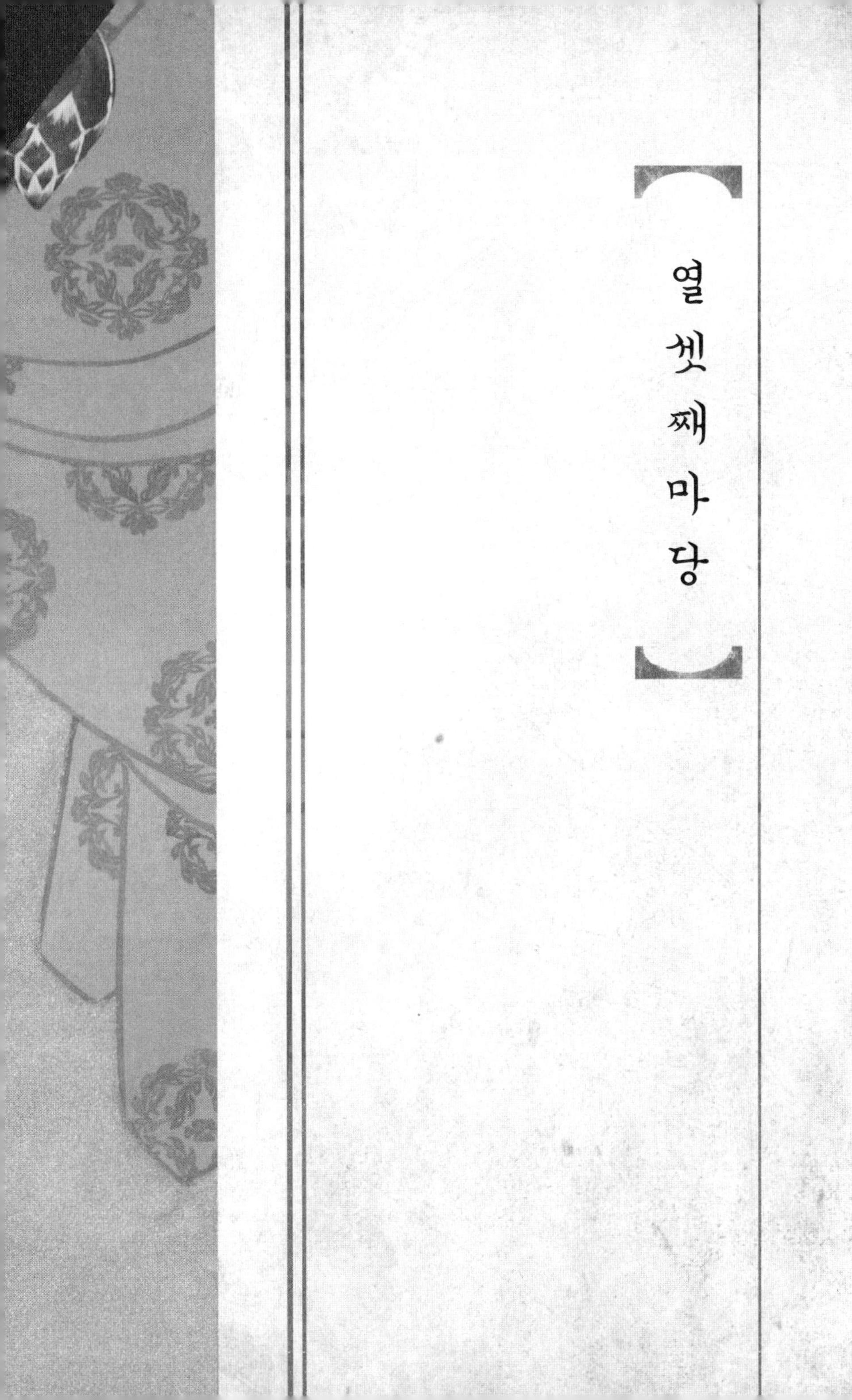

열셋째 마당

형사취수 兄死娶嫂

형이 죽어 아우가 형수에게 장가를 들다

　　장차 거사를 일으키려면 우선 자금부터 끌어 모아야 하였다. 파진 찬 비담과 아찬 염종은 상랑각을 차고 앉아 낭두가 되고자 하는 낭 도에게 사함례과 세함례을 받아 챙겨 큰 재물을 불리고 있었다. 입 망을 하여 낭두가 되고자 하는 낭도들은 두 사람의 착취에 혀를 내 둘렀지만 어느 누구 한 사람 불평을 드러낼 수 없었다.

　　낭도로 십여 년 있다가 낭두가 되지 못하면 그간의 세월이 헛일 이었다. 병부에 들어가 군졸이 되거나, 집으로 돌아가 농사를 짓거 나 해야 하였다. 입망을 하여 낭두에 들면, 망두가 되는데, 망두부터 는 그 자리에서 물러 나와도 하다못해 시골의 차촌주로 갈 수 있었 다. 그러하기에 낭도들은 무슨 수를 써서라도 입망에 들어 낭두가 되고자 하였다.

비담과 염종은 여제가 조만간 영묘사에 거둥한다는 첩보를 입수하였다. 염종은 별일 아니라고 여겼지만 비담의 생각은 달랐다.

"여제뿐만 아니라 용춘과 여러 대신들도 다 거둥을 따라 갈 것이 아닌가?"

"그건 그렇지. 그게 어쨌다는 말인가?"

"영묘사에 불을 질러 모조리 태워버릴 방도가 없을까?"

"불태워 죽이자고? 모조리? 그러면 황실에고 조정에고 남아나는 사람이 없지 않겠는가?"

"없으면 어떤가? 그런 뒤에 나라에서 가장 큰 어른이신 승만태후마마를 내세워 섭정케 한다면 조정은 우리 수중에 들어오게 되지 않겠는가?"

"다 갈아엎어버리고 새 판을 짜자?"

"바로 그걸세."

"그렇다면 누굴 사주한다?"

"찾아봐야지."

비담은 집사 승행을 시켜 영묘사에 불을 지를 사람을 물색하기 시작하였다. 왕성 밖에 살든 안에 살든 마땅한 사람만 데려오라고 하였다. 몇 사람이 다녀갔지만 비담은 마음에 들지 않아 그때마다 돌려보냈다.

염종이 좀 모자란 듯한 젊은이를 데리고 왔다. 봉두난발을 하고 연신 히죽거리는 것을 본 비담은 영 마땅찮아 고개를 돌려버렸다.

"그러지 말고 내 말을 좀 들어보게나."

"이 자는 왕성 밖 서쪽 모량으로 가는 길목에 있는 활리역 근처에 사는데, 하루는 왕성에 들어왔다가 여제의 행차를 보았다네. 그런데 제 딴에는 여제가 천상천녀처럼만 여겨져 단번에 마음이 사로잡혀 흠애하게 되었다는 걸세. 그 뒤로 식음을 전폐하고 여제만 생각하다가 꼴이 이렇게 되었다는군."

"그래서 이런 미친놈한테 그 막중한 일을 맡기자는 말인가?"

"미친놈이기에 일이 더 수월할 수도 있지 않겠나? 아무도 주목을 하지 않을 것이니 말일세."

비담은 일리가 있는 말이라 여기고는 지귀한테 물었다.

"네가 성상을 애모한다고?"

지귀는 방울눈을 뜬 채 고개만 끄덕였다.

"그러면 성상과 함께 죽을 수 있겠느냐?"

지귀는 손을 내밀어 흔들며 고개를 가로 저었다.

"죽어서 성상을 만날 수 있는데도?"

지귀는 귀가 번쩍 뜨였다.

"주, 죽어서?"

"두 사람이 같이 불에 타 죽으면 천상에서 만나서 영원히 함께 지낼 수 있느니라."

"정말?"

"화랑들이 왜 어린 나이임에도 불구하고 전쟁에 나아가서 서로 앞다투어 죽으려고 하는 줄 아느냐?”

“모르는데?”

“젊어서 죽으면 그 젊은 모습으로 천계에 들어가서 영원히 살고,
늙어서 죽으면 영원히 그 늙은 모습으로 천계에서 살게 되기 때문
이지. 너는 지금 그 젊은 모습으로 영원히 살고 싶냐, 아니면 나중
에 늙어 추한 모습으로 영원히 살고 싶으냐?”

“젊은 모습으로.”

“그러면 너도 젊어서 죽고 또 폐하도 가장 아름다울 때 죽는 것
이 옳지 않겠느냐? 폐하가 나중에 늙어 쭈글쭈글한 할미로 죽는다
면 네가 지금과 같이 애모를 하겠느냐?”

“아니.”

“그러니 너도 지금 그 젊은 모습으로 죽고, 폐하도 젊어서 죽어
천계에서 서로 만나 영원히 함께 사는 것이 가장 좋은 방법이니라.”

지귀는 알아들었다는 듯이 고개를 끄덕이다가 갑자기 갸우뚱하였
다. 그리고는 비담과 염종을 한 번씩 손가락으로 가리키면서 말하였
다.

“그러는 두 사람은 왜 아직도 안 죽고?”

“그, 그건 우리는 말일세. 허험. 우리는 자네와 같은 사람들에게
그러한 사실을 알려주려는 뜻을 세웠다네. 우리 신국 신라 사람들이
오늘 자네가 우리한테 듣고 안 것과 같이 그러한 비밀을 다 알게 된
다면 우리 두 사람은 늙은 모습으로 죽어도 여한이 없다네.”

"참 좋은 일 하네?"

"어떤가? 그렇게 하겠나?"

"하지. 하고말고."

"그러면 내가 시키는 말을 똑똑히 듣게."

"알았다."

비담은 지귀에게 면밀히 지시를 하였다. 지귀는 덩실덩실 춤을 추며 돌아갔다. 비담이 염종에게 말하였다.

"저놈이 일을 저지를 때까지 이 일이 새어나가지 않도록 잘 감시하도록 해야 할 걸세."

"암, 당연히 그래야지."

시가에 거지 중 혜공이 나타났다. 그는 늘 미치광이 행세를 하고 다녔는데, 삼태기를 등에 지고 노래하며 춤을 추며 떠돌기에 성민들은 부궤화상이라는 별호를 붙여주었다. 혜공화상은 가무를 하면서 영묘사로 들어갔다. 삼태기를 벗어 안에 든 새끼줄을 꺼내더니 금당을 크게 둘러 묶고는 의아한 표정으로 서 있는 강사 승에게 말하였다.

"이 새끼줄은 어떤 일이 있더라도 사흘 뒤에 풀거라."

"어인 까닭이옵니까?"

"네가 세세히 알 것은 없다. 허나, 반드시 사흘 뒤에 풀어야 하느니라."

강사 승은 볼멘 표정으로 절을 나서는 혜공화상을 바라보았다.

"별 미친……."

여제가 영묘사에서 불공을 드리기 위하여 가마를 탄 채 백관을 거느리고 대궁을 나섰다. 파진찬 비담과 아찬 염종도 끼어있었다. 귀정문 입구에서부터 백성들이 겹겹이 늘 지어 서 있었다. 여제의 행차가 모습을 드러내자 그들은 만세를 부르며 다 절을 하였다.

어질고 슬기롭기도 하거니와 용모와 자태가 아리땁기로 나라 안에서 으뜸이라는 소문이 나 있는 터라, 단 한 번만이라도 직접 보기를 원하는 백성들이 대궁에서 영묘사에 이르는 길을 가득 메우고 있었다.

여제의 거둥이 남천을 건널 무렵이었다. 봉두난발을 한 사내 하나가 길가에 나타났다. 가마를 호위하던 흑개대사 진춘이 얼른 칼을 빼어들고 나는 듯이 달려가 그 자의 목을 겨누었다.

"웬 놈이냐!"

"나 지귀야. 우리 여왕님 참 좋아해."

진춘은 한 눈에도 미친놈임을 알아보았다. 그 바람에 거둥이 멈추어 서자 여제가 어찌된 영문인지 물었다. 지귀에 대한 소문을 잘 알고 있던 사람들이 그 사정을 한 입씩 올렸다. 여제도 듣는 귀가 있는지라 지귀를 가긍히 여겨 거둥의 맨 뒤에서 따라도 좋다고 허락하였다. 백성들은 다시 한번 여제의 인자한 품덕을 칭송하였다.

거둥이 절에 이르렀다. 여제는 양지대사가 세운 삼천불상이 들어있는 전탑과 장육삼존상 앞에서 합장을 하였다. 그리고는 천천히 걸음을 옮겨 금당으로 향하였다. 염종이 비담에게 작은 목소리로 말하였다.

"금당에 웬 새끼줄을 감아 놓았지?"

"저건 필시 어떤 중이 금당에 무슨 일이 일어날 낌새를 느끼고는 법술을 걸어놓은 것일 걸세."

여제가 금당 앞에 이르자 비담이 나서서 길을 안내하던 강사 승에게 말하였다.

"저 새끼줄은 무엇인가? 폐하께서 납시니 다 풀어서 깨끗이 치워라."

"혜공화상이 쳐 놓으라고 하셨사옵니다."

"웬 헛소리인가? 폐하께서 납시는 줄 알았으면 미리 치웠어야지, 당장 치우지 못할까?"

강사 승은 잘되었다 싶어 새끼줄을 걷어내었다. 여제가 금당에 들어가기 전에 호성장군 유신의 지시로 흑개감 무관들이 먼저 들어가 내부를 점검하였다. 흑개대사 진춘이 나와서 아무 이상이 없다고 하자 유신은 여제에게 아뢰었다.

"폐하, 이제 들어가셔도 되옵니다."

여제는 법당에 들어가 부처님께 불공을 드렸다. 진춘을 비롯한 흑개감 무관들만 안에 들어가 호위를 하였고 백관들은 앞뜰에 서 있었다. 사자대 군사들은 사자대감 금강의 지휘 아래 영묘사 전체를 방호하고 있었다.

지귀는 불을 지를 기회만 엿보고 있었다. 하지만 여제만 들어가고 신하들은 그대로 뜰에 머물러 있자 어떻게 해야 할지 난감하였다. 잠시 후면 신하들도 들어가겠지 하고는 전탑 아래에 기대어 기다렸다.

지귀는 지루하였다. 적지 않은 시간이 흐르자 그 자리에서 깜박 잠이 들고 말았다. 신하들 사이에 있던 비담과 염종이 전탑 쪽을 돌아보고는 한심하다는 표정을 지었다. 여제가 불공을 마치고 나왔다. 돌아가는 길에 전탑 아래에서 잠이 들어 있는 지귀를 보았다. 여제는 그 모양을 측은히 여겨 손목에 끼고 있던 황금팔찌를 하나 빼내어 몸소 그의 가슴에 가만히 얹고 지나갔다.

한참 뒤에 잠이 깬 지귀는 가슴에 놓인 금팔찌를 보았다.

"웬 거지? 누가 흘리고 갔나보다."

금당 쪽을 바라보았다. 사람들이 아무도 없었다. 지귀는 웃었다.

"이제 금당에 다 들어갔나 보다."

얼른 일어나 금당 뒤로 돌아갔다. 그리고는 불을 질렀다. 처음에는 연기가 한 줄기 피어오르는 것 같더니 삽시간에 불길이 크게 일어 금당 뒷벽을 타고 오르기 시작하였다. 절 안에 있던 사람들이 모여들었다.

"저거 불 난 거 아니야?"

"불이야, 불!"

"금당에 불이 났다!"

허둥대는 사람들과는 달리 지귀는 금당을 바라보며 서서 환한 웃음을 지었다. 거세게 타오르는 불길이 그의 두 눈동자 속에서 이글거렸다. 사람들은 옥문지의 못물을 떠다가 불을 끈다 하며 부산을 떨었다. 하지만 불길이 워낙 뜨거워 가까이 가지도 못하였다.

지귀의 가슴이 불길처럼 타올랐다. 그러더니 온몸이 타오르는 듯 뜨거워졌다. 지귀는 넋을 잃은 얼굴을 하고 천천히 불길 속으로 걸어 들어갔다. 사람들이 말릴 새도 없었다. 지귀가 불타는 금당 속으로 들어가자 불길은 한 차례 더 크게 일었다. 그뿐이었다.

"어어?"

"지귀가, 지귀가?"

지귀가 왜 영묘사 금당의 불길 속으로 들어갔는가 하는 것에 대한 소문이 나돌았다.

"지귀가 불을 지른 것은 아닐까?"

"어인 까닭으로?"

"성상폐하와 함께 죽자고 말이야."

"설마?"

"이승에서는 인연을 맺을 수 없으니 저승에서라도 맺고 싶은 마음에 함께 죽을 작정을 한 게 맞을 거야."

영묘사 금당이 불에 타 재가 되고 또 지귀가 그 속으로 들어가 죽은 뒤로 왕성에는 불이 자주 났다. 성민들은 그 까닭을 지귀에서 찾았다.

"아마도 지귀가 불귀신이 되어 떠돌아다니며 불을 내고 있을 거야."

"폐하와 함께 죽고 싶었는데 혼자 죽고 말아 한을 품은 게지."

"그러면 대궁에 불이 나야지 왜 우리 같은 사람들이 사는 시가에 불이 나는 거지?"

"글쎄? 그도 그러할세."

하루가 멀다 하고 왕성 곳곳에서 불이 나자 성민들이 여간 불안해하는 것이 아니었다. 여제는 용춘에게 왕성에서 끊임없이 일어나는 화재를 해결할 방도를 물었다. 용춘도 뾰족한 수가 없었다. 급기야 한 가지 방도를 생각해 내었다. 흉흉하게 들뜬 민심을 가라앉히기 위해서였다.

여제는 주문과도 같은 시를 지어 내렸다.

"성민들이 사는 집 대문마다 빠짐없이 붙이게 하라."

지귀는 마음에서 불길이 일어
제 몸을 태우고 화귀가 되었네.
이제 청해 밖 멀리 흘러가느니
아무도 보지 말고 친하지 말아라.

용춘은 유신을 불러 물었다.

"장군은 성중에 불이 자주 일어나는 연유가 무엇이라고 생각하는

가?"

"여느 해에도 이맘때면 황성 여염에 불이 빈번하였사옵니다. 그런데 올해에는 지귀의 이야기가 더하여져서 불이 자주 나는 것처럼 느껴지는 것이오니 그리 심려하실 일이 아니옵니다."

"그런가? 자네 말을 듣고 보니 그렇군. 이제 나도 늙었나보이. 식견이 많이 무뎌졌어."

"그렇지 않사옵니다."

얼마 지나지 않아 화재가 가라앉자 백성들은 그게 다 여제의 덕이라며 더욱 더 많은 입으로 칭송하였다.

비담과 염종은 영묘사에서의 거사가 실패로 돌아가자 아쉬움을 금치 못하였다. 신하들과 같이 금당에 들 것이라고 예상한 것이 잘못이었다. 두 사람은 앞으로 좋은 기회가 또 없지는 않을 것이라며 스스로를 달래었다.

여제가 용춘과의 사이에 또 자식이 생기지 않자 신하들의 눈치를 보기 시작하였다. 그 기미를 알아챈 용춘이 물러날 것을 아뢰었다. 여왕은 허락하고 호명궁으로 돌아가게 하였다. 신하들의 주청으로 각간을 지낸 흠반과 을제가 사신이 되어 여왕을 모시게 되었다. 용춘은 바짝 긴장하였다. 용춘은 비밀리에 대전궁녀를 불렀다.

"폐하께서 지금도 환약은 잘 드시고 계신가?"

"그러하옵니다. 한 번도 거르신 적이 없사옵니다."

"반드시 복약을 계속 하시도록 자네가 잘 받들어 모시게."

용춘은 대전궁녀에게 재물을 주어 돌려보냈다. 그 누구의 자식이든 여제가 임신을 해서는 안 될 일이었다. 그렇게 된다면 만사가 헛일로 돌아갈 것이었다. 용춘은 자신이 기다리는 때가 언제나 오려나 하여 점차 초조해지고 있었다.

용수가 병석에 누운 지 한 달 만에 세상을 뜨고 말았다. 소식을 들은 용춘은 호명궁에서부터 슬피 울며 길에서 까무러쳤다가 일어나기를 거듭하며 천명궁까지 걸어갔다. 궁사지 온군해가 용수의 유언이 적힌 비단보를 전하였다. 용수는 어찌할 바를 몰랐다.

천명공주와 혼인을 하라는 말이었다. 그리하여 춘추를 양자로 삼아 잘 길러 달라는 말도 씌어 있었다. 잘 길러 달라는 말, 그것은 다름 아닌 지존의 지위에 올려달라는 말과 다름없었다. 눈시울이 잔뜩 붉게 달아오른 용춘이 용수의 시신 앞에서 말하였다.

"이 아우가 형님 뜻을 따르겠사오니, 부디 천상천계에 오르시어 춘추의 앞날을 돌보시옵소서."

시중재회 市中再會

여제가 예원을 총애하는 까닭은 그가 어떤 자리에 있어도 사리사욕이 없고 치우침 없이 균등하다는 것이었다. 또 예전에 미실궁주가 양자로 들였을 때 몇 차례 보아 사내아이가 계집아이처럼 무척 가날프고 측은하다는 첫인상이 지워지지 않은 까닭이기도 하였다.

여제는 예원을 좀 더 가까이 두고자 내성사신으로 삼았다. 예원이 조원전에 들러 사은을 하고 내성으로 돌아오자 풍월주 선품이 와 있었다. 그는 예원에게 말하였다.

"제가 이제 국선의 자리를 부제 양도랑에게 물려주고자 하옵니다. 허락하여 주옵소서."

"그렇게 하게. 한데 양도랑이 워낙 다른 이들보다 앞서는 생각을 하는 사람이라 그것이 못내 걱정되는군."

“모르긴 해도 제가 할 수 없었던 선문과 낭문의 여러 폐단을 바르게 고쳐 안팎으로 중망을 얻을 것이옵니다.”

“중망을 얻을지 원성을 살지는 두고 봐야 알겠지. 그건 그렇고, 자네는 이제 어찌할 생각인가? 하릴없이 상선각에나 들락거리기보다는 조정에 들어와서 내 일을 좀 도와주어야 하지 않겠는가?”

“공의 뜻을 따르겠사옵니다.”

예원은 여제에게 아뢰어 양도에게 풍월주를 물려준 선품을 내성으로 불러 자신의 아랫자리에 두었다.

양도가 풍월주에 오르자 그전까지는 낭정에서 한 번도 볼 수 없던 뜻밖의 일이 벌어졌다. 부제 자리를 놓고 문충, 선제, 천진, 하장과 같은 화랑들이 서로 패를 지어 반목하며 다툰 것이었다.

양도는 여러 날 동안 고민을 한 끝에 상선각의 허락을 얻어 군관을 발탁하여 부제로 삼았다. 그간 부제 자리를 탐내느라 서로 질시하며 힘겨루기를 하던 화랑들은 하루아침에 맥이 빠져버렸다.

“군관랑이 어디 부제에 오를 서열인가?”

“이거야 원. 이렇게까지 우리 선문에 위아래가 없어서야 되겠는가?”

“주군께서 군관랑을 부제로 삼은 데에는 다 그럴 만한 연유가 있지.”

“그게 도대체 뭔가?”

“앞서 주군이 이미 시집간 군관랑의 손윗누이와 사통을 했는데,

그 사실을 안 군관랑이 나서서 제 누이를 주군의 첩이 되도록 하였다는군. 그래서 이번에 주군이 군관랑에게 보은을 한 것일세."

"어이가 없군. 그렇다면 남의 부인을 첩으로 삼고, 그걸 중매한 자에게 부제 자리를 상으로 내렸다는 말이 아닌가?"

"에잇, 그런 줄도 모르고 있었다니. 집안에 누이가 없는 사람은 처라도 바쳐야 하겠군."

양도가 군관을 부제로 삼은 일로 화랑들이 말이 많은 때에 그보다 더한 일로 선문 전체가 떠들썩하였다. 풍월주가 된 양도가 별렀다는 듯이 낭도의 입망법 중에서 사함례와 세함례를 없애버린 것이었다. 상선각과 상랑각에서도 양도의 처사를 못마땅하게 여겨 말들이 많았다.

하지만 낭도들은 크게 반겼다. 낭두가 되는 것이 고소원인 그들은 더 이상 자신들의 처를 상선각과 상랑각에 들여보내어 낮에는 탕비 노릇을 시키지 않아도 되었고, 밤에는 그들의 이부자리 밑으로 불려 들어가는 것을 걱정하지 않아도 되었다.

망두 상목은 입맛을 쩍 다셨다.

"진작 좀 그렇게 할 것이지."

아내 사리수가 지아비의 심기를 달랬다.

"이제라도 사함례와 세함례를 없앴으니 얼마나 다행한 일이옵니까? 우리 아들은 나중에 자라서 낭도가 되어도 제 처를 바치지 않아도 되니 말이옵니다."

"입망법 가운데 가장 큰 악습을 없앴으니 봉화제도 손을 보려나?"

"새 주군께서 단단히 작정하신 일 같은데, 어찌 입망법만 고치시고 봉화제는 그대로 두시겠사옵니까?"

"또 모르지. 그건 상선이나 상랑에 관한 게 아니고, 화랑들만 있는 낭정의 일이니."

"봉화제가 폐지가 되어야 득오 형의 딸 온별이가 집으로 돌아갈 수 있을 텐데."

"그렇군. 득오 형의 딸이 봉화로 가 있지. 에잇, 빌어먹을 나라 같으니. 골품, 골품, 골품! 그까짓 거 다 뭐라고. 우리 같은 사람들은 다 뼛속까지 금가루가 발린 자들의 노리개일 뿐이야."

백성들의 해묵은 불만을 잘 아는 양도는 봉화제까지 혁파하였다. 낭도로서 입망을 하여 낭두가 된 사람들의 딸은 예외 없이 다 선화문에 들어갔는데 그들을 일컫기를 봉화라고 하였다.

그녀들은 화랑의 눈에 들어 색공을 하기 전까지는 선화문을 나와 시집을 갈 수 없었다. 그러한 까닭에 앞다투어 화랑들에게 갖은 추파를 던지고 아양을 떨며 청례를 하였다. 그리하여 화랑에게 색공을 한 봉화는 그때부터 봉로화라고 불렸고, 봉로화 중에서 아들을 낳은 자는 봉옥화라고 하였다. 봉로화와 봉옥화를 아울러 부르기를 옥로라고 하였는데, 옥로가 되면 선화문을 나와서 반드시 새로 낭두에 오른 자들에게 시집을 가야 하였다.

그것이 봉화제였다. 만약 봉화가 되어 모든 화랑으로부터 외면당하여 색공을 하지 못한 낭도의 딸들은 계속 선화문에 남아 총애를 받기만을 기다려야 하는데, 하 세월을 보내다가 속절없이 늙으면 그때는 선화문에서 내쳐져 도원의 예졸들 차지가 되었다. 선연관의 유화보다도 못한 신세가 되고 마는 것이었다.

풍월주 양도는 그녀들을 가련하게 여겨 봉화제를 뿌리째 뽑아 없애버렸다. 봉화들을 다 집으로 돌려보낸 뒤, 선화문을 철거하자 화랑들의 불만은 이만저만 아니었다. 상선이나 상랑들도 힘이 되어주지 못하였다. 양도가 여제에게 알현을 청하여 입망법과 봉화제의 폐습을 혁파하고 철폐한 사실을 아뢰어 크게 칭찬을 받았기 때문이었다.

이제 마지막으로 남은 것이 도원 선연관이었다. 화랑들이 지레짐작을 하여 선연관만은 그대로 두어야 한다고 입을 모았다. 양도는 서슬 퍼런 눈빛으로 그들을 꾸짖었다.

"그대들의 누이가, 혹은 딸이 유화로 들어가야 한다면 그대들은 어떤 생각을 하고 어떤 말을 할 것인가, 말해보라!"

화랑들은 다 입을 열지 못하였다.

"나라의 근본은 백성이다. 그러니 그 백성이 앓고 있는 병통을 없애는 것이 바로 우리와 같은 사람들이 해야 할 일이 아닌가? 그대들의 무분별한 색습이 값어치가 있는 일인가, 아니면 백성의 고통을 덜어주는 것이 값어치가 있는 일인가!"

화랑들은 염장에게 우르르 몰려갔다. 풍월주 양도가 독단으로 선연관까지 철폐하려고 한다고 하자 염장이 양도를 불러 타일렀다.

"사람을 다스리는 것은 물을 다스리는 것과 같아서 순리대로 하는 것이 좋다네. 너무 서두르면 물이 새고 마네."

"샐 물은 새야 하옵니다. 그래야 새 물이 들어와 맑아지옵니다."

염장은 어떤 말을 한다고 해도 양도를 말릴 수 없음을 알고 더는 입을 열지 않았다. 상선각에서 나온 양도는 그 즉시 부제 군관에게 하령하였다.

"내일 아침에 선연관에 들어있는 유화들을 한 사람도 빠짐없이 집으로 돌려보내고, 선연관은 궂은 날에 그 안에 들어가 비나 눈을 맞지 않고 여러 가지 무도 수련을 할 수 있도록 고쳐 짓게."

화주로부터 그 얘기를 전해들은 선주는 유화들에게 알렸다. 유화들은 하나같이 믿기지 않는다는 표정이었다.

"조위님, 내일 아침에 그냥 집으로 가면 된다는 말씀이옵니까?"

"가지고 갈 것이 있으면 오늘밤에 다 싸 두거라."

"참말로 선연관이 없어지는 것이옵니까? 주군이 바뀌면 다시 생겨서 우리에게 오라고 하지는 않겠사옵니까?"

"성상께서 윤허하신 일이다. 이 도원에 선연관이 다시 생겨서 너희와 같은 어린 계집아이들이 밤마다 눈물을 흘리는 일은 다시없을 것이다."

선주는 밤하늘을 보며 선연관 복숭아 숲을 거닐었다. 어린 군승이 뛰어놀던 곳이었고, 외롭고 집이 그리운 유화들이 술래잡기를 하며 북받치는 슬픔을 달래던 곳이었다. 좌우에서 따르던 세아와 이구미, 그리고 세홍과 이엄이 한마디씩 하였다.

"언니, 그동안 참 고마웠어요."

"그래요. 조위님이 아니었다면 이곳에서 견디지 못하고 죽어버렸을 거예요."

"나도 너희 둘이 있어서 즐거웠던 때가 없지 않았구나."

"조위님과 헤어진다고 생각하니……."

"나가서 다시 조위님을 뵐 수 있을까요?"

"우리 모두 다시 만날 인연이 없기야 하겠느냐."

이튿날 아침, 선주는 유화를 하나하나 안아주며 선연관에서 내보냈다. 눈물을 흘리지 않는 유화가 없었다. 세홍과 이엄과 이구미를 돌려보내고 나니 마지막으로 세아가 남았다. 하도 울어서 퉁퉁 부은 얼굴이었다.

"언니, 갈 데가 없으면 저랑 같이 우리 집으로 가요."

선주는 웃었다.

"갈 데가 왜 없겠느냐. 어서 나가거라. 잠시라도 더 있을 곳이 아니지 않느냐."

세아는 절을 하고 나갔다. 작은 보따리를 품에 안은 선주는 선연관을 둘러보았다. 혹시 누군가 빠뜨리고 간 게 없나 해서였다. 한 바퀴 둘러본 선주는 도원을 나왔다. 세아에게 말했던 것과는 달리 갈 곳이 없었다.

신궁으로 돌아갈 면목이 없었다. 신궁봉사가 되려면 사내와 색을 통해도 오직 한 사람이어야 하였다. 이름도 얼굴도 기억나지 않는 수많은 사내와 색사를 벌인 몸이었다. 그런 몸으로는 신궁봉사가 될 수 없었다.

선주는 먼 도당산을 바라보았다. 어머니가 그리웠다. 소영도 보고 싶었고 다른 천녀들도 눈에 아른거렸다. 누가 당기기라도 하는 듯 자꾸 그쪽으로 발걸음이 내디뎌졌다. 선주는 문득 자신이 어디를 향해 걷고 있는가를 깨닫고는 얼른 몸을 돌려 반대편으로 걸었다.

남천 물가에 쪼그려 앉았다. 물속을 들여다보니 마흔에 이른 한 여인이 물끄러미 자신을 바라보고 있었다.

"뭘 하느냐? 어서 채비를 하지 않고."

군승은 양부의 말에 아무런 대답 없이 유신의 방 앞으로 갔다. 그리고는 유신이 나와 신을 신는 것을 도와주었다.

해질녘이면 유신은 어김없이 동시에 나가 산책을 하였다. 천차의 사람과 만별의 백성이 다 모이는, 그리고 천하의 이야기가 다 흘러드는 왕성에서 가장 큰 장터였다. 유신은 그들과 섞여 세상 이야기를 듣는 것을 일과이자 작은 기쁨으로 여기고 있었다.

"자, 가자."

군승이 제법 의젓하게 자라 양부는 더 이상 데리고 다니지 않아도 되었다. 유신이 복잡하기 짝이 없는 동시의 길을 걸음이 가는 데로 느긋하게 흩걷다가 남루할 대로 남루하고 초라하기 그지없는 모습으로 한 곳에 쪼그리고 앉아 동냥을 하고 있는 여인을 보았다.

떡장수가 그 앞을 지나가다가 떡 한 조각을 던져주었다. 동냥녀는 흙 묻은 떡을 재빨리 주워 허겁지겁 먹다가 목이 막혀 컥컥거렸다. 유신은 허리에 차고 있던 표주박을 끌러 군승에게 주었다. 군승은 근처 주점에 들어가 물을 떠 가지고 나왔다. 여인 앞에 앉아 표주박을 내밀었다. 동냥녀는 얼른 받아 마셨다.

비로소 긴 한숨을 내쉰 동냥녀는 표주박을 주며 고마워하였다. 군승은 그녀의 얼굴을 바라보았다. 동냥녀 또한 군승과 눈이 마주쳤다. 그 순간, 두 사람의 낯빛은 얼어붙은 듯하였다. 오직 눈빛만 살아 움직였다. 동냥녀가 입술을 떨며 나지막이 말하였다.

"구, 군승아? 너 군승이 맞느냐?"

"어, 어머니? 이, 이게 대체 어찌된 일이옵니까?"

"군승이 맞구나! 군승이, 우리 아들 군승아!"

군승은 목젖이 타올라 잠시 하늘을 우러렀다. 그리고는 고개를 떨구어 동냥녀를 바라보면서 목소리를 높였다.

"어머니께서 이 지경이 되어 계셨다니, 어머니, 우리 어머니께서!"

사람들이 웬일인가 하여 주위로 몰려들었다. 군승은 흐느끼며 동냥녀를 꼭 껴안았다. 동냥녀도 군승의 등을 끌어안고 놓지 않았다. 유신은 가만히 다가가 군승의 가슴에 얼굴을 파묻고 있는 동냥녀의 턱을 들어 얼굴을 들여다보았다. 이내 떠오르는 이름이 있었다.

'금지……'

꿈에도 그리던 바로 그 이름의 얼굴이었다. 하나로 붙어있는 두 모자의 행색을 만져보고 더듬어본 유신의 눈에도 눈물이 고였다. 이윽고 유신은 군승의 등을 두드렸다.

"어서 모시고 가자꾸나. 그만 일어나거라."

금지를 데리고 오자 영모의 질투가 대단하였다. 유신은 고민하던 끝에 이웃한 집을 사들여서 담을 텄다. 그렇게 하니 한 집 아닌 한 집이 되는 것이었다.

새로 사들인 집을 고치고 우물을 파고 온갖 화초를 심어 정원을 꾸몄다. 집을 다 손 본 뒤, 재매정이라는 당호를 지어주고는 금지와 군승을 기거하게 하였다. 또한 사내종 고달과 계집종 동화를 시켜 집안일을 돌보게 하였다.

유신은 양부만 데리고 신궁으로 갔다. 신궁봉사에게 금지의 소식을 전하였다. 머리가 다 센 천관은 유신의 손을 잡고 목 놓아 울었다. 그러고 난 뒤에 유신에게 지난날 금지가 왜 사라지게 되었는지 그간 감추어 왔던 입을 열었다. 이야기를 듣고 난 유신은 모주 만명부인을 대신하여 사죄를 하였다.

"내가 이제는 죽어도 여한이 없소."

"정부인으로 삼을 수 없어 민망하기만 하외다."

"아니오, 아니오. 그렇게라도 거두어준 것만 해도 고맙소 내 머잖아 저승길에 들어서도 유신공의 은혜를 잊지 않을 것이오."

"은혜라니 당치 않소 오히려 부끄럽고 안타깝기만 할 뿐이오."

유신이 돌아가고 나자 천관은 소영을 불러 보궤 하나를 내밀었다.

"내 평생 모은 재물이다. 유신공이 모르게 금지에게 갖다 주거라. 장차 큰일을 할 사람 곁에 있으려면 재물이 없어서는 안 될 것이니. 그리고 다녀와서는 네가 내 뒤를 이을 채비를 하거라."

재매정에 든 소영은 금지에게 보궤를 전해주면서 말하였다.

"아가씨, 천관님께서 제게 자리를 물려주시겠다고 하옵니다. 어찌 하면 좋겠사옵니까?"

"잘된 일이다. 이제 신궁에서 그 자리를 이을 사람은 너밖에 없으니 어머니 뜻을 따르거라."

"아가씨께서 물려받으시는 것이……"

"아니다. 나는 그럴 자격이 없는 사람이 된 지 오래이다. 그 얘기는 더 하지 않기로 하자꾸나."

소영이 비단에 싸서 고이 챙겨온 신금장군을 내놓았다. 금지는 흙 꼭두를 물끄러미 바라보다가 입을 열었다.

"이제 돌아가면 천관이 될 기도와 수련에 들어갈 것이니, 단랑님을 만나 뵙고 가거라."

"아니옵니다. 그냥 돌아가겠사옵니다."

"천관이 되면 아무리 지아비가 있다고 하더라도 더는 방사를 할 수 없으니 오늘밤이 마지막이 될지도 모르는 일이다. 내말대로 하거라."

금지는 동화를 안집으로 보내 유신에게 전갈을 하였다. 유신은 두 여인이 애틋하게만 여겨졌다. 늦은 밤에 재매정으로 와 금지가 금침을 마련해 준 방에 들어가 소영과 함께 잠자리에 들었다.

다음날, 유신이 소영을 말에 태워 신궁까지 데려다 주러 가는데 어디선가 누런 꽃이 하늘 가득 날려 오더니 비처럼 내리는 것이었다. 유신의 뒤에 앉은 소영이 그 광경을 바라보고는 말하였다.

"단랑님. 비록 꽃 같은 시절은 다 흘러 보내신 금지 아가씨와 이제 와서 재회를 하긴 하셨지만 그나마 참 다행이옵니다."

유신은 아무 말도 하지 않았다. 소영이 또 입을 열었다.

"단랑님은 그렇게 생각하지 않으시옵니까? 영영 못 만나는 것에 비하면 말씀이옵니다."

유신은 마지못해 안타까운 심정을 드러내었다.

"한 사람이 그렇게 오니, 또 한 사람이 이렇게 가는구나."

소영은 유신의 허리를 꼭 껴안았다. 그리고는 속으로만 애원하였다.

'저도 언제까지나 잊지 말아 주시어요.'

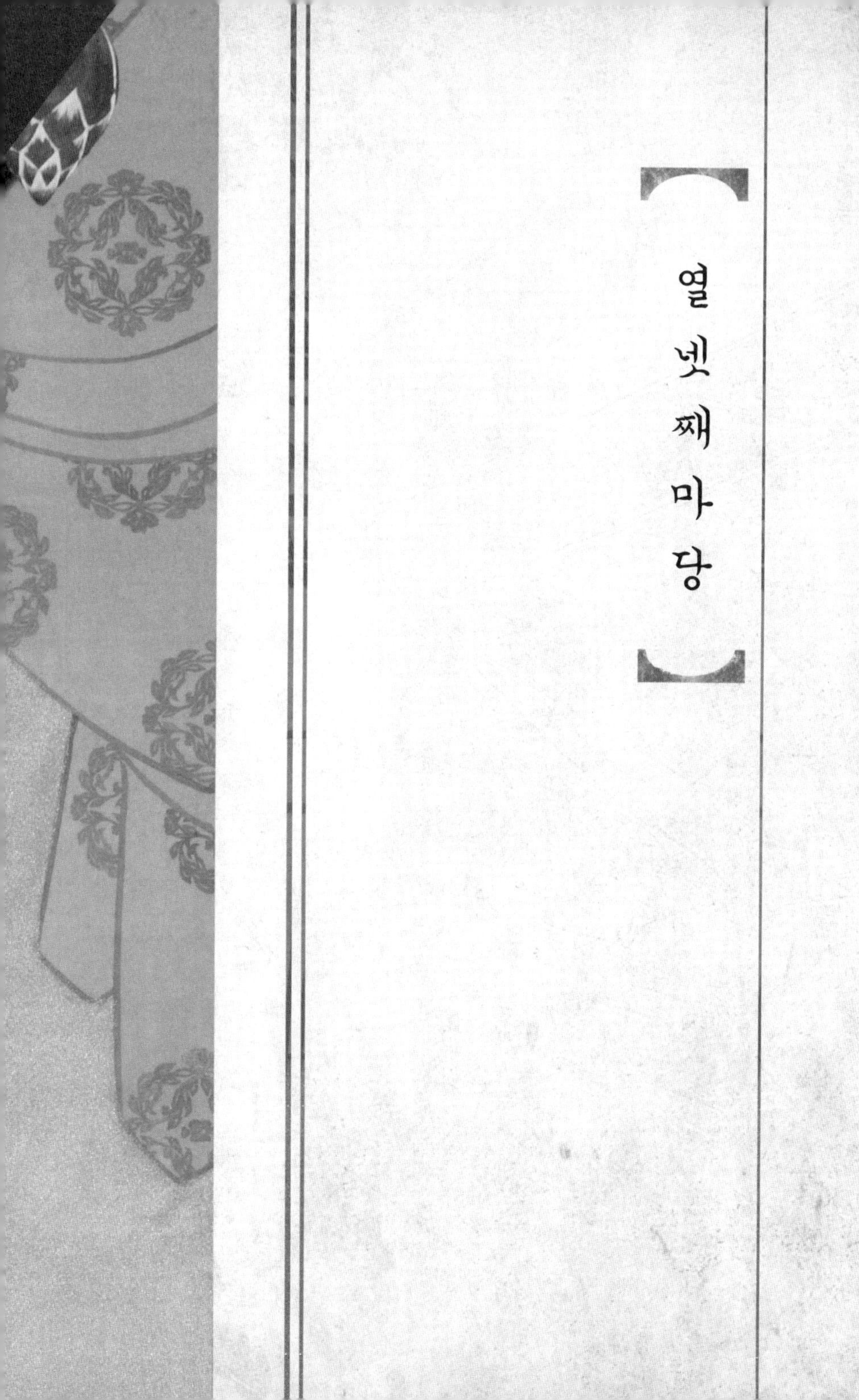

열
넷
째
마
당

입망법과 봉화제를 개혁하고 선연관까지 철폐를 한 풍월주 양도의 눈길은 낭도의 제도로 옮겨갔다. 동도, 평도, 대도의 세 등급으로 나눈 낭도는 그대로 두었지만, 낭두의 제도는 크게 고쳤다. 원래 망두, 낭두, 대낭두, 낭두별장, 상두, 도두, 노두의 일곱 낭계만 있던 것을 망두, 낭두, 낭두별장, 대낭두, 대낭두별장, 상두, 상두별장, 대두, 대두별장, 도두, 도두별장, 대도두, 대노두의 열세 등급으로 나누었다. 이에 따라 낭두들은 벼슬길이 넓어졌고 지위 또한 더 높아질 수 있었다.

선문의 낭정을 새롭게 많이 개혁한 양도는 부제 군관에게 풍월주를 물려주었다. 그리고는 천광을 부제로 삼게 하였다. 천광은 양도의 처남이었다. 군관의 힘으로 그의 누이를 첩으로 들인 데 대하여 정부인 천운에게 미안함을 가지고 있었는데, 천광이 부제가 되게 함으로써 아내에게 조금이나마 낯이 서게 되었다.

낭두는 여전히 가야파가 장악하고 있었다. 유신이 용화향도를 춘추에게 물려준 이래 그들의 위세는 풍월주가 여러 번 바뀌는 동안에도 변하지 않았다. 더욱이 유신이 호성장군 벼슬에 올라 있고 춘추가 어쩌면 여왕의 뒤를 이어 보위에 오를지도 모른다는 말들이 여전히 식지 않고 있는 까닭이기도 하였다.

전 풍월주 양도가 선문과 낭문을 둘러싼 여인들에 대한 개혁과 낭두제도를 새롭게 한 데 비하여 천광은 낭두들 사이에 파가 갈리어 보이지 않게 힘겨루기를 하는 실상을 간파하고 크게 뜯어고치고자 하였다.

낭두들 중에서 가야정통파의 우두머리인 찰인은 나이가 예순이 넘었는데도 아직 대노두로 있었다. 처첩과 자식이 일백 인을 헤아렸으며, 낭문을 드나들며 언행 하는 것이 꼭 상선과 다를 바 없었다.

그의 아들 찰두와 찰석이 다 도두가 되었는데 그들도 각각 첩을 수십 인이나 두었다. 그리하여 낭두들이 찰인의 집안에서 많이 배출되었다. 그뿐만 아니라 찰인은 다른 파의 사람들도 끌어들여 사위로 삼고는 낭두에 많이 올렸다. 그 대표적인 사람이 대원신통파인 대도두 당보였다. 또 막내아들 찰의를 상선 양도의 곁에 두어 총애를 받게 하는 것에 이르기까지 그의 권세는 낭문에서 따라갈 자가 아무도 없었다.

찰인이 낭문에서 그런 세도를 누리게 된 데에는 그의 아내 옥두리의 힘이 컸다. 그녀는 용모가 절색으로 역대의 상선에게 두루 색공을 하며 미도를 부린 까닭에 찰인이 낭두들의 우두머리의 지위까지 오를 수 있었던 것이다.

"찰인, 이 자의 전횡만 없앤다면 낭문이 비로소 제대로 된 모습을 갖추겠군."

천광은 고민 끝에 각 낭두 벼슬에 나이 제한을 둔다는 선령을 공포하였다. 대노두는 예순 살까지로 한정하고, 대도두는 쉰다섯, 도두는 쉰, 대두와 상두는 마흔다섯, 낭두와 대낭두는 마흔 살까지로 한정하였다. 별장은 각각 그 지위에 따르게 하였다.

그리고는 낭적에 올라 있는 낭도와 낭두들의 나이를 하나하나 살펴 각 벼슬에 한정한 나이를 넘긴 낭두들은 일거에 파면하기로 하였다. 아무리 떵떵거리는 권세를 누리고 있다고는 하지만 찰인도 예외가 되지는 못하였다.

천광은 맨 먼저 찰인을 파면시킨 뒤, 진골정통의 옛 우두머리 만덕을 대도두로 삼고 찰인의 사위로 대원신통인 당보를 대노두로 삼아 가야파와 힘의 균형을 맞추어 놓았다. 이른바 균등이었다.

찰인을 비롯한 가야파가 크게 놀라고 신상이 불안하여 상선 양도에게 가서 대책을 마련해 줄 것을 호소하였다. 양도는 찰인을 꾸짖었다.

"자네가 그간 낭문에서 한 일을 되돌아보게. 그리고 국선과 부제가 지금 하고 있는 일도 헤아려 보게. 해결책은 바로 거기에 있네.”

찰인은 깨달은 바가 있어 자신의 여러 딸들 가운데 가장 미색이 뛰어나고 성품이 바른 딸을 골라 천광에게 데리고 가 바쳤다. 천광이 물었다.

“나를 원망하고 있는 줄 알았는데 이 어인 까닭인가?”

“이번 처사에 전혀 사심이 없으시고 오직 균등하시고자 한 높은 뜻을 알았기에 감히 원망하는 생각은 없사옵니다.”

“그렇다면 다행이로군. 자네는 물러나서도 낭두들의 어른이니, 부디 처신을 잘하여 늦게나마 뒷사람들의 귀감이 되도록 하게.”

홀로 물러나온 찰인은 집으로 돌아가서 식솔들을 다 불러놓고 말하였다.

“지금 선문의 주군은 참으로 드문 분이시다. 우리가 비록 잃은 것이 많다고는 하나, 다 제자리로 돌아간 것일 뿐, 어찌 원망할 수 있겠느냐? 내가 기쁜 것은 그토록 훌륭한 자질을 가진 분에게 딸을 바쳐 사위로 얻었으니, 외손을 낳는다면 반드시 우리 집안의 자랑거리가 될 것이다.”

낭두의 폐단을 바로 고쳐 세운 지 얼마 지나지 않아 황창이 천광을 찾아왔다. 갓 화랑이 된 황창은 어릴 적부터 천광을 형이라 부르며 따랐던 어린아이였는데, 이제 막 의젓하고 늠름한 풍모를 갖추어 가고 있었다.

“낭정을 돌보시느라 노고가 많사옵니다.”

"이 자리에 있으면 누구나 마땅히 다 해야 할 일일세. 어인 일인가?"

황창은 말을 하지 않고 머뭇거렸다.

천광은 그를 데리고 밖으로 나왔다. 선연관은 무도의 수련 장소로 탈바꿈하여 무덕관이라는 현판이 걸려있었다. 천광은 황창과 함께 그에 딸린 복숭아 숲을 거닐었다. 황창이 마침내 입을 열었다.

"마음에 한 낭주를 두고 있사온데……."

황창이 우연히 원광법사가 주석하고 있는 황룡사에 들렀다가 기도를 하러 온 이엄을 보았다. 마음이 끌린 황창은 말을 붙였고, 두 사람은 그때부터 사흘마다 절에서 만나 정이 들기 시작하였다.

황창이 부인으로 맞이하려고 이엄의 아비를 찾아뵙고자 하였지만, 그녀는 완강히 거절하였다. 황창이 하루는 몰래 집으로 돌아가는 이엄의 뒤를 따라갔다. 그리고는 그 아비에게 자신의 신분을 밝히고는 딸을 달라고 하였다. 하지만 이엄의 아비 양부는 도리질을 할 뿐이었다. 황창은 돌아가지 않고 막무가내로 매달렸다.

"어찌하여 내게 못 주겠다는 것이오?"

"그 까닭은 묻지 마시고 그냥 돌아가소서."

"알기 전에는 못 가오."

양부가 황창의 고집을 이기지 못하고 말을 하였다.

"저 아이는 도원에서 유화로 있다가 나온 아이옵니다. 그래도 부인으로 삼으시겠사옵니까?"

황창은 어이가 없었다. 그러나 곧 정신을 바로 차리고 말하였다.

"그래도 좋소 나에게 주시오."

양부는 놀라서 다시 물었다. 황창의 입에서 나온 대답은 똑같았다. 양부는 딸을 불러 물었다.

"이엄아, 황창랑께서 너를 데려가고자 하신다. 따라 가거라. 저 댁에 들어가 부인이 되든 종이 되든, 못난 아비를 만나 한번 배불리 먹어보지도 못하는 처지보다는 나을 게다."

"가지 않겠사옵니다. 어느 누구에게도 시집가지 않을 것이옵니다."

양부가 황창에게 말하였다.

"들으셨사옵니까? 이 아이가 제 몸을 몹시 부끄러워 하니 그만 괴롭히고 돌아가 주소서."

"유화로 있었던 건 다 지난 일이 아니오? 지난 일로 앞날을 막을 수는 없소"

"지난 일도 지난 일 나름이옵지요."

"어떻게 하면 그대가 내게 오겠소?"

"아무 하실 것도 없고, 그 어떤 일을 벌이신다 하더라도 저는 시집갈 마음이 없사옵니다."

"그러면 홀로 늙어 죽겠다는 말이오?"

이엄은 말이 없었다. 그때부터는 황창이 어떤 말을 하여도 부녀가 다 묵묵부답이었다. 황창은 하는 수 없이 날마다 찾아오겠다는 말을 남기고는 돌아 나오고 말았다.

이야기를 듣고 난 천광이 황창에게 물었다.

"그 아비는 뭘 하는 자이던가?"

"사자대 대사로 있는 양부라고 하였사옵니다."

"양부? 가만, 그러면 유신공의 사신인데?"

천광이 유신에게 찾아가 황창이 처한 사정을 전하며 도움을 청하였다. 유신은 양부를 불렀다. 딸을 황창에게 주는 게 좋겠다고 하였지만, 양부는 자신도 딸 이엄이 어느 누구에게도 시집가지 않겠다고 하니 도리 없는 일이라고 하였다. 유신이 말하였다.

"자네의 딸도 황창랑이 싫지 않지만 옛일을 돌이켜보아 면목이 없어서 그러는 것이니, 시일을 두고 천천히 마음을 돌리도록 해보세."

황창은 여러 날 저녁마다 황룡사 뜰을 거닐며 이엄이 오기만을 기다렸다. 하지만 그녀의 집을 찾아간 이후로 이엄은 한 번도 모습을 드러내지 않았다. 황창은 생각하였다. 유화를 지낸 여인들뿐만 아니라, 봉화, 봉로화, 봉옥화…… 한때 그런 삶을 살았던 여인들은 다 시집갈 마음을 내지 않는다는 말인가.

갑자기 중들이 분주하게 오가기 시작하였다. 황창은 절에 무슨 일이 생겼나 하여 지나가는 중 하나를 붙들어 물었다.

"국통께서 방금 입적하셨사옵니다."

곧이어 목탁을 치고 염불을 하는 소리가 들려왔다. 이윽고 왕성

안 고승이라는 고승들이 다 모여 들었다. 수제자 원안대사가 말없이 합장을 하며 그들을 맞이하였다. 밀본최사, 명랑법사, 양지대사, 혜공화상이 잇달아 들어섰다. 한참 지나 여제가 몸소 거둥하였다. 황창은 멀찍이 물러서 있었다.

"법사, 이렇게 갑자기 가시면 어떻게 하오?"

여왕은 몹시 안타까운 심정을 드러내었다. 원안대사가 여왕 앞으로 와 아뢰었다.

"국통께서 폐하게 올리라는 것이옵니다."

여제는 원안대사가 건네주는 목간책을 받아들었다. 나라가 대길할 일과 상서로움을 불러들이는 방법이 씌어 있었다. 여제는 원광법사의 입적이 더욱 안타까웠다. 신하들에게 하명하였다.

"법사의 장례를 국통의 예우에 맞게 치르시오. 지존의 예로써 지내란 말이오."

"황은이 망극하옵니다."

세수 아흔아홉의 나이로 연꽃 방석을 깔고 꼿꼿이 앉아서 세상을 떠나고 만 원광법사, 그는 비록 불도를 닦은 사문이었지만 선도까지 폭넓게 아울러 신국 신라를 더욱 신라답게 만든 고승이었다.

그의 장례 때에는 왕성의 하늘이 흐렸다. 고승대덕들과 대중이 다 모여들어 가시는 길을 배웅하였고, 성민들은 너나없이 마치 자신들 집안의 큰 어른이 돌아가신 것처럼 크게 슬퍼하였다.

오래 전에 명랑법사와 함께 당나라로 갔던 안함화상이 돌아와 만

선선원을 세운 뒤 목간으로 참서 한 권을 지었다. 그리고는 도량 문에 매달아 놓았다. 지나가는 사람들이 호기심에 가까이 다가가 살펴보았지만, 글은 분명히 글인데 한 글자도 해독해 낼 수 없는 글이었다.

그 소문은 점차 왕성 전체로 퍼져나갔다. 밀본죄사와 명랑법사가 찾아와 왜 그런 짓궂은 짓을 하느냐고 힐난하였다. 안함화상은 껄껄 웃기만 하였다. 뒤늦게 찾아든 양지대사와 혜공화상도 혀를 차며 농담을 하였다.

"쯧쯧, 이 땡중이 갈 때가 되었으니 별 짓을 다하는구나."

"내 삼태기에 든 새끼줄로 저 글귀를 꽁꽁 묶어다가 아궁에 처넣고 말리라."

그때 누군가 찾아왔다. 대담하게도 도량 문 앞에 걸어둔 목간책을 손에 들고 서 있는 것이었다. 안함화상이 물었다.

"알 만하오?"

그는 목간을 들어 보이며 거침없이 말하였다.

"여기에는 적국 백제에 자객을 보내 왕을 살해하게 되는 것, 성상 폐하를 장차 도리천에 장사지내게 되는 것, 천리 밖에 나아가 싸우던 우리 신국 신병이 대패하게 되는 것, 불사가 일어나 사천왕사가 지어지게 되는 것, 태자가 멀리 다른 나라에 갔다가 돌아오게 되는 것, 신국 신병이 삼한통합을 하게 되는 것 따위가 적혀 있소이다. 내가 틀렸소?"

안함화상은 그의 정체를 물었다. 하지만 그는 대답은 하지 않고 목간책을 안함의 무릎 위에 던져 놓고는 뒤돌아 가버렸다. 안함화상이 호탕하게 웃으며 말하였다.

"허허허, 우리 신국 신라에 사람이 없지만은 않군. 앞서 국통이 가신 것처럼 나도 이제 내 갈 길을 가도 되겠어."

안함화상은 바로 그날 밤에 입적하였다. 밀본최사의 제의에 따라 명랑법사, 양지대사, 혜공화상이 그의 죽음을 바깥에 알리지 않고 도량에 나란히 앉아 밤새 기도를 하며 그의 극락왕생을 빌어주었다.

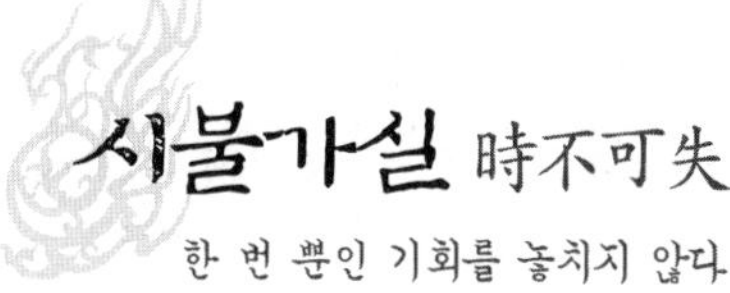

어릴 적에 마를 파는 아이 차림으로 신라 왕성에 숨어들었다. 진평대제의 막내딸 선화공주를 꾀어 궁 안으로 들어가 정을 통하였다. 그런 뒤 돌아가려고 하자 선화공주가 제 발로 걸어 나와 백제로 따라 왔다. 그러니 얼마나 영걸스러운 왕인가. 처가나 다름없는 신라에 제위를 이을 왕자가 아무도 없으니, 마땅히 백제의 왕인 사위가 두 나라의 왕을 겸해야 하지 않겠는가. 가소롭게도 공주 따위가 무슨 왕 노릇이냐. 지금이라도 변복을 하여 신라 왕성에 들어가면, 그 여제도 맨발로 따라 나서게 할 자신이 있다.

"저런 무지막지한 놈이 다 있나?"

용춘이 백제에 심어둔 첩자로부터 받은 밀계를 읽어본 알천은 눈에 불꽃을 피웠다. 칠성우 중에서 치를 떨지 않는 사람이 없었다.

"게다가 그러한 말도 되지 않은 이야기로 풍요를 지어 퍼뜨려서 어린아이들이 소리 높여 부르며 시가를 돌아다니고 있다니. 허, 그 것 참."

"그렇다면 부여장의 정비인 사택왕후는 배알도 없는 사람인가? 좌평 사택적덕의 딸이 졸지에 우리 신국 신라의 공주로 둔갑하여 부여장과 혼인을 한 셈인데?"

"미리 다 입을 맞춰 두었겠지요."

"만에 하나 그게 사실이라면, 처가와 같은 나라를 침범하여 닥치는 대로 백성을 도륙하는 사위 놈이 어디 있다는 말인가?"

칠성우는 말을 하면 할수록 더욱 더 분개심이 타올랐다. 급기야 술종의 입에서 놀라운 말이 나왔다.

"그런 소리를 듣고 가만히 있다면 우리는 신국 신라 사람들이 아니외다. 적국 백제 땅에 자객이라도 보내서 부여장 놈을 죽여 놓아야 하지 않겠소?"

"그렇게 합시다. 듣자니, 적국 백제의 의자태자가 해동증자라는 말을 들을 만큼 덕이 있다고 하니, 그의 아비 부여장만 죽여버리면 천하가 평안하지 않겠소?"

"옳은 말씀이오. 자객은 높은 무력을 갖춘 자라야 하니, 우리 칠성우 회주이신 유신공이 그 일을 맡아봄이 어떠하오?"

"공들의 뜻이 다 하나로 모아졌으니 그리하겠사옵니다."

남산 오지암에서 내려온 유신은 천명궁으로 가서 그러한 계획을 용춘과 춘추에게 알렸다. 용춘이 물었다.

"자객을 보내서 과연 일을 성사시킬 수 있겠는가?"

"설령 뜻을 이루지 못한다고 하더라도 간담은 서늘하게 할 수 있지 않겠사옵니까. 더는 없는 말을 지어내지 못할 만큼 말씀이옵니다."

"그렇기도 하겠군. 칠성우 말고 누가 또 자객을 보내기로 한 일을 알고 있는가?"

"지금 제 앞에 계신 두 분뿐이옵니다."

"전에 없던 크나큰 일이기는 하나 자네가 맡았으니 잘 다룰 줄 아네만, 우리 신국 신라에도 백제의 첩자가 많이 와 있으니, 그 일에 관하여 티끌 같은 낌새라도 새어나가지 않도록 각별히 조심하게."

"명심하겠사옵니다."

유신은 밤늦은 시각에 양부를 보내 풍월주 천광을 은밀히 집으로 불렀다.

"언행이 슬기롭고 배포를 가졌으며 검술에도 뛰어난 화랑을 들라면 누굴 들겠는가?"

천광은 망설임도 없이 대답하였다.

"황창랑이옵니다."

"황창랑? 양부의 딸을 애모하는 바로 그 화랑이 아닌가?"

황창은 시름에 잠겨 있었다. 아무리 타이르고 진심을 내보여도 이엄이 도무지 자신에게 시집올 마음을 내지 않는 것이었다. 살맛조차 잃어버린 채 날마다 굳은 얼굴을 하고 지내던 황창은 부름을 받고 유신 앞에 앉았다.

유신은 그에게 술을 권하며 백제의 왕성에서 유행하고 있는 풍요와 그에 관한 얘기를 들려주었다. 황창은 유신이 무슨 말을 하려는지 어렴풋이 짐작하였다.

"제가 무얼 하면 되겠사옵니까?"

"백제 땅으로 들어가게."

황창은 유신이 자신에게 어떤 비밀한 임무를 맡기려는지 확연히 깨달았다.

"한 가지 부탁말씀이 있사옵니다. 이엄을 한 번만 만난 뒤 채비를 하여 출발하겠사옵니다."

유신은 고개를 끄덕였다. 그리고는 황창의 손을 잡았다.

"돌아오면 내 어떤 일이 있더라도 이엄과 맺어주겠네. 맹세하네."

황창은 일어나 절을 하고는 나왔다. 발길은 이엄의 집으로 향하였다. 무거워야 할 걸음이 오히려 가벼웠고 마음은 착 가라앉는 것이 무언지 모르게 홀가분하였다. 여느 때와는 달리 시가를 지나가는 사람들이 그렇게 다 반가울 수가 없었다.

"내일이면 먼 곳으로 떠나오."

이엄은 심상치 않은 기운을 느꼈다. 황창의 말이 평소와 다르게 차갑게 들린 까닭이었다.

"얼마나 멀리 가시옵니까?"

“다시는 신라로 돌아오지 않을 것이오.”

“대체 어디로 가시길래?”

“그건 몰라도 되오. 오늘밤 이렇게 보는 것이 그대와의 마지막 만남이 되겠구려.”

이엄은 어찌할 바를 몰라 하였다. 황창을 받아들일 수 없다고 굳게 먹은 마음이 이상하게도 흔들렸다. 갑자기 그를 못 가게 붙들고 싶어졌다. 하지만 그럴 수 없었다. 얄궂은 인연이 슬펐다. 눈물이 났다.

“나를 받아들이기 그토록 힘들었다면, 부디 편한 사람을 만나오. 꼭 만나서 여생은 복되이 살도록 하오.”

이엄은 대답 대신 자신의 머리띠를 풀었다. 그리고는 다가가 황창의 윗팔뚝에 매어주었다. 그러는 동안 황창은 눈을 감고 가만히 서 있었다. 다 매어준 이엄은 한 발 물러나서 말하였다.

“어딜 가시는지는 모르겠사오나, 만약 언제라도 돌아오시면 저를 찾아주소서.”

“그, 그게 진심이오?”

“이년은 죽었다 깨어나도 귀인의 정부인이 될 수는 없는 몸이오니, 발 씻을 물이라도 떠다 바치는 종첩으로 삼고자 하신다면 한평생 받들어 모시겠사옵니다.”

“그 말, 그 말을 내 잊지 않고 꼭 돌아오리다. 돌아와서 홀로 계신 어머니와 오직 그대하고만 일생을 함께 보내겠소.”

황창은 이엄을 와락 당겨 안았다.

"고맙소. 이제라도 내 간절한 뜻을 받아주어 참 고맙소. 반드시, 내 반드시 일을 마치고 돌아오리다."

누런 옷을 입은 광대 차림의 소년이 사비성 시가에 나타났다. 온 얼굴에 하얗게 분을 칠한 소년은 칼을 들고 춤을 추기 시작하였다. 처음 보는 광경이라 하나둘 모여들던 사람들이 이내 겹겹이 둘러섰다. 언제나처럼 미복을 하고 시가로 밀행을 나온 등애공주도 시녀와 함께 황창의 춤을 구경하고 있었다.

"저 사람, 본래의 생김새는 어떠할까?"

"비록 분칠을 하기는 했지만, 제 눈에는 이목구비가 수려해 보이옵니다."

"그렇지? 나도 그렇게 보이네."

매일 같은 시각에 같은 곳에서 칼춤을 추곤 하던 황창에게 하루는 정체모를 사람들이 찾아왔다. 같이 가야 할 데가 있다는 말에 황창은 아무 것도 묻지 않고 따라갔다. 도착한 곳은 등애공주가 기거하는 궁이었다.

"깨끗이 씻겨서 다시 데리고 오너라."

누더기를 벗고 깨끗이 씻은 황창의 용모를 본 공주는 가슴이 설렜다. 생각했던 것보다도 생김새가 더 준수하였고 눈매는 맑고 깊었다.

"이름이 무엇이냐?"

황창은 본명을 숨기고 둘러대었다.

"전강이라 하옵니다."

등애공주는 가만히 손을 대어 황창의 얼굴을 만졌다. 그러더니 손길은 목과 어깨 가슴으로 내려왔다. 황창은 석상처럼 꼼짝도 않고 서 있었다.

"참, 내 정신 좀 봐. 너희들은 다 물러가거라."

시녀들을 물린 공주는 황창의 몸을 더듬다가 말고 침구 위로 떠밀어 뒤로 넘어뜨렸다. 그리고는 같이 쓰러져 제 몸을 포개었다. 공주는 황창의 귓불을 빨며 속삭였다.

"넌 이제 내 꺼야."

공주가 하는 대로 가만히 있던 황창은 갑자기 그녀의 허리를 억센 힘으로 껴안고는 돌려 눕혔다. 등애공주가 빙그레 웃으며 가쁜 숨소리를 내었다. 황창은 대담하게 또 서서히 그녀를 탐닉하였다. 어느새 흥분한 공주는 급기야 황홀감에 빠져들어 앓는 소리를 내었다. 신음소리가 점차 커졌다.

공주는 더 이상 참지 못하고 황창에게 애원하듯이 말하였다.

"어서, 지금 어서……."

황창은 아랑곳하지 않았다. 거센 불길로 쇠를 달구듯 더욱 뜨겁게 달구어 갔다. 공주는 그때까지 한 번도 겪어보지 못한 화염에 휩싸여 온몸이 녹아버릴 것만 같았다. 입은 벌리고 있었지만 말이 나오지 않았다.

　이윽고 황창은 공주가 가진 또 하나의 궁궐 속으로 여행을 떠나고자 하였다. 그러나 길을 찾을 수 없었다. 황창은 길을 찾고자 궐 입구 여기저기를 더듬었다. 길은 저절로 열리고 있었다. 길을 확인한 황창이 처음에는 걸음을 조심스럽게 내딛다가 점점 갈수록 거칠게 몰아들어갔다.

　공주는 미칠 것만 같았다. 마치 불기둥을 안고 무지개 위를 둥둥 떠다니는 듯하다가 점점 정신이 아련해져 갔다. 그대로 죽어버릴 것만 같은 느낌이 드는 그때 갑자기 뜨거운 용암과도 같은 것이 몸 속 깊이 콸콸 쏟아져 들었다.

　"아, 아아!"

　새벽녘이 되어 황창은 곤히 잠들어 있는 등애공주를 물끄러미 내려다보았다.

　'아직 어린 것이……. 색녀도 이런 색녀가 없군.'

　옷을 입었다. 이엄의 머리띠를 윗팔뚝에 묶었다. 황창은 속엣말을 하였다.

　'이엄낭주, 이 일은 색통이 아니라 나의 비임을 완수하기 위한 하나의 과정에 불과하오. 믿어주고 이해해줄 줄 믿소.'

　황창은 몰래 등애궁을 나왔다. 그날부터 황창의 일과는 단순하였다. 시가에서 칼춤을 추고 난 후에는 어김없이 미복을 한 궁녀를 따라가 등애궁에 들었다. 공주는 황창과 밤새 방사를 한 뒤에도 돌려보내주지 않았다. 다음날 낮까지 내내 함께 보내다가 황창이 칼춤을 출 시각에 이르러서야 잡은 손을 놓아주는 것이었다.

두 사람의 밀애는 닷새 만에 사택왕후의 귀에 들어갔다. 왕후는 평소에는 온화하지만 한번 노기를 일으키면 화마와도 같은 왕과 태자와는 의논할 마음이 일지 않았다. 그래서 태자비 은고에게 넌지시 말을 꺼내었다.

"그게 사실이라면 그 전강이라는 젊은 사내가 과연 등애공주의 짝이 될 만한 자인지 불러들여서 이모저모 살펴보소서."

"대뜸 불러들이면 등애가 눈치를 챌 것 아니오?"

"시중에 모르는 사람이 없을 정도로 알려진 자이니, 왕후마마께서 부르시어 몸소 칼춤을 구경하고 싶다고 하시면 되지 않겠사옵니까?"

사택왕후는 황창을 궁궐 왕후전으로 불러 칼춤을 추게 하였다. 사내의 칼춤이 무녀의 춤사위보다 아름답고 멋스러워 보는 사람을 홀리고 빠져들게 하기에 모자람이 없었다. 왕후는 잔잔한 미소를 머금고 바라보았지만 태자비 은고의 얼굴은 굳어있었다.

그가 바로 왕을 암살하려고 신라에서 보낸 자객임을 한 눈에 알아본 것이었다. 은고는 앞서 신라의 화랑으로 위장하여 잠입해 있는 첩자로부터 받은 밀계를 떠올렸다.

여러 화랑들 가운데 검술이 가장 뛰어난 황창이라는 화랑이 어느 날 갑자기 자취를 감추었는데, 김유신의 사신으로 들어갔다는 말이 나돌았다. 그런데 그 뒤로 김유신의 집에서도 황창을 본 사람이 아무도 없다는 것이 괴이쩍기만 하다.

태자비 은고는 눈으로는 황창의 칼춤을 바라보고 있었지만 머릿속에는 다른 생각이 가득 차 있었다. 고민하던 끝에 황창의 정체에 대하여 어느 누구에게도 말하지 않기로 결단을 내렸다.

'아무도 눈치 채지 못하게 저 자를 도와주어야겠지.'

태자가 하루바삐 왕위에 올라야 자신은 꿈에도 그리는 왕후가 될 수 있었다. 그렇다면 왕이 빨리 죽는 길밖에 없었다. 그러나 왕은 추운 한겨울에도 흔한 감기조차 한 번 걸리지 않을 만큼 건강하였다. 얼마나 오래 살지 알 수 없는 일이었다.

왕후라면 모를까 만고에 머리가 하얗게 센 태자와 태자비가 있었던가. 하지만 넋 놓고 그대로 있다간 그렇게 되어 비웃음을 살 판이었다. 은고가 장차 황창이 벌일 일을 돕고자 한 이유는 바로 그러한 우려에서 나온 불가피한 선택이었다.

은고는 왕에게 황창을 등애공주의 사위로 삼을 것을 아뢰었다. 그리고는 그러한 사실을 등애공주에게 말하였다. 공주는 크게 기뻐하였다. 궁으로 돌아와 황창에게 전하며 서로 안고 나뒹굴었다.

하루는 태자비 은고가 등애공주에게 무심코 하는 말처럼 한 가지 정보를 흘렸다.

"아바마마께서 침전에 들 때 말고는 늘 옷 속에 갑옷을 입고 계시니 불편하지 않으신가 몰라. 궐 안에 해할 사람이 누가 있다고 하루도 빠짐없이 그렇게 갖추어 입으시는지, 원."

"그래요? 땀나고 무거워서 어찌 온종일 입고 다니신대요?"

"제발 좀 벗으시라고 해도 말씀을 안 들으시지 뭡니까."

"제가 아뢰어 볼 게요."

"공주께서 말씀하신다면 들어 주실지도 모르겠군요."

등애공주는 왕에게 갑옷을 벗고 지내라고 권유하였지만 왕은 걱정하는 네 뜻은 잘 알았다고만 할 뿐, 벗고 지낼 생각이 전혀 없는 기색이었다.

공주는 궁으로 돌아와 황창 앞에서 그 일을 입에 올리며 푸념하였다. 뜻밖에 중요한 정보를 입수하게 된 황창은 암살이 여의치 않음을 알고 고민에 빠졌다. 궁리에 궁리를 거듭한 끝에 한 가지 좋은 꾀를 내기에 이르렀다.

"무슨 생각을 그렇게 골똘히 해?"

"아, 아무 것도 아니옵니다. 그저 공주님과 꿈만 같은 날을 보내고 있기에……."

공주는 황창에게 다가들었다. 그리고는 그의 손을 잡았다.

"나도 전강을 만나서 꿈만 같아. 매일 밤마다 이 등애가 흐물흐물 녹아내리도록 뜨겁게 불태워 주니."

사택왕후와 태자비 은고가 왕에게 청하여 황창을 궁중으로 불러들여 왕실과 신하들이 함께 칼춤을 구경하자고 하였다. 왕은 시큰둥하게 듣다가 왕후와 태자비가 두 번 보기 드문 검무라고 번갈아 한 목소리를 내자 마지못해 윤허를 내렸다.

마침내 궁궐에서 백제왕과 신하들이 보는 가운데 칼춤을 추기로 한 날이 되었다. 왕의 호위군이 독을 바르지나 않았나 하여 황창의 칼을 검사하였다. 칼날이 너무 날카롭다고 여긴 그들은 목검으로 대신하게 하였다. 황창이 도리질을 하면서 말하였다.

"내 칼로 춤을 추겠소."

"안 된다."

황창은 조롱하듯이 말하였다.

"이렇게 시위무사들이 많은데 불상사가 날까봐 겁을 먹었소? 격검을 하거나 무도를 선보이는 것이 아니라, 고작 춤에 불과한데도?"

그 말을 들은 왕이 하명하였다.

"제 칼로 추도록 내버려두라."

호위군이 물러났다. 얼굴에 흰 분칠을 한 황창은 넓은 승당에 올랐다. 왕에게 절을 한 뒤 곧이어 화려한 무검지희를 펼쳐 나갔다. 구경하는 사람들은 난생 처음 보는 칼춤에 넋을 잃을 지경이었다. 어찌나 빨리 휘두르는지 번뜩인다는 느낌만 있을 뿐 칼은 보이지 않았고, 황창의 몸은 또 보이지 않는 칼 속에 더욱 깊이 숨어 하나의 빛 덩어리가 온 대청마루를 휘감아 도는 것만 같았다.

"과연 천하 명검무로다."

왕이 절로 감탄하였다. 신하들도 다 춤에 홀려 고개를 빼고 굳은 듯이 바라보기만 하였다. 황창은 칼춤을 추어 나가다가 옷깃에 미리 발라놓은 맹독분을 칼끝과 칼날에 슬쩍 묻혔다. 워낙 빠른 칼놀림인지라 아무도 본 사람이 없었다.

황창은 팽이가 돌듯 몸을 돌리며 차츰 크게 원을 그려가며 춤을 추었다. 승당 바깥쪽에 앉아있는 사람들과 가까워졌다. 신하들을 지나고 등애공주를 지나고 왕자 교기를 지나고 태자비 은고와 태자 의자를 차례로 지났다.

사택왕후와 나란히 앉아 있는 왕을 지나칠 때였다. 황창은 돌연 몸을 거꾸로 돌려 날리더니 칼끝으로 왕의 심장을 겨누어 똑바로 찔렀다. 순식간의 일이었다. 황창은 칼이 왕의 갑옷을 꿰뚫고 몸속 깊이 박히는 것을 느꼈다.

사람들이 놀라 다 일어났다. 의자태자가 몸을 날려 황창의 턱을 강타하였다. 이어 호위무사들이 달려들어 황창을 쓰러뜨린 뒤 꼼짝도 못하게 눌렀다. 등애공주는 두 손으로 입을 가린 채 얼어붙어 있었다.

"뭘 하느냐! 어서 폐하를 안으로 옮기지 않고!"

의자태자가 소리쳤다. 칼에 찔린 왕은 안으로 옮겨졌지만 이미 숨을 거둔 뒤였다. 태자비 은고는 겉으로는 슬피 호곡하면서도 속으로는 가슴이 벅차올랐다. 드디어 왕후에 오르게 된 것이었다.

의자태자는 곧바로 왕위를 물려받았다. 선왕의 시호를 무왕이라고 하였다. 백성들이 크게 동요할까봐 자객에게 암살당한 사실은 불문에 부쳤다. 그리고는 왕의 장례를 치른 뒤, 감옥에 가두어 두었던 황창을 데려다가 직접 심문하였다.

"누가 시켰느냐?"

황창은 목에 칼이 파고들었어도 눈썹 한 올 떨지 않았다.

"너를 사주한 놈이 누구인지 어서 대답하지 못할까!"

목을 겨누고 있던 칼끝이 이번엔 눈알 바로 앞에 멈추어 있었다. 황창은 웃는 얼굴로 대답을 하였다.

"오직 한 사람 왕기이다."

"왕기? 그놈이 누구냐?"

좌평 기미가 황창 대신 말하였다.

"왕기는 노나라 애공이 총애한 소년이온데, 제나라가 노나라를 침노하였을 때 어린 나이에 창을 들고 수레에 올라 용감히 분전하다가 죽었사옵니다. 이에 노나라 사람들이 왕기를 어린아이의 예로 장사를 지내지 않고, 어른의 예로써 장사를 지내주었다고 하옵니다."

새 왕은 황창의 굳은 뜻을 짐작하였다. 이것저것 더 물어도 대답을 듣기란 쉽지 않을 것 같았다. 왕은 하명하였다.

"이놈을 제 놈이 칼춤을 추곤 하던 시가에 끌고 나가 사지를 찢어 죽여 버려라."

황창이 끌려가자 등애공주가 울먹이며 수레를 막아섰다. 그리고는 황창에게 물었다.

"이 바보야, 왜, 왜 그런 짓을 했어? 내가 널 얼마나 귀애하였는데!"

황창은 말이 없었다. 등애공주는 오열하였다.

"내 힘으로는 널 살릴 수가 없는데, 아니 어느 누구도 널 살리지 못하는데!"

황창은 군사들에게 그만 가자는 눈빛을 보내었다. 수레를 이끌고 가던 군사들이 그만 물러나기를 아뢰었다. 등애공주는 들은 척도 하지 않았다.

"그러고 보니 너, 전강이라는 이름도 가짜 이름이지? 그렇지? 본명이 뭐냐? 제발 네 진짜 이름만 가르쳐 줘. 네가 죽고 나면 너를 위해 불공이라도 드릴 수 있도록 말이야."

황창은 눈길을 돌려 등애공주를 외면하였다. 황창이 시가에 끌려 나오자 백성들은 무슨 영문인가 하여 몰려들었다. 하지만 그 까닭을 말해주는 사람은 아무도 없었다.

"집행하라!"

"잠깐! 부탁이 하나 있소."

"뭐냐?"

"내 팔뚝에 매고 있는 띠를 풀어서 입에 좀 물려주오."

군사들이 그렇게 해주었다. 황창은 이엄의 머리띠를 질근질근 씹어 꿀꺽 삼켰다. 그리고는 군사들에게 말하였다.

"이제 되었소."

황창은 말 네 필에 사지가 묶였다. 채찍을 든 군사들이 말의 엉덩이를 휘갈기자 말들이 크게 울며 사방으로 달려가려고 발굽을 굴렸다. 황창은 팔다리가 떨어져 나가 숨이 끊어지는 마지막 순간까지 이엄을 떠올렸다.

‘미, 미안하오. 약속을 지키지 못하…….’

새 왕은 당나라에 소복차림을 한 사신을 보내 외신 백제왕 부여장이 졸하였다는 표문을 황제에게 올렸다. 당 태종은 현무문에서 거상을 하고는 무왕에게 광록대부를 추증하였으며, 부의를 후하게 내려 주었다. 그리고는 그의 아들 부여의자를 당 태종 자신을 대신하여 백제를 다스리라는 뜻으로 주국에 책봉하고 무왕의 뒤를 이어 왕위를 계승하도록 하였다.

그로써 대내외에 정통을 이어받아 백제왕이 되었음을 알린 부여의자는 왕후가 된 아내 은고의 말에 따라 조정을 한 손에 틀어쥐고자 하였다. 그 방법은 더 생각할 것도 없었다.

무왕이 신라에서 보낸 자객의 칼에 암살된 것을 막지 못한 죄를 빌미 삼아 자신을 탐탁지 않게 여기고 있던 왕실 사람들과 신하들을 대거 숙청하였다. 모후인 사택왕후, 아우인 왕자 교기, 등애공주를 비롯한 누이들, 그리고 좌평 기미 등 조정의 대신 수십 인을 바다 건너 왜로 추방해버린 것이었다. 그로써 왕후 은고는 백제를 쥐락펴락하는, 보이지 않는 권통이 되었다.

“아, 결국은 황창이…….”

황창이 백제왕을 암살하고 자신은 죽임을 당했다는 소식을 들은 그의 모친은 너무 놀라 두 눈이 멀어버렸다. 백성들이 황창을 장하게 여기면서도 늙은 모친을 측은하고 안타깝게 여겨 앞다투어 곡식을 가져다주고 물을 길어다 주었으며 땔감을 장만하여 날랐다.

신라 왕성에서는 언젠가부터 황창이 백제의 궁궐에서 추었다는 칼춤이 유행하기 시작하였다. 어른 아이 할 것 없이 누런 누더기를 입고 얼굴에 분칠을 한 차림으로 칼을 들고 춤을 추는 것이었다.

누가 가장 잘 추는가 하는 것이 관심사가 되어 검무대회까지 열렸다. 일등으로 뽑힌 사람은 다름 아닌 군승이었다. 그는 백성들의 요청을 받아들여 얼굴에 흰 분칠을 한 채 칼춤을 추며 황창의 집으로 들어갔다. 사람들이 소리쳤다.

"황창이 돌아왔다!"

오직 하나뿐인 자식을 잃고 나날이 시름에 잠겨 있던 그 모친이 참말인가 하여 나와서는 군승의 온몸을 어루만져 보는 겨를에 멀었던 두 눈을 다시 번쩍 떴다. 얼굴에 분칠을 한 그대로 군승은 황창 행세를 하여 그 모친을 안심시켰다.

"참 가상한 일이오."

그러한 소식을 전해들은 여제는 신하들에게 하명하였다.

"황창랑이 백제 궁궐에서 추었다는 칼춤을 황창랑검무라고 이름하노니, 마땅히 그 춤사위의 수법을 향악에 세세히 실어서 후세에 길이 전하도록 하오."

황창에 관한 소문을 듣고 깊은 허망함에 빠져 있던 이엄은 하루도 눈물을 흘리지 않은 날이 없었다. 양부는 양부대로 이엄이 황창을 따라 죽으려고 하지나 않을까 하여 크게 걱정을 하였다.

그러한 하루는 누가 이엄을 찾아왔다.

“선주라는 분이라고 하면 알 것이라고 하셨소.”

이엄은 그 이름을 듣고 놀라 동화를 따라 나섰다. 도착한 곳은 재매정이었다. 이엄은 앞서 들은 바가 있었다. 유신의 집에 재매부인이라는 정체모를 여인이 들어 사는데, 만금의 재물을 쌓아놓고 유신의 뒷바라지를 하고 있다는 말이었다.

만나고 보니, 그 재매부인이 바로 예전에 도원의 선연관에서 조위를 지낸 선주였다. 이엄은 놀라 잠시 멍하였다. 금지는 웃으며 제 본명을 이엄에게 일러주었다. 그리고 군승을 불러 인사를 시켰다.

“우리 집 단랑께 들어서 너와 황창랑과의 사이를 잘 알고 있단다. 이제 어떻게 할 거냐?”

“그저 살기 싫을 뿐이옵니다.”

“세아를 비롯하여 옛적에 유화로 지낸 다른 아이들도 몇몇 찾아보니 다들 혼자 살겠다고 하더구나. 어떠냐? 우리 다시 한데 모여서 이번엔 사내 없이 우리끼리 어울려서 한번 살아보지 않을 테냐?”

이엄까지 찾은 금지는 여러 곳을 물색하다가 맑은 물이 흐르고 기암이 곳곳에 있어 절경을 이루는 청연곡을 사들였다. 길을 내고 집을 여러 채 지은 뒤, 자신을 따르려는 옛 유화들을 모두 거두어 청연곡에 들게 하였다.

그 사연을 들은 유신은 그녀들에게 풍류단란이라는 이름을 지어주었다. 금지는 청연곡에 든 그들을 한 곳에 불러 모아 말하였다.

“위계가 없지 않을 수 없다. 세아는 청연곡장을, 세홍과 이엄이 이곳 풍류촌의 진촌주와 차촌주를, 이구미는 집사를 맡도록 하거라.
우리도 화랑들처럼 장차 나라를 위해 보란 듯이 해야 할 일이 있을
것이니, 틈틈이 선도를 닦고 여러 가지 기예를 익히는 데 힘쓰거라.”
　“예, 조위님!”
　옛 유화들이 대답을 하고보니 그렇게 불러서는 안 될 것 같았다.
세아가 금지에게 물었다.
　“앞으로 언니를 어떻게 불러야 할지…….”
　“언니라고 하면 되지 않느냐?”
　“재매정에 계시는 정주님이라고 부르겠사옵니다. 재매정주님.”
　“좋을 대로 하거라. 이렇게 다시 만났는데 호칭이야 아무려면 어
떠냐.”

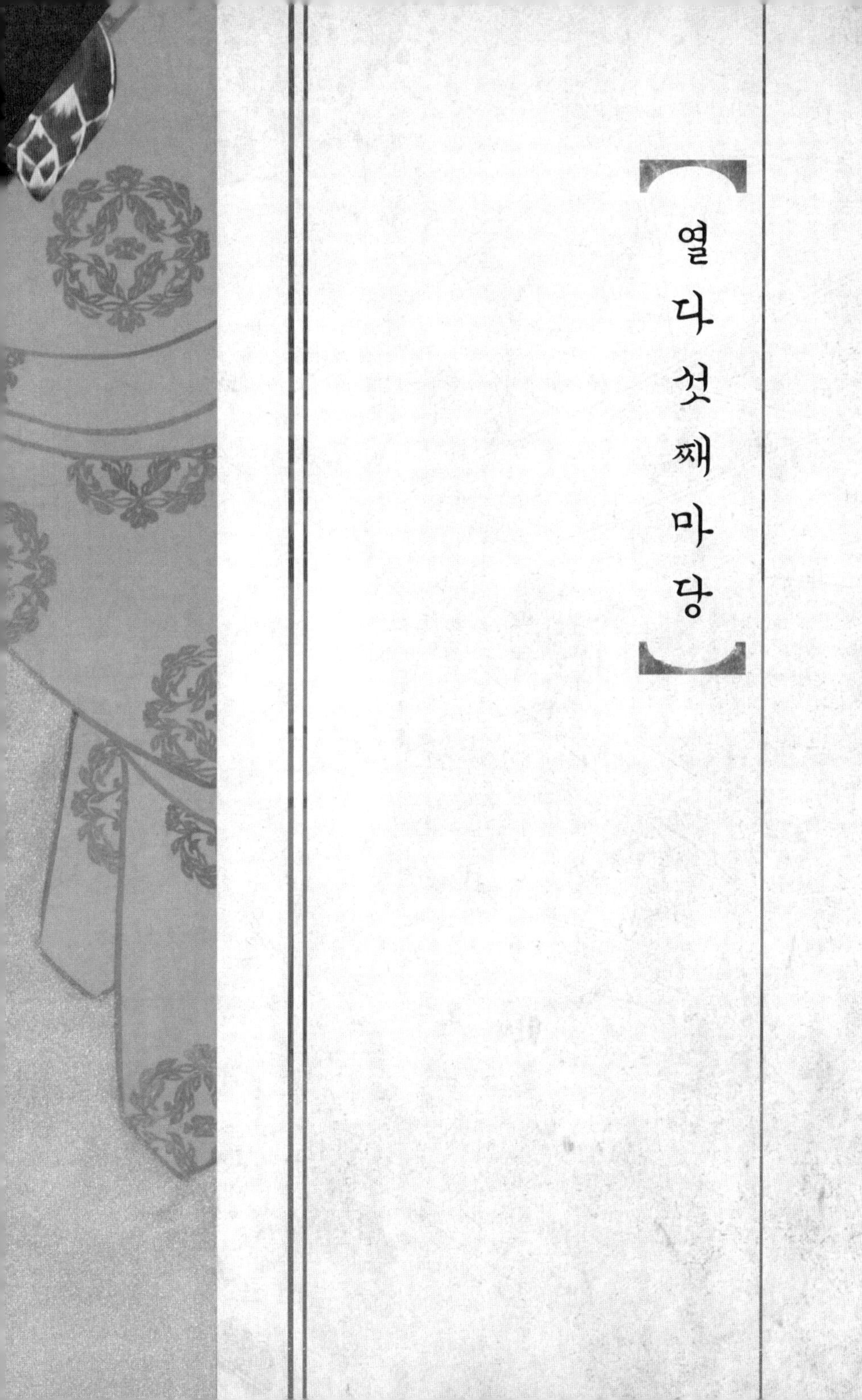

열 다 섯 째 마 당

여서전사 女婿戰死

딸과 사위가 전쟁터에서 죽다

백제왕 부여의자는 조정을 휘어잡아 왕권을 장악하자마자 몸소 군사를 일으켰다. 겉으로는 신라 화랑 황창이 무왕을 암살한 데 대한 복수를 하자고 목소리를 높였지만 내심은 그게 아니었다.

사십여 년이나 왕위에 있으면서 서른이 넘어서야 마지못해 자신을 태자로 삼았고, 나이 든 자식에게 왕위를 물려주고 상왕으로 물러 나앉을 생각은 꿈에도 하지 않았던 욕심 많은 부왕의 죽음이 그리 슬플 것도 없었다.

자신이 누구인지 천하에 알려주고 싶었다. 새로 등극한 백제왕 부여의자의 이름만 들어도 누구나 덜덜 떨게 하고 싶었다. 그리하여 왕실의 어느 누구도 왕위를 넘볼 수 없도록 하고 싶었고, 신하들 그 누구도 자신이 하는 일에 잔소리를 늘어놓지 못하게 하고 싶었다.

백성들이 경외하며 우러러보는 왕이 되고 싶었다.

부여의자는 고구려에 사신을 보내어 연횡을 맺었다. 고구려는 그의 제의를 선뜻 받아들였다. 앞서 신라에게 낭비성을 잃고 이를 갈고 있던 참이었다. 백제와 고구려, 백고연합군은 신라의 강역으로 쳐들어가 미후성을 비롯하여 토성과 석성을 합쳐 마흔이나 넘는 성을 큰 힘 들이지 않고 함락시켰다.

더 나아가 백제와 고구려의 연합군 장수들이 모의하여 신라의 당항성까지 빼앗았다. 그 성은 신라가 당나라와 통하는 요충 당항포를 관할하고 있기에 신라 조정은 고립무원의 위급함을 크게 느꼈다. 여제는 군신에게 물었다.

"적국 백제와 고구려가 한패가 되어 우리 신국 신라를 멸하려고 야금야금 강토를 떼어가니, 어찌해야 살아남겠는가?"

"당나라에 사신을 보내 구원을 요청해야 하옵니다."

"당 황제가 과연 우리 신국 신라를 도울지 말지는 알 수 없는 바가 아닌가? 적국 백제도 고구려도 다 조공을 하여 환심을 사고 있는 터에."

"그렇다고 한패가 된 두 적국에게 당하고만 있을 수는 없는 일이옵니다. 적국 백제와 고구려가 대국에는 조공을 하여 머리를 조아리고는 우리 신국 신라는 나라에 힘이 없다고 업신여겨 침노하니, 저들을 어찌 같은 말을 쓰는 이웃나라라 할 것이며, 더 나아가 삼한일족을 논하오리까?"

"나라가 없어지려는 지경인데, 당나라가 아니라 팔만옥졸을 거느린 지옥의 염라왕에겐들 도움을 청하지 못하리까?"

대신들이 빗발치듯 쏟아내자 여제는 풍월주를 지낸 선품을 사신으로 삼아 당나라로 급파하였다.

용춘은 지난날 설계두를 두상으로 삼아 당나라로 보내두었던 첩자들로부터 아무런 밀계가 오지 않는 것에 초조해 하였다. 그들이 도착하여 자리를 잡았어도 벌써 잡고도 남음이 있을 만한 시일이 지났다.

용춘은 좀 더 기다려 보기로 하고 입술을 깨물었다.

"나라에 힘이 있어야 해. 힘이!"

여제는 춘추의 사위 품석의 벼슬을 높여 이찬으로 삼고 대야성 도독에 제수하였다. 품석은 떠나기에 앞서 아내 고타소를 데리고 춘추와 문희 내외를 찾아가 문안하였다. 춘추가 당부를 하였다.

"부디 성민의 마음을 얻게. 적국 백제가 미후성과 당항성을 탈취한 여세를 몰아 머잖아 그곳 대야성으로도 쳐들어올지 모르니, 그때가 되면 백성들이 자네와 함께 죽음을 무릅쓰고 맞서 싸울 수 있도록 선정을 베풀라는 말일세."

"심려 마옵소서."

그러나 품석은 대야성에 부임하자마자 휘하 장수인 사지 검일의 아내를 빼앗아 색을 통하였다. 또 매일같이 성대히 잔치를 열고 호언장담을 입버릇처럼 내뱉었다.

"장차 나의 자형이 되시는 춘추공께서 제위에 오르시면 나는 그 처남이 되고, 또 나의 조카 법민이 뒤를 이으면 나는 그 외삼촌이 되니, 그때는 누가 뭐라고 해도 오래도록 내 세상이 아니겠는가, 하하."

졸지에 상관에게 아내를 빼앗긴 사지 검일은 품석이 잔치를 여는 동안 말을 타고 왕성으로 달려갔다. 평소에 품석이 병부의 군권을 두고 버릇없이 거만하게 굴어 사이가 좋지 않다는 유신을 찾아가 억울함을 하소연하면 도움을 받을 것 같아서였다.

그런데 유신은 평소의 그답지 않게 묵묵부답인 채 있다가 짧게 한마디 하였다.

"자네 일은 자네가 알아서 하게."

"저더러 알아서 하라고 하셨사옵니까? 장군께서 이러실 줄 몰랐사옵니다. 내 돌아가면 반드시 가만히 있지 않을 것이옵니다!"

검일은 붉은 얼굴로 바람을 일으키며 나가버렸다. 안타까운 일이기는 하였지만, 유신이 눈을 딱 감고 검일의 호소를 나 몰라라 한 데에는 그럴 만한 까닭이 있었다.

춘추는 딸 고타소와 사위 품석을 남달리 아끼고 애지중지하였다. 고타소가 어려서 친어미 보라를 잃고 계모인 문희의 손에서 자란 때문이었다. 그런 춘추를 믿고 경거망동하는 품석을 그대로 둘 수는 없는 일이었다. 유신은 그가 장차 법민에게 무슨 짓을 할지도 모른다는 생각을 하였다. 화근은 사전에 뿌리째 뽑아내어야 하였다.

하지만 품석이 검일의 아내를 취한 것만으로는 큰 죄가 되지 않았다. 윗사람이 아랫사람의 아내를 첩으로 얻는 것은 흔히 있는 일이었다. 설령 품석이 검일의 아내와 강제로 색을 통하였다고 하더라도 검일이 모른 척하고 대수롭지 않게 넘기면 그만인 일을 두고 억울하다느니 하는 것은 속이 배좁은 태도였다.

유신은 큰 그림을 그리고 있었다. 그의 머릿속에 든 그림에는 대야성이 없었다. 망국 북가야의 땅으로 쇠가 많이 나 적국에게 넘겨주어서는 안 될 몇 안 되는 성 중의 한 성이기는 하였지만, 멋모르고 날뛰는 범을 잡고자 하는 터에 범의 굴에 연연해서는 안 되었다.

"심히 아깝기는 하지만 할 수 없는 일이지."

춘추의 예견대로 백제의 명장 윤충이 군사를 거느리고 와서 대야성을 공격하였다. 도독 품석에의 복수심을 불태우고 있던 사지 검일이 이때다 싶어 모척과 더불어 백제군과 몰래 내응하였다.

품석이 군사들을 지휘하여 백제군에 맞서 싸우는 동안 그들은 군량창과 병기고에 불을 지르고 우물물에 독을 타버렸다. 먹지도 마시지도 못하고 창검 화살과 같은 병기도 부족하여 성이 함락될 위기에 처하게 되었다.

겁을 잔뜩 집어먹은 도독 품석은 휘하 장수들과 의논하였다. 아찬 서천과 사찬 지삼나가 항복하는 방법밖에는 없다고 하였다. 품석은 성문 위 누각에 올라가 군사를 물러나게 하여 잠시 쉬고 있던 백제 장군 윤충에게 말하였다.

“만약 장군이 우리를 죽이지 않겠다면 성문을 열겠소이다!”

윤충이 득의만만하게 웃으며 대답하였다.

“도독이 그렇게 한다면, 내 어찌 항복한 목숨들을 더 살상하겠는 가!”

“그게 정말이오?!”

“저 하늘에 떠 있는 해를 두고 맹세하는 바이다!”

그 말을 곧이 믿은 품석은 먼저 휘하 장수들과 그들에게 딸린 군 사들을 성 밖으로 내보냈다. 그들은 아무 병기를 지니지 않은 채 백 제군이 진을 치고 있는 곳으로 힘없는 걸음을 놓아갔다.

그때 느닷없이 백제의 복병이 나타나 그들을 닥치는 대로 무참히 도륙하기 시작하였다. 잘려 나간 팔 다리, 베인 머리, 쓰러진 몸뚱 이, 흐르는 피…… . 항복하러 나간 신라군은 한 사람도 남김없이 그 렇게 목숨을 잃었다.

성 위 누각에서 그 광경을 바라본 도독 품석은 고개를 폭 떨어뜨 렸다. 더는 도리 없이 고타소와 자식들을 데리고 나와 항복하였다. 윤충은 크게 꾸짖었다.

“일국의 성주가 되어 적과 맞서 죽을 때까지 싸울 생각은 하지 않고, 미리 적장에게 항복을 청하고 목숨을 구걸하다니, 그러고도 네가 장수냐?”

품석은 아무 말도 하지 않았다. 윤충이 부장에게 호령하였다.

“모조리 목을 베어버려라.”

품석은 고개를 들고 애원하였다.

"내 처자식만은 살려주오."

윤충은 싸늘한 목소리로 말하였다.

"너 같은 자를 지아비로 둔 아내와 아비로 둔 자식들이 평생 부끄러워하며 고통스럽게 살아가느니 차라리 너와 함께 이 자리에서 죽는 것이 낫다."

눈 깜짝할 새에 품석과 고타소, 그리고 아이들의 목이 다 떨어졌다. 군사들이 그 머리를 다 수습하였다. 윤충은 고개를 들어 성을 바라보았다. 아직도 항복하지 않은 군사들이 성 밖에서 일어난 일을 다 지켜보고 있는 것이었다.

한낱 군졸에 불과한 죽죽이 성 안 여기저기에 흩어져 있는 군사들을 다 한자리에 모았다. 그리고는 바닥에 떨어져 있는 긴 창을 집어 들고는 외쳤다.

"적들이 성 밖에서 하는 짓을 다들 똑똑히 보았는가? 우리는 신국의 신병들이다! 살아서도 신병이요, 죽어서도 신병이니 목숨 따위를 아껴서 무엇하랴!"

죽죽의 비장한 외침은 지치고 풀이 죽은 군사들의 가슴에 불씨가 되어 떨어졌다. 이내 불길을 일으킨 그들은 한 손에는 병기를 들고 다른 한 손으로는 서로의 손을 굳게 맞잡으며 전의를 다졌다.

막객사지 금일과 용석이 죽죽에게 말하였다.

"지금 성 안에 남은 군사들로는 적을 당해낼 수 없다. 그러니 우리도 항복하여 후일을 도모하는 것이 어떤가?”

“두 분은 앞서 항복하러 나간 군사들을 저들이 어떻게 하였는지 그 멀쩡한 두 눈으로 보지도 못하였소?”

“도독이야 그렇다 치지만, 우리는 아무 것도 아닌 그저 병졸일 뿐이지 않는가?”

“막객사지 벼슬에 있으면서 병졸이라고 하였소? 그리고 맨 먼저 빈손으로 항복하러 나갔다가 무참히 죽어간 군사들은 병졸이 아니고 다 장수였다는 말이오?”

두 사람은 얼굴이 달아올라 아무 말도 못하였다. 죽죽이 모든 군사들이 듣도록 큰 소리로 말하였다.

“내 아버지께서 나의 이름을 죽죽이라고 지어 준 뜻은 차디찬 한겨울에도 시들지 말 것이며 비록 꺾일지라도 굽히지는 말라는 데 있다. 어찌 죽음 따위를 두려워하여 비겁하게 살아남고자 항복을 구걸하겠는가! 그리고 항복한다고 구차히 살아남을 수 있겠는가!”

막객사지 금일이 슬금슬금 몸을 빼어 달아나려고 하다가 한 군졸이 뒤에서 후려친 창날에 목이 베이고 말았다. 막객사지 용석이 죽죽에게 말하였다.

“그대는 비록 군졸이긴 하지만, 이제 보니 장수의 재목이구나. 내 지금부터 그대의 호령을 따를 것이니 남은 군사들과 한마음이 되어 죽기를 각오하고 힘껏 싸워 보자꾸나.”

군사들이 병기를 높이 들어 환호성을 터뜨렸다. 성 안에 남은 군사들이 항복할 기미를 보이지 않고 오히려 전열을 가다듬자 백제 장군 윤충은 총공격 명령을 내렸다. 신라군은 수로는 백제군에게 상대가 되지 않았으나 기백만은 수백 배 앞섰다. 그러나 마침내 성문이 부서지고 밀려드는 백제군에게 신라의 군사들은 하나둘 쓰러져 갔다.

대야성을 완전하게 수중에 넣은 백제 장군 윤충은 신라를 배반하고 공을 세운 검일과 모척, 그리고 도독 품석과 그의 아내 고타소의 머리를 왕도 사비성으로 보내었다. 또 사로잡은 신라 백성 일천여 인은 백제의 강역에 데려다가 여러 고을에 나누어 백제의 백성으로 살게 하였다. 백제왕 부여의자가 크게 기뻐하며 윤충의 공을 치하한 뒤, 말 스무 필과 좁쌀 일천 석을 상급하였다.

"폐하, 아뢰옵기 황공하오나 대야성이 적국 백제군에게 함락되었다고 하옵니다."

"아, 대야성마저! 도독은 어찌 되었다고 하오?"

"도독은 물론이거니와 모든 장수와 군사들이 전멸하였다고 하옵니다."

"자세히 말해보오. 어떻게 싸우다가 죽어갔는지."

대야성이 함락된 긴 과정을 듣고 난 여제는 크게 슬퍼하며 용감히 싸우다가 죽은 죽죽에게는 급찬의 벼슬을, 막객사지 용석에게는 대나마의 관등을 추증하였다. 그리고 두 사람이 남긴 처자식에게는 먹을 것과 입을 것을 상으로 하사하고 왕성으로 옮겨 와서 편안히 살게 하였다.

시신 없이 딸과 사위의 장례를 치른 춘추는 날이면 날마다 눈동자의 초점을 잃고 집안 서방채 기둥에 기대어 서 있었다. 사람이 그 앞을 지나가도 알아보지 못하였고, 집안에서 무슨 소리가 나도 듣지 못하는 듯 넋 나간 표정이었다. 유신이 문희에게서 듣고 찾아와 슬픈 목소리를 내었다.

"제공, 훗날을 사려하시어 이제 그만 고정하소서."

유신은 마루에 올라서서 춘추의 손을 잡아 방으로 이끌고 들어갔다.

"그지없이 귀애하시던 따님과 사위를 잃은……."

춘추는 고개를 흔들며 유신의 말을 막았다.

"그것이 아니오!"

유신이 놀라 춘추의 얼굴을 바라보았다.

"나도 우리 신국 신라의 백성 가운데 한 사람일 뿐이오. 곳곳에 전쟁이 일어나 수많은 군사들이 죽어나갔는데, 나와 같은 지극한 슬픔을 당한 사람들이 얼마나 많을까 하는 것이 나를 더욱 크게 슬프게 한다는 말이오."

유신은 입을 열지 않았다. 일찍이 대야성 사지 검일이 품석에게 아내를 빼앗기고 도움을 청하러 왔을 때 은근히 복수를 종용한 것에 대한 일말의 미안함 때문이었다.

"더 싸울 힘이 없어 항복한 장수와 군사들을 그토록 잔인하게 죽이다니.”

유신이 비로소 춘추를 타일렀다.

“적국 백제가 언젠가는 반드시 신벌을 받을 것이옵니다.”

“신벌을 받기 전에 내가 먼저 벌해야겠소.”

춘추는 탄식처럼 혼잣말을 하였다.

“아, 슬프다! 신국 신라의 장부로 태어난 몸이 어찌 하잘 것 없는 백제 따위를 한 입에 삼키지 못한 채 미냥 허송세월을 하고 있는 가?”

춘추는 곧 입궁하여 여제를 알현하였다.

“신을 사신으로 삼아주소서. 고구려에 가서 군사를 청하겠사옵니다. 그리하여 백제에게 우리 신국 신병들의 원수를 갚겠사옵니다.”

춘추의 결의를 말리지 못할 것을 안 여제는 마지못해 윤허하였다.

“사신으로 삼는 것은 어려운 일이 아니나, 고구려에 가더라도 먼저 그 왕실과 조정의 사정을 잘 알아보고 가도록 하오. 비록 삼한일족이기는 하나 고구려가 이미 백제와 한통속이 된 지 오래이니.”

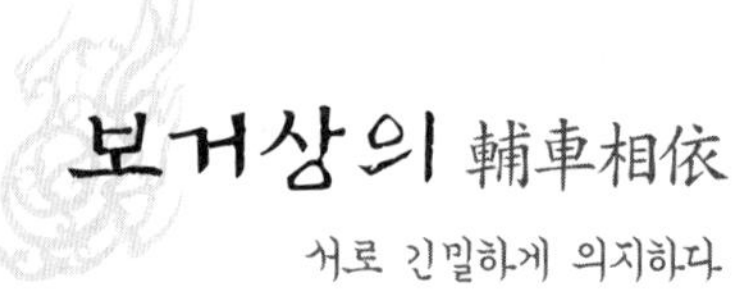

고구려의 막후 실력자 연개소문은 늘 갑옷을 입고 다섯 자루의 칼을 찼으며 거드름을 피우는 탓에 사람들이 함부로 쳐다보거나 올려다 볼 수 없었다. 말을 타고 내릴 때에는 고관의 집안에서 배출한 무장을 땅에 엎드리게 하고 그의 등을 발판으로 하였다.

바깥으로 행차를 할 적이면 반드시 군사 행렬을 장엄하게 펼쳤는데, 길 아뢰는 이가 큰 목소리로 갈도 소리를 하면 백성들이 모두 두려워하며 흩어져 달아났다. 그 때문에 고구려 백성은 연개소문을 아주 성가시게 여겼다.

고구려왕이 여러 대신과 의논하여 중원 대국으로 커가는 당나라와 마찰을 피하고자 당 황제의 요구를 고분고분 들어주는 데 비하여 연개소문은 천리장성을 쌓는다 하여 당나라와의 일전을 불사할 태세를 바꾸지 않았다. 조정 대신들은 그런 그를 위험시 여겨 암살하기로 하였다.

그런데 그 모의는 사전에 새어나가 연개소문의 귀에 들어갔고, 대노한 그는 휘하 군사들을 모두 발병하여 마치 사열할 것처럼 꾸몄다. 그런 뒤 평양성 남쪽 강가에 술과 음식을 푸짐하게 차려놓고, 조정의 대신들을 불러 백사장에서 펼쳐질 열군을 다 함께 보자고 하였다. 이에 대신들이 모여들자 장수들을 시켜 모두 척살해버렸다. 내쳐 말을 몰아 궁궐로 들어간 연개소문은 왕을 시해한 후에 그 시신을 토막 내어 도랑에 던져버렸다.

아무 거리낄 것이 없게 된 연개소문은 죽은 왕의 조카 보장을 허울뿐인 새 왕으로 등극시키고 그 스스로는 막리지에 올랐다. 이에 조정의 권력과 병권을 아울러 쥔 연개소문은 왕성뿐만 아니라 드넓은 고구려 강역을 전부 호령하면서 국사를 제 마음대로 떡 주무르듯 하였다.

"그러니 고구려 조정에 들어가시면, 모쪼록 그 자를 조심하셔야 하옵니다."

"알겠소"

두 사람은 백제와 고구려가 연횡을 하고 있는 것을 모르지 않았다. 하지만 연개소문이 실권을 장악한 뒤로 고구려가 당나라와 사사건건 마찰을 빚고 있었기에 국경 남쪽에까지 눈 돌릴 여가가 없다는 데에 한 가지 희망을 건 것이었다.

춘추는 고구려로서는 백제와 신라가 전쟁을 벌이는 것을 탐탁지 않게 여기고 있다는 첩보까지 이미 입수해 놓은 상황이었다.

남쪽에 있는 두 나라가 전쟁을 벌이면 고구려로서는 여간 신경이 쓰이는 게 아니었다. 신라보다는 백제와 더 깊은 친교를 맺은 것을 두고, 신라가 자칫 고구려의 성으로 쳐들어올 수도 있기 때문이었다. 그렇게 되면 고구려로서는 북쪽과 남쪽, 두 지역에서 동시에 전쟁을 치러야 하는데 그것을 함께 감당하기란 벅찬 일이었다.

"나와 유신 형은 한 몸과도 같이 지내오면서 똑같이 우리 신국 신라의 중신이 되었는데, 이제 내가 고구려 땅으로 갔다가 예기치 않은 위해를 당한다면 유신 형은 어떻게 할 작정이오?"

"만약 제공께 무슨 일이라도 생긴다면, 제가 타고 다니는 백마의 말발굽이 반드시 고구려와 백제의 두 왕정을 차례로 짓밟고 말 것이옵니다. 제가 조금이라도 망설이며 그렇게 하지 않는다면, 제공과 저의 사이를 다 아는 우리 신국 신라의 백성들을 제가 무슨 면목으로 대하겠사옵니까?"

"그렇게 말해주니 참으로 고맙소"

춘추는 유신의 단호한 어조에 감격해마지 않았다. 두 사람은 손가락을 깨문 뒤 술잔에 피를 흘려 넣고 잘 섞은 뒤 한 잔씩 나누어 단숨에 마셨다. 유신이 말하였다.

"제가 가만히 헤아려보니, 예순 날이면 다녀오시기에 충분할 것이옵니다. 만일 예순 날이 지나도 제공께서 돌아오시지 않는다면, 제공과 저는 다시 볼 기약이 없는 것으로 간주하여 제가 몸소 군사를 몰아 고구려 왕성으로 쳐들어갈 것입니다."

춘추는 유신의 두 손을 꼭 부여잡았다.

"내 다녀오리다."

유신은 왕성의 북문인 습비문까지 나가 춘추의 사신 일행을 배웅하였다.

무거운 심경이 되어 조정으로 돌아오니 여제가 압량주 군주로 삼았다. 유신은 잠시도 머뭇거리지 않고 채비를 하여 부임 행차를 놓았다.

압량주에 들어서자 백성들이 길가에 나와 있었고, 군사들은 새 군주를 맞이하고자 백실악을 웅장하게 연주하였다. 하지만 유신의 귀에는 그 소리가 제대로 들리지 않았다. 오직 춘추에 대한 걱정뿐이었다.

왕성을 나선 춘추는 북해통으로 첨병을 보낸 뒤, 사간 훈신과 온 군해를 좌우에 거느리고 대매현에 이르렀다. 고을의 현령으로 있던 사간 두사지가 비용에 보태어 쓰라며 청포 삼백 필을 올렸다. 춘추가 사신 행렬를 쉬게 하고는 물었다.

"국경이 어디쯤 되오?"

"잘 알지 못하옵니다."

"허면 이곳은 어느 나라 땅이오?"

"달마다 다르옵니다."

춘추는 그 말뜻을 짐작하였다. 뺏고 빼앗기기를 거듭하는 변경에 서야 딱히 어느 나라 땅이라고 못 박아 말하기는 어려운 일일 것이었다.

신라 왕성을 떠난 지 스무닷새 만에 고구려 왕성에 들어섰다. 조정에서는 사람을 보내 춘추를 맞이하였다. 왕궁으로 들어가니 고구려왕 보장이 태대대로 연개소문을 객사로 보내어 잔치를 베풀어 주었다.

과연 듣던 대로 연개소문은 한껏 위엄을 부리며 사람을 압도하는 기국이 있었다. 춘추가 그와는 별 할 말이 없다는 듯한 태도를 보였다. 연개소문은 껄껄 웃었다.

"허허, 춘추공이 남쪽 작은 나라에서 온 까닭으로 우리 고구려의 사정을 잘 모르시는군. 며칠 지내보면 나를 찾아오게 되리다."

고구려왕 보장은 연개소문에게 들어서 신라 사신 춘추가 예사로운 인물이 아님을 알게 되었다.

"그가 온 것은 우리 고구려에게 군사를 청하기 위해서이옵니다. 도움을 요청 받으시면 죽령 서북의 땅을 돌려달고 하소서."

"알겠소"

연개소문은 보장의 호위 군사를 여느 때보다 두 배로 늘려 배치해 놓고 춘추를 궁궐로 불러들였다. 춘추가 절을 하고는 말하였다.

"지금 백제는 긴 뱀과 큰 멧돼지처럼 무도하게 우리 신국 신라의 강토를 침범하기에 우리 신라의 폐하께서 대국의 군사를 빌려 그

욕됨을 씻고자 하옵니다. 그래서 아둔한 저를 보내시어 대왕께 명을 전하게 하셨사옵니다.”

“잘 알겠소. 그런데 그에 앞서 한 가지 해결해야 할 일이 있소. 마목현과 죽령은 본래 우리 고구려의 땅이니, 신라왕이 죽령 서북의 땅을 돌려준다면 군사를 내어주겠소.”

춘추는 보장이 뜻밖의 말을 하자 잠시 머뭇거렸다. 보장의 곁에 서 있던 연개소문이 우렁찬 목소리를 내었다.

“만약 돌려주지 않겠다면 그대는 다시 신라로 돌아가지 못할 것이다.”

춘추가 고개를 들어 대답하였다.

“저는 우리 신라 폐하의 명을 받들어 군사를 청하는데, 대왕께서는 이웃 나라가 처한 곤란한 처지를 구원하여 친선을 돈독히 하는 데에는 뜻이 없고, 사신을 위협하여 땅을 돌려 달라는 말씀을 하시옵니다. 국토는 한 신하가 마음대로 할 수 있는 것이 아니오니, 저는 비록 돌아가지 못할지언정 제가 결정할 수 없는 일을 두고 그 가부를 아뢰지는 못하겠사옵니다.”

춘추는 생각하였다. 고구려왕 보장의 요구는 곧 연개소문의 요구였다. 연개소문은 춘추가 받아들일 수 없는 요구를 하고 있는 것이었다. 그리고 요구를 들어주지 않으면 돌려보내지 않겠다는 말은 곧 신라와는 국교를 맺지 않고 백제와 친교를 굳건히 하겠다는 무언의 선포와 같았다.

연개소문이 눈을 부릅뜨며 춘추에게 말하였다.

"정녕 돌려주지 못하겠는가?"

"백 번을 묻는다 하여도 내 대답은 다르지 않을 것이오."

연개소문이 보장에게 아뢰었다.

"대왕폐하, 저놈을 하옥하여 두었다가 날을 가려 목을 치읍소서."

하지만 보장은 연개소문을 달래었다.

"태대대로, 그렇게 한다면 앞으로 과연 어느 나라에서 우리 고구려에 사신을 보내려 하겠소?"

객사로 돌아온 춘추는 깊은 고민에 빠졌다. 사간 훈신은 객사를 지키고 있는 고구려 군사들을 꾀어 술과 안주를 차려주면서 어울렸다. 그리하여 고구려왕 보장이 연개소문에게는 두려움을 느끼고 있지만, 그 몰래 총애하는 대대로 선도해에게는 무한한 신뢰를 보내고 있다는 정보를 캐내었다.

사간 훈신의 말을 들은 춘추는 가지고 있던 청포 삼백 필을 은밀히 선도해에게 보내었다. 선도해는 답사를 하고자 미인들과 음식을 가지고 객사를 찾았다. 그리고는 춘추와 곧 친해져 권커니 잣거니 하였다.

자리가 어느 정도 무르익자 선도해는 춘추가 연개소문 때문에 곤란한 지경에 처해 있는 것을 알고 은근히 비책을 알려주었다.

"춘추공, 어리석은 용왕과 지혜로운 토끼에 관한 이야기를 들어보았소?"

"어떤 이야기이옵니까?"

"옛날 동해 용왕의 딸이 심장병을 앓았소. 토끼의 간을 얻어 약을 지어먹으면 치료가 가능하다는 말에 거북이가 뭍으로 올라가 토끼를 꾀어 용궁으로 돌아왔소. 어리석은 용왕이 간을 뭍에 두고 왔다는 토끼의 말을 곧이곧대로 듣고 다시 가서 가지고 오라며 뭍으로 돌려보냈소. 뭍에 오른 토끼는 데려다 준 거북이에게 용왕을 조롱하였다는 이야기라오."

춘추는 선도해가 들려주는 말의 깊은 뜻을 알아차렸다. 하지만 주위에 고구려 사람들이 많이 있어 그저 웃음만 띨 따름이었다.

객사의 별관에 마치 갇혀 있는 듯이 지내고 있던 춘추는 온군해에게 걸음이 날랜 사람을 물색하게 하였다. 온군해는 예전에는 신라의 백성이었는데 이제는 고구려의 백성이 되어 왕성에서 살고 있는 한 사람을 데리고 왔다. 춘추는 많은 재물을 내리며 본국에 있는 유신에게 구금을 당하고 있는 자신이 처지를 알리도록 하였다.

그리고는 고구려왕 보장에게 서계 하나를 적어서 주었다. 신라로 돌아가게 해주면 여제에게 잘 아뢰어 고구려가 원하는 죽령 서북의 땅을 얻도록 해 주겠다는 글이 적혀있었다. 하지만 연개소문은 그 글을 믿지 않았다. 그러자 춘추는 다시 서계를 보냈다. 이번에는 타일러 달래는 듯한 글이었다.

"우리 신국 신라에 귀국의 용맹한 군사를 내어주시는 것이 어려우시다면, 백제로 하여금 다시는 침공하지 않도록 해주소서. 그렇게

만 해주신다면, 신이 돌아가 죽령 이북의 땅을 귀국에 돌려드리는 것만이 양국의 선린에 도움이 되는 길이라고 우리 성상께 아뢰겠사옵니다. 그러면 귀국에서는 군사를 내지 않고 또 백제와의 우호를 해치지도 않고 옛 땅을 얻게 되니 이 어찌 반가운 일이 아닐는지요?

만약 제가 이곳에 억류되어 있다가 죽는다면, 그것으로써 고구려에 이로운 바가 무엇이겠사옵니까? 이는 바라는 것을 손쉽게 얻을 길이 있는데도 그 길을 택하지 않아 모처럼 찾아온 기회를 허망하게 놓치는 것과 같사옵니다.“

연개소문은 서계를 가지고 갔던 사간 훈신에게 말하였다.

“별말이 있을 때까지 돌아가 기다려라.”

춘추가 고구려에 들어간 지 예순 날이 지나도록 돌아오지 않았다. 압량주 군주 유신은 곰곰이 생각하였다. 고구려가 당나라와 전쟁을 벌이고 있어 남쪽 신라와 맞닿은 국경까지 돌볼 여력이 없다고 확신하였다. 만약 신라가 군사를 일으킨다면 제 아무리 무지막지한 연개소문이라 하더라도 신라하고까지는 전쟁을 벌이지 않으려고 그럴 듯한 명분을 내세워 춘추를 돌려보낼 것으로 보았다.

마침내 유신은 여제에게 발병할 것을 요청하였다. 여제는 호성장군 유신을 대장군으로 삼아 결사대 일만을 주었다. 유신은 군사가 너무 많다고 아뢰며 그 가운데 삼천을 가려 뽑았다. 서북쪽 국경으로의 출병 기일이 되어 유신은 군사들을 독려하였다.

“나라의 위태로움을 보면 스스로를 잊고 기꺼이 한 목숨을 바치는 것을 두고 열사의 모습이라고 한다. 무릇 한 사람이 죽기로 애를 써 목숨을 다하면 일백 인을 당해낼 수 있고, 일백 인이 목숨을 다하도록 싸우면 일천 인을 당해낼 수 있고, 일천 인이 하나로 목숨을 바쳐 맞선다면 일만 인을 능히 당해 낼 수 있다. 그러니 너희 날래고 용맹한 삼천 신병이면 천하의 그 어떤 곳이든 마음대로 발아래에 둘 수 있을 것이다. 지금 우리 신국 신라의 어진 재상이 적국에 억류 감금되어 있으니 그 고충이 과연 어떠하랴!"

상장군 죽지와 하장군 금강, 그리고 선문에서 나온 지 얼마 되지 않은 대관대감 진주까지 나와 한마디씩 말하였다.

"신병이 어찌 감히 하늘이 내리신 신장의 군령을 따르지 않겠사옵니까?"

"죽을 자리를 정해 주시면 소장이 맨 먼저 뛰어들겠사옵니다!"

"아니옵니다. 소장이 전봉에 설 것이옵니다!"

세 장군이 군사들을 향해 소리쳤다.

"그대들 삼천 정예 신병은 신장이신 유신 대장군을 따르겠는가!"

"예, 따르겠사옵니다!"

유신은 하루에 갈 길을 이틀로 잡아 여러 날 행군을 하였다. 신라가 사신을 구하고자 군사를 내었다는 소문이 고구려 조정에 들어가게 하기 위함이었다. 신라군은 한수를 넘어 고구려의 남쪽 경계에 들어갔다.

"태대대로, 신라 대장군 유신이 군사를 이끌고 한수를 건넜다고 하오. 어찌해야 하겠소?”

연개소문은 난감하였다. 생각 같아서는 직접 군사를 휘몰아가 유신과 한판 붙고 싶었지만 당나라와 서로 대군이 맞서고 있어 그럴 틈이 없었다. 그는 이를 부드득 갈며 보장에게 말하였다.

“사신이 돌아가면 신라왕에게 잘 말하여 땅을 내어주겠다고 하니, 그렇게 하는 것이 좋겠사옵니다.”

드디어 춘추는 객사의 별관에서 나와 신라로 향하였다. 한수 가까이에 신라군이 군진을 치고 있는 것을 본 춘추는 국경까지 호위를 해 준 고구려 장수 가란에게 말하였다.

“나는 백제에 대한 원한을 풀고자 먼 길을 마다않고 고구려에 가서 군사를 청하였으나 대국 고구려왕은 오히려 작은 나라의 땅을 달라고 하였소. 이에 대해서는 신하가 마음대로 할 수 있는 것이 아니니, 돌아가거든 지난번에 대왕께 글을 올린 것은 죽음을 면하기 위함이었을 뿐이라고 똑바로 전하시오.”

고구려 장수 가란은 갑자기 태도가 돌변한 춘추에게 화가 났지만 유신이 몸소 그를 맞이하러 다가오고 있었기 때문에 칼자루에 댄 손을 떼고는 말머리를 돌려 부리나케 되돌아 가버렸다.

춘추는 비록 빈손으로 돌아오기는 하였지만 얻은 것이 있었다. 한 무신이 왕을 마음대로 하고 있다는 것, 그래서 다른 신하들로부터 원성을 사고 있다는 것, 백성들의 얼굴에 웃음이 없다는 것, 춘추는 중원과 어깨를 견주던 대국 고구려의 국운이 서서히 기울고 있다는 것을 간파하였다.

"제공!"

"유신 형!"

말에서 내린 두 사람은 서로 얼싸안고 눈물을 글썽였다. 춘추를 따라 갔던 사람들과 유신의 군사들이 다 빙 둘러서서 생사의 경계를 넘어 천리 밖에서 만난 그 방외지우의 아름다운 모습에 가슴이 뭉클하며 크게 감격하였다.

2권 〈포효하는 신병들〉에 이어집니다.

하용준 河龍俊

그간 발표한 작품으로 장편소설 『유기(留器)』(1999), 『신생대의 아침』(2000), 『쿠쿨칸의 신전』(2001), 『제3의 손』(2005, 인터넷 연재), 『섬호정(2012)』이 있고, 단편소설로는 「귀화(鬼話)」(2005)가 있다. 장편 『유기』는 2009년 글누림출판사에서 『유기』(전2권)로 재간하였다.
2006년부터 독자들과 만나고 있는 대하역사소설 『북비』(전15권)는 현재 출간 중에 있다.
제1회 문창文昌문학상을 수상하였다.

E-mail : oojun1@naver.com

태종무열왕
제1권 신국의 풍경
© 2012 하용준

초판 1쇄 발행 2012년 10월 31일

지 은 이 하용준
펴 낸 이 최종숙
펴 낸 곳 글누림출판사

책임편집 이태곤
편　　집 임애정 권분옥 이소희 박선주
디 자 인 이홍주 안혜진
마 케 팅 박태훈 안현진 김종훈
관　　리 이덕성

주　　소 서울시 서초구 반포4동 577-25 문창빌딩 2층(137-807)
전　　화 02-3409-2055(대표), 2060(편집), 2058(영업)
팩　　스 02-3409-2059
전자메일 nurim3888@hanmail.net
홈페이지 www.geulnurim.co.kr
등록번호 제303-2005-000038호(2005.10.5)

정　　가 12,000원
ISBN 978-89-6327-210-8 04810
　　　978-89-6327-209-2(전3권)

출력 · 안문화사 인쇄 · 바른글인쇄 제책 · 동신제책사 용지 · 에스에이치페이퍼

* 잘못된 책은 바꾸어 드립니다.